만국 진량의 종

(1458년 슈리성 정전 앞에 세워진 범종)

슈리성

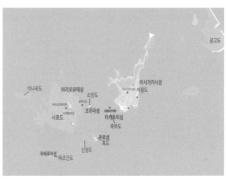

팔중산 지도

홍길동 생가터

옛 중종근 집 – 나카소네(仲宗根) 고택

시사

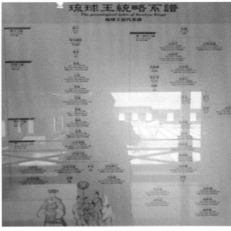

유구왕통약계보

새롭게 읽는
홍길동 내전(內戰)
①

새롭게 읽는 홍길동 내전(內戰) ①

2025년 2월 21일 제 1판 인쇄 발행

지 은 이 l 이상조
펴 낸 이 l 박종래
펴 낸 곳 l 도서출판 명성서림

등록번호 l 301-2014-013
주　　소 l 04625 서울시 중구 필동로 6(2층·3층)
대표전화 l 02)2277-2800
팩　　스 l 02)2277-8945
이 메 일 l msprint8944@naver.com

값 15,000원
ISBN 979-11-94200-63-5

새롭게 읽는

홍길동 내전(內戰)

이상조 장편소설

1권

명화적 홍길동 조선 연대기(年代記)

도서출판 명성서림

머리말에 가늠하며

홍길동은 널리 사람의 입에 잇따라 오르내리는 역사적 인물이다. 그는 세종 조에 태어났다. 그는 조선이라는 '신분 사회' 체제 속에서 얼자로 살았다. 당시 어렵고 힘든 환경에서 살아남기 위해 온갖 고통을 견디며, 몹시 몸부림쳤음 직하다. 그러기에 15c 당시를 산 진솔한 삶의 이야기가 있을 거라 믿었다.

그가 현실이 관련되어 생존 위협이 스스로 행동이나 지각에 무의식적으로 크게 영향을 미쳤을 것이다. 신분 상승에 대한 갈망과 자신의 존엄을 지키기 위해 불합리한 명령이나 의사에 반한 행위를 그대로 따르는 것보다, 차라리 불평이나 울분, 괴로움과 아픔을 극복하려 애썼을 것이다. 이 책은 그가 감당하기 어려운 환경 속에서 있을 법한 처절한 인간다운 경험의 이야기다.

당 시대 문화, 사회제도 아래 고전 속 실존 인물 행적을 더듬어 진지한 삶의 이야기로 엮었다. 새롭게 읽고 오늘을 성찰해 보고 싶은 창작물로 역사적 인식의 답이 되고자 함이다.

처음에 홍길동 비평을 곁들인 개인 일생의 사적인 기록을 마음속에 두었다. 그가 삶을 건 생명 자취를 더듬어 역사적 이야기의 기록을 찾아갔다. 다소 자료의 분량이 필요한 만큼 나름의 기준에 미치지 못했다. 그가 남긴 흔적이 믿음성이 적었다.

이 책에서 진정한 역사적 이야기를 통하여 이해와 관심을 끌어내

즐거움을 찾고자 애썼다. 묻혀 있는 정보를 새롭게 발견하여, 다시 읽는 역사 속 홍길동과 주변 인물들을 만나기를 기대했다.

서투르지만 인물의 비평과 당시를 산 사람의 살림살이 형세를 고려한 대화를 곁들여 소설 요소가 접목됐다. 글의 구성은 조선에서 활동과 유구의 삶을 1·2부로 나누어 다루었다.

서술 형식은 연대순으로 기술한 역사 편찬 성격으로 접근했다. 한 인물 이야기를 탐색하여, 그의 건전하고 진실하며 인간적 모습과 올바른 사회의식을 최대한 끌어내려 했다.

자료는 여러 판본 내용을 조합하였다. 거기에다가 좀 더 새롭고 친근한 고전문학 연구회 자료 '정우락 본' 내용을 토대로 전개해 보려 했다. 또한 관련 참고문헌을 활용하여 역사적 사건 이야기와 부족한 자료 이야기를 허구로 재구성하였다.

홍길동이 사회적 환경에서 고독하고 불우했던 삶의 이야기가 현실의 아픔을 극복하는 과정이 있을 법하다. 역사적 흔적을 담아 심증과 경험을 좇아 찾아가려 했다. 우리 역사에 대한 이해와 관심으로 즐거움을 느끼는 분들이 보람을 찾았으면 한다.

15세기를 산 한 인물의 삶의 행적을 찾아 역사적 진실에 근거를 두고, 출생에서 죽음에 이르기까지 성격, 업적, 사상 등을 소개하여, 당시 신분에 대한 사회상을 통하여 실체를 독자들에게 알리고, 얼자로서 삶의 역정을 통하여 감동적 이야기와 교훈을 얻고자 함이었다.

실존 인물로서 홍길동이 과연 진짜 삶의 이야기가 실체적 진실에 접근할 수 있는 걸까? 기존에 이야기가 좀 더 구체화 될 수 있을까? 하는 궁금증에 답답했다. 나무를 보지 말고 숲을 보란 말이 있듯이 부족한 홍길동의 삶의 기록보다는 그가 살았던 시대의 삶 이야기로 접근했다.

그들의 활동 무대인 숲속 생활의 이야기를 통하여 이해의 폭을 넓히는 것이 길이라고 생각했다. 부족한 부분은 허구로 메우고 자료의 재해석으로 홍길동 삶의 이야기를 수집, 정리하기로 맘먹었다.

세종 조에 태어나 연산 조에 길동의 무리가 남해로 유배된 기록을 확인하였다. 그리고 그 후 종적을 감추었다. 그때가 길동이 60세였다. 그 이후 '해동 이적'에 10년 더 살았다는 근거에 의존했다.

그는 강제로 유구로 이주 되었다는 가능성을 실제 문헌에서 찾아보았다. 왕조실록에서 삼천 리 밖으로 470여 명이 탄 인물들이 유구로 떠난 기록이 시선에 확 들어왔다.

조선에서 삼천리 유배지는 과연 어디인가? 그 거리는 인천 국제 공황에서 유구까지 거리가 일천이백 km쯤 되었다. 유구로 가는 길은 표류하여 간 인물의 이동 경로가 중심이었다. 나하 섬 지역에 바로 이르는 것이 아니라, 자료의 흔적이 최남단부터 입항 순서에 따라 움직이는 것으로 간주했다.

그 이유가 제주지역에서 표류하던 쿠루시오 난류(黑潮:흑조)와 계절풍에 따라 왕래의 흔적이 남아 있다. 이와 관련된 깊은 연관성으로 충분한 가능성이 있을 것이라 긍정하였다.

일본의 사서 1729년 구메촌久米村의 정병철의 '유로설전'에 '적봉'이 홍길동일 가능성을 열어 놓았다. 또한 유구에서 '적봉'이라고 불리는 홍길동의 흔적이 비문으로 남아 있다.

그들의 뱃길은 유구 본도 수리성 '나하'가 아니었다. 본도의 통치력이 제대로 미치지 않는 명이 관할 하는 지역으로 허술한 유구의 최남단 섬 '파조간도'로 들어갔다. 그 해로를 통하여 우회하여 본도 나하로 접근하는 바닷길이었다. 조선 남해에서 석원도까지 거리가 약 천이백 *km* 곧 삼천리이었다.

어떤 과정을 거쳐 왜 그곳에 갔는가? 가서 무엇을 보고 느꼈는가? 주민 사이의 관계와 삶의 갈등이 정착 과정에서 어떠했는가? 그 사회에 적응하여 환경을 이겨내고 굴복시키는 과정이 궁금했다.

당시 신분제도의 사회 구조 틀 속에서, 가난은 윤리나 규범마저 마구 삼킨다. 생존할 수 있는 수단을 애써 찾으려고 저절로 분노의 에너지가 표출됐을 것이다.

가난은 무엇이든 할 수 있게 만드는 미친병이었다. 얼자라는 천한 몸으로 불한당 또는 명화적이라는 이름으로 녹림당 무리를 조직하여 지배계층에 맞섰다. 당시 사회적 환경 속에서 알력과 대립적 싸움으로 말미암아, 때론 무력 투쟁으로 종래의 권위나 방식에서 벗어나 새로운 세계를 갈망하여 극심한 경쟁과 혼란에 휘말리기도 했다.

그 무리는 공동체 안에서 벌어지는 일들을 함께 공유하며 인간다운 삶을 누리려는 몸부림으로 지배권력에 맞섰다. 이런 행위는 삶이 녹록하지 못한 쪼들림 때문이었다. 정도가 어지간하여도 스스로 생존 문제를 해결하지 못했다.

지배계층은 가난마저 훔쳤다. 자기를 구하려는 방법과 꾀는 진정 질긴 생명력을 가진 잡초처럼 삶마저 훔치기 위해 힘을 다했다. 때지어 돌아다니며 마구잡이로 재물을 빼앗는 파렴치한 무리였다. 이들은 경위나 도리를 변별할 줄 알면서도 부당한 짓을 했다. 이들이 사는 환경은 나쁜 자들의 세상이었다.

곧 불한당 깐부로 함께 나눌 수 있는 사이로 행동할 때 백성과 더불어 짝이 되는 사람이었다. 그의 처절한 몸부림으로 백성마저 훔친 홍길동 내전內戰이라 할 수 있다.

그의 삶은 악전고투 끝에 권력에 맞서 백성의 맘을 장악해 갔다. 인생의 노정이 지배계층의 억압에서부터 벗어나 '백성'이 중심이 되는 '율도 사회'를 건설하려는 투쟁 의지가 반영된 것이 아닌가? 곧 규율과 법도가 바로 선 가난한 이들이 잘 사는 사회였다.

길동은 '왕조실록'에 따르면 조선에서 삼강오상三綱五常에 어긋나는 행위를 하여 강상죄를 지은 죄인이었다. 그는 당상관의 복장으로 벼슬아치 행세를 하며 지방 말단 관리들을 농락했다. 조선으로 봐서 골치 아픈 껄끄러운 존재였다. 조선에서 비행으로 말미암아 영원히 떼어 놓음으로써 유구로 격리됐다.

새 삶을 찾아 시련 끝에 팔중산 지역에 터를 잡았다. 그곳에서 백성을 섬겨 유구 전투에서 승리로 이끌었다. 그 지역에 향화하는 과정을 밟았을 것이다.

그곳도 중국의 영향권 속에서 살아갔다. 사람들의 귀화 과정은 3년마다 이루어지는 경우가 있었다. 가족과 함께 3년 후에 당당한 유구인 일원으로 되었다. 출생은 조선이 1440년이요, 유구에 흔적은 1443년이었다.

자료 근거에 바탕을 두고 귀화한 것으로 판단하였다.

글을 쓰는데 조선왕조실록 '태백산 본'을 비롯하여 홍길동전 여러 판본, 국외 및 국내 연구 논문, 관련 저술 및 도움이 되는 자료를 참고로 활용하였다.

신분제 아래 화적이란 이름으로 산 그의 삶은 달랐다. 생존을 위한 존재의 몸부림이었다. 어떤 불행한 처지에서도 속박당하지도 마음이 쏠려 잊지 못하고 매달리지 않음은 물론 모든 변화를 전혀 두려워하지 않고 끊임없는 체험을 확대해 나가는 능동적이고 도전적 삶을 살았다.

다른 사람과의 관계에서도 서로 주고 나누며, 백성과 함께 관심을 가지고 무슨 일이라도 대처하는 생명력 있는 삶을 형성하였다. 그것은 바로 존재에 대해 긍정하는 삶을 산 것이다. 바로 그가 바라던 생명 중시의 철학에 바탕을 둔 것이었다. 그는 진정 사람과의 관계를 중시하는 자였다. 그는 인간 존재의 의미를 가르쳐주었다.

그의 현실 세계에 대한 흔적은 적고 가공 세계의 단서는 있을 법했다. 자료의 증거로 밝혀내는 과정은 미비하지만 '길동의 인간다운 삶의 꿈'은 온전히 나의 밑그림이 되었다.

역사적 이야기는 사실에 바탕을 두고 밑그림을 현실적 개연성을 찾아가는 것이 자연스러운 현상이라 믿었다. 기사의 형식을 빌린 연대기적 구성 방식을 좇아 기술하였다. 15C 당시 '길동'의 진정한 삶의 모습은 어떤 것이었을까? 가늠해 보고 싶었다.

훗날, 혹 역사적 인물의 이야기가 등장함으로써 독자와 연관된 인물의 해석이 다를 수 있다는 점을 밝힘이다. 필자의 지식과 식견, 사실적 경험 인식이 바탕이 된 실록뿐만 아니라 참고문헌을 밑바탕으로 서사적 이야기로 구성하였다.

그러나, 소설로서 사실에서 벗어나서 만들어진 형태나 요소도 개입되어 있음을 헤아려 주시기를 바랍니다.

찾은 자료의 미비나 오류는 다음 연구자와 서술자, 그리고 독자의 노력으로 점차 채워지리라 기대합니다. '삶의 꿈'은 성취한 사람보다는 보람 있는 생명력을 찾아가는 사람이 좋은 이유는 뭘까? 새로우며 흥미롭고 아기자기한 내용이 즐거운 맛이나 발견의 기쁨이 드는 이야기가 되길 바랍니다.

이 글의 집필에 대해 부족한 역량을 발휘할 수 있도록 많은 자료, 참고문헌과 논문, 기록, 사진, 등 기초적인 완성은 2023년 말이었다. 도움을 주신 모든 분께 진심으로 감사드립니다.

2025년. 정월. 초순

이상조

[차례]

1권
명화적 홍길동 조선 연대기(年代記)

1권

명화적
홍길동
조선 연대기(年代記)

여행계획

1729년 구메촌久米村의 정병철이 국사 편찬을 명 받았다.

그 결과물은 오키나와 민족 설화집 '유로 설전'이었다. 번역본「정병철 외 3인 편저/ 김용의 역 전남대학 출판부」의 161쪽에 명 홍치 연간 (오키나와 상진 왕 때 1448~1505)에 나카소네 도유미아(중종근풍견친)가 대장군 오자토(대리) 등을 따라서 야에야마(팔중산)에 이르러 혼가와라 아카하치(保武川赤蜂:홍길동)가 슈리 왕부에 맞서 전투에 참여하였다가 실패했다는 기록에 주목했다.

오키나와 여행을 계획했다.

수리성 방문 중, 1458년 세조 때 '만국진량萬國津梁의 종'이 주조되었다는 사실을 확인하게 되었다. 슈리성 정전 옆에 공옥供屋에 걸리었다가 현재는 그 당시 종이 오키나와 '현립박물관'에 전시되어 있다. 당시의 류큐인 기개를 가늠할 수 있는 기록이 그 범종의 사면에 주조되어 전한다. 안내문에는 붉은 한글이 눈에 들어왔다. 그 종에 새겨진 글의 한 면의 구절이 다음과 같이 기록되어 있었다.

「流球國者 南海勝地而鍾三韓之秀輯 大明爲輔車以日域爲脣齒在 此二中間峙之'蓬萊嶋'也 以舟楫爲萬國之津梁界 奇異産物貴寶十方刹充満」

이를 국역하면,

"류큐국은 남해의 경치가 좋은 곳으로서 삼한(조선)의 빼어남을 한데 모으고, 대명(명나라)을 광대뼈와 잇몸으로 삼고 일역(일본)을 입술과 이로 삼는다. 이들의 중간에서 솟아오른 곳 이 '봉래섬'이다. 주즙(선박)으로 만국의 진량(가교)를 삼으니, 기이한 산물과 보배는 온 누리 시방찰十方刹에 충만하다."이다.

이 글은 류큐국은 남해의 빼어난 지점에 경제 활동의 최적 장소에 위치하여 조선의 뛰어난 문화를 배우고, 중국과는 불가분의 관계를 맺으며, 일본과는 친밀한 관계에 있다. 동아시아의 가운데 솟아난 이상세계인 봉래섬 같은 곳으로 무역선을 조종하여 세계의 가교역할을 하니, 나라 안에 세계의 상품들이 가득하였다는 뜻을 담고 있었다.

그들은 이웃 국가와 조공무역을 하면서도 이상적 사회라는 자부심을 가진 나라임을 짐작할 수 있는 명문구라고 생각했다.

여행의 목적은 구체적 이야기의 궁금증 해소였다.

슈리성에 이르렀을 때 안내자는 설명을 시작했다. 수리성의 역사 이야기가 내 귀를 열어 놓았다.

당시 "류큐는 독립왕국이었다. 류큐는 지리 역사적 풍토의 특수성에 조성된 고유한 전통과 문화적 배경을 가지고 있었다. 또한 아름답고 풍요로운 열대 기후를 갖춘 해상왕국으로 명의 영향권 속에 놓여 있었다.

규슈와 타이완 사이의 태평양에 점점이 펼쳐진 류큐의 여러 섬 들에는 10세기경부터 부족 국가의 형태들이 출현하였다. 이들 섬에는 저마다 '안사按司'라고 불리는 족장들이 지배하고 있었으며 족장의 지위는 서로 평등하였고 이들은 평화로운 교류를 하고 있었다.

12세기경 류큐 군도의 최대 섬인 오키나와에 산남山南, 중산中山, 산북山北의 세 왕조가 탄생하였다. 류큐의 '삼산 시대' 또는 '삼국시대'가 시작된 것이다. 삼국 중에는 오키나와 섬 가운데 위치한 중산 왕국의 국력이 최강이었고 산북 왕국이 최약체였다. 류큐의 삼국시대에는 류큐 군도 북부 아마미제도와 남부 사키시마 제도는 미개한 상태였다.

1372년 명 태조 주원장은 양재楊載를 류큐의 삼국에 파견하여 조공을 바치게 하였다. 류큐는 복건福建 푸젠 지방에 거주하는 36개 성姓씨의 선박 제조 전문 기술자들은 받아들였다.

유구왕 통략 계보에 따르면 1406년 중산왕 찰도察度의 왕세자 무녕武寧이 재상 파지巴志에게 왕위가 빼앗겼다. 파지는 1416년에는 산북 왕국을, 1429년에는 산남 왕국을 차례로 정복하여 삼국을 통일하였다. 그리고 슈리首里성을 수도로 정했다. 1430년 조선의 세종대왕 시절에 명나라 선종은 파지에게 상尙 씨를 하사하였다. 그를 중산 국왕으로 책봉하였다. 역사는 상 파지를 '제1상 씨 왕조의 개창자'로 불렀다.

그 후 제7대 상덕尙德 왕은 쿠메지마, 도쿠노지마 등 오키나와 주변의 열도를 정복하여 세력을 확장하였다. 그러나 1469년에 발생한 궁정 쿠테타로 말미암아 참살되었다.

이때 조선에서는 예종 때로 도둑 소탕령이 내려졌다. 이듬해 재무

부 장관 격인 어쇄측관御鎖側官에서 왕으로 추대되었다. 그 후 금원金圓
은 왕세자의 신분으로 명나라에 부친상을 입었다고 보고하였다.

1472년 명나라는 사신을 파견하여 금원을 상원尙圓으로 성을 바꿔
부르고 그를 상원 왕으로 책봉하였다. 류큐 왕국 사의 '제2 상씨 왕조'
가 열리었다.

제3대 상진尙眞 왕은 재위 기간은 1478년부터 1525년까지이었다.
그동안은 류큐의 황금 시기였다. 상진 왕은 북으로는 토카라 열도, 남
으로는 '미야코'와 '아에야마' 열도를 정복하여 류큐 군도 전역을 장
악하였다. 또한 상진 왕은 류큐의 품관 제도, 신관제도, 조세제도 등을
정비하고, 순장의 악습을 폐지하였다. 불교를 국교로 삼고, 류큐 섬의
족장들을 슈리성에 거주하게 하고 개인의 무기 소지를 금지하는 등
류큐의 정치. 경제체제를 확립하였다. 또한 섬들을 복속시키고, 나라
의 세력을 확장하였다. 안내자는 '상진 왕은 동아시아 해상왕국 류큐
의 최고 명군이 되었다.'라고 설명했다. 세세한 이야기는 계속되었다.

오키나와 역사는 쇼쇼켄(향상현)이 왕명을 받아 1650년에 '중산세
감中山世鑑'을 편찬하기에 이르렀다. 그러나 싸시마번의 유구 침공으
로 문화가 파괴되고 자료가 소실되어 자료가 빈약하여 불완전한 역사
서가 되었다.

케이초慶長 이후 중국의 책 봉사로부터 국사에 관한 질문을 받게 되
자, 한문으로 작성된 역사서가 필요했다. '채탁'이 1697년부터 '중산세
감'을 모자라는 것을 보충하고 잘못된 것을 바르게 고쳐 '중산 세보'를
한문으로 편찬했다. 그래서 유구의 정치가이며 학자인 '채 온'이 아버

지 '채 탁'이 편집한 '중산세보'를 1725년 대폭 개정했다. '채 온 본'은 총 13권에 7권의 부권으로 구성되었다. 이 역사서는 원래 민중의 역사가 아니라 주로 왕조 책봉 사로 만들어졌다.

1713년 편집된 '유구국 유래기'는 왕부가 편찬한 유구 왕국의 지지地誌이다. 총 21권으로 구성되었다. 류큐 각지의 역사, 제사 등에 대해 자료 수집을 명하여 '구기좌舊記座'라고 하는 관청을 설치하여 편찬 사업을 실행하였다. 왕부의 연중행사에서 관직의 직제, 사물의 기원, 모든 현상이 생기고 소멸하는 법칙인 연기緣起, 각 지방의 제사 등을 다루었다. 이것을 약간 정정하여 '유구국 구기'를 한문으로 편찬하였다.

'유구국 구기'는 '유구국 유래기'의 후신으로 1731년 왕부에서 편찬하였다. 이 책은 왕국의 어떤 지역의 자연, 사회, 문화 등의 지리적 현상을 분류하고 연구하여 기록한 책인 지지地誌이다. 본권 9권, 부권 11권으로 구성되었다. 구양球陽의 편자는 글이나 자료를 모아서 정리하는 벼슬아치 찬수사 정병철이 그 일을 담당하였다.

중국과의 관계에 비중을 두고 일본 관계를 은폐할 필요가 있어 일본 관계 기사만을 별도로 부록으로 수록한 정도였다. 그 후에 완전한 국사의 필요성을 느낀 정병철이 중국 복건성에서 수학한 후 북경의 국자감에서 경학 대신 역사를 배우게 되었다. 5년간 사학을 배우고 돌아왔다. 귀국 후 다른 사학자 채굉모 등과 함께 17년간 심혈을 기울였다. 1743년부터 편찬 사업을 펼쳐 만든 책이 '구양'이었다. '구양'의 외권으로 '유로설전'이 鄭秉哲 외 3인이 편집했다.

류큐국은 중계무역을 하는 해상 실크로드의 거점이었다. 15C 무렵 명나라의 영향력이 미치자, 조공의 관계가 맺어졌다. 류큐는 국왕이 경영하는 국영사업이었다. 슈리성이 사령탑이자 영업본부였다. 해외 무역 상황을 전하는 한문 외교문서 집 '역대보안'에는 무역은 각 나라들과 원칙적으로 항상 외교가 수반되었다. 외교는 대등한 관계나 조직 사이에서 교환되는 문서가 자문咨文[1]이 있었다.

그들은 '대명회전'에 규정된 조공품 가운데 말, 라각, 해파, 생숙화포, 소가죽, 유황 등이 분명 토산품들이 있었다. 마소를 대량으로 사육했다. 말은 화약을 만드는 유황을 운반하는 수단으로, 소는 가죽으로, 라각과 해파는 바다를 낀 섬의 조개껍데기로 야광패나 나전칠기의 재료로 쓰였으며, 생숙하포는 토산 직물로 파초 섬유로 짠 천이 되었다.

아하, 그래서 유구국이 존재하는구나! 답은 저절로 분명해졌다.

이야기를 마무리할 즈음에 잠시 소리가 끊겼다.

안내자는 오키나와 팔중산八重山 지역 어느 섬에 홍길동의 흔적도 남아 있다고 했다. 또한 2000년 일본 오키나와 석원 시장이 '홍길동과 오야케 아카하치(홍가와라)와 동일 인물'이라는 가능성에 대한 지대한 관심을 드러냈다고 했다. 오키나와 현 교육위원회에서 1953년에 홍길동 추모비 건립, 홍길동 집단이 궁고도 원주민과 처음으로 교류한 장소로 동굴, 우물, 사당, 상비옥산 유적지에 도래인 주거지로 조선 양식의 초가집이 8채 보존되어 있다고 언급했다.

---

1) 조선시대, 중국과 외교적인 교섭, 통보, 조회할 일이 있을 때 주고받던 공식적인 외교문서.

"그럼, 길동이 일본인! 아니 유구인 아닌가요?" 가이드가 물었다.

난 불쑥

"헌데, 조선 사람이 어찌하여 오키나와 이시가키지마[2]야에쟌 박물관에 소장된 족보(홍길동의 처남 장전대주)에 홍길동의 이름이 기록되어 있는지요?"하고 되물었다. 물음의 의도와는 다르게 대답 없이 엉뚱한 질문을 했다.

'참 희한하네요?'

'질문'보다는 '상황'에 대한 궁금증이 컸다.

'박물관에 소장된 족보에'

라는 나의 반응부터, 곧 나는 선문답을 시작했다.

안내자는 나의 반응에 의아해하며 한참 귀를 쫑긋했다.

'어떤 경로로 길동은 유구에 갈 수 있었나?'

'어떻게 그곳에 정착했는가?'

꼬투리를 잡는 데 열중했다.

길동이 유배되고 난 후의 기록이 분명하지 않았다. 그런데 왜 이 먼곳으로 쫓아내었나? 어떤 길로 갔나? 알고 싶어 마음이 몹시 답답하고 안타까웠다. 왕조실록에서 추방 후의 기록에 눈여겨보았다.

연산군 때(1500년) 11월쯤으로 이 해는 11월이 윤달이어서 한 번더 있었다. 길동이 남해로 유배되고 나서 행적이 묘연했다. 3000 리 밖으로 내쳐졌다. '조선왕조실록 태백산 본 연산 조'에는 1501년 정월

---

2) 석원도

유구인 22명에 나머지는 국적 불명의 사람으로 조선 국적이나 표류인쯤으로 보이는 자가 유구로 떠나보낸 기록이 남아 있었다. 470명 중 유구인 22명을 제외한 사람들은 왜 유구로 떠나가야 했는지 의심스럽고 소식이나 행방 따위를 알 길이 없었다.

나는 길동이 조선인으로 유구섬으로 건너간 사연에 의구심을 가졌다. 조선에서 영원히 격리된 '도래인'이었나? 아니면 그곳에서 향화하여 '재탄생'했나? 왜 길동의 출생 기록이 3년의 차이가 나는가? 이 사실은 틀림없이 무슨 사연이 있을 법하다고 생각했다.

분명 막연한 이야기에서 구체적 이야기로 확대되어 갔다. 관련 사적들을 살펴보며 심증은 가는데 이야기들이 확증할 수 있는 것은 아니었다. 자료의 한계로 제약은 있지만 개연성은 충분한 이야기로 결론을 내렸다.

호반새 울음소리가 들렸다. 그 울음이 전설로 살아났다.

부모님 말씀에 엇나가기만 하는 한 아들이 있었다. 어머니께서 몹시 아파하던 중 목이 말라 물 한 모금을 달라고 했다. 그는 생뚱맞게도 그는 화로에서 이글거리며 타고 있는 붉은 숯덩이를 보여주었다. 어머니는 결국 갈증을 이기지 못하고 죽고 말았다. 신의 저주를 받은 아들은 빨간 호반새가 되었다. 새가 된 아들은 물에 빨갛게 비친 자신 모습이 불처럼 비추어졌다. 그는 도저히 물을 마실 수 없었다. 제 모습이 조선의 거울에 비추어진 붉은 숯덩이처럼 정열이나 분노가 왕성하게 일어나는 것을 찾아내고 비가 많은 먼 열대우림의 햇빛이 들지 않는 우거진 숲속을 찾아 나서게 되었다. 그 새가 비를 그리워한다고 하여

'수연조'라고도 불렀다.

비는 물이요, 물은 생명이었다. 갈증 풀어줄 '호반새'의 비 이야기는
생명처럼 피어났다.

도둑과 관련된 화재 기사들

'농자천하지대본야農者天下之大本也'란 말이 떠올랐다. 조선시대의 가장 중요한 산업은 바로 농사였다. 세종 때는 농사 기술의 발전에 관한 연구의 노력도 있었다. 정초가 쓴 '농사직설' 서문에서 풍토가 다르면 농사의 법도 달랐다. 때문에, 각 도 감사에게 명하여 각지의 익숙한 농군들에게 물어 땅에 따라 이미 경험한 바를 자세히 듣고 수집하여 편찬하고, 인쇄, 보급하게 하였다. 그런 노력도 자연재해 앞에는 무력화되었다. 농사는 하늘에 의존했다. 그래서 조선시대 가뭄이 들거나 홍수로 자연재해가 나면 사람들은 굶고 나라의 경제 상황은 무척 나빠져 유리하는 삶이 이어지기 일쑤였다. 이 때문에 세종 때는 남한강 물길이 말라 백성들이 강바닥을 찼다고 했다.

정치적으로 안정화에 대한 노력이 있었으나 이토록 많은 사람을 힘들게 하였지만 해결책을 찾지 못했다. 비단 백성을 괴롭히는 것은 정착하여 농사를 지을 수 있는 처지가 못 되었다. 자연재해뿐만 아니라 질병, 과도한 군역과 조세 등 백성을 괴롭히는 것이 한두 가지 아니었다.

제도에 따른 신분의 차이로 많은 사람이 경제 활동의 제약이 발생했다. 생계를 위해 떠돌거나 피신해서 사는 사람의 수가 늘어났다. 곧 일정한 집과 직업이 없이 이곳저곳으로 떠돌아다니는 자가 많아졌다. 자연발생적으로 도둑과 강도가 생겨나고 사회적 질서의 파괴가 일어났다. 인위적 화재가 혼란을 더 부추기었다.

나라에서 쌀을 나눠주고 죽을 끓여 배고픈 사람을 구하려고 했지만 굶어 죽은 사람이 많았다. 제도가 있어 빈민을 구제하더라도 사회문제를 안정시키기엔 역부족이었다. 노인, 아이, 천대받는 약자 들은 전쟁 때 보다 전염병, 가뭄이 더 무서웠다.

세종이 즉위하고 8년이나 지났다.

병오년 첫 기사,

'세종 때(1426)에 도성 안에 빈번하게 화재가 발생하다.'

도읍 안에 화재가 끊이지 않고 발생했다. 하룻밤에도 두세 곳씩 일어났다. 빈번한 화재를 대비하여 경계를 강화했다. 이것은 불조심하지 아니하여 발생하는 것이 아니었다. 좀도둑의 무리가 도둑질할 생각으로 밤을 틈타 불을 지르는 것이었다.

한성부에서 경계하기를,

"이제 그대로 둘 수가 없사옵니다. 바라옵건대 5부의 여러 동네와 각기 호적상의 집에 부여받도록 하였습니다. 특별히 맡은 소임의 유무를 막론하고 각기 중요한 길에 번갈아 가며 경계하여 지키는 것을 정하였습니다."

범인을 체포하는 사람이 있는 경우 범인의 가산으로 상을 주게 하자는 주장이 있었다. 그대로 실행하였다.

2번째 기사

'병오년(1426)에 도성 안 도둑질에다 화재가 빈번하였다.'

도둑 방지책에 대해 병조에서 일깨우기를,

"근래에 흉년이 들어서 무뢰한 무리가 서로 몰려다니며 도둑질하고, 성안의 주택가에다 불을 지르기까지 하는 일이 없는 날이 거의 없습니다."

삼가 도둑을 방지하는 방책을 결정하여 조항별로 다음과 같이 나열하였다.

- 각 동네와 그 중심지에 현직이나 전직자를 막론하고 각 가구의 인원이 밤마다 1개소에 5명씩으로 정하여 교대로 지켜보며, 각각의 시간마다 도성을 지키는 사람과 특별한 목적을 가지고 순찰할 것.

- 불 지르는 사람을 잡아서 고발하는 자가 있을 때는, 양민은 계급을 초월하여 관직으로 상을 주며, 천민은 양민으로 옮겨 주며 모두 무명 2백 필을 급여할 것.

- 불을 지른 자의 무리 중에서 자진하여 자수하는 자에 대하여 대명률에 '반란을 도모한 큰 역적이 자수한 자'에 대한 예에 의하여 죄를 사면하며, 서로 고발한 자도 죄를 사면하고 무명 2백 필을 상으로 급여할 것 등이었다.

그대로 시행했다.

3번째 기사

'이 해에 또 화재가 발생하다.'

이 기사에 더하여 화재뿐만 아니라 도둑이 없어지지 아니함을 걱정하여 의정부와 육조 대신들과 논의하였다.

임금이 화재와 도둑의 문제가 없어지지 아니함을 걱정하여, 의정부와 육조의 여러 신하를 불러서 내용 파악이나 근원을 캐어 알아내게 했다.

4번째 기사

'같은 해에 도성 안에 빈번하게 화재와 도둑이 끊이지 않다.'

도성의 화재와 도둑이 종식되지 아니함을 걱정하였다. 이제 근심마저 더하여 의정부와 육조 대신이 논의하기에 이르렀다.

임금이 의정부와 육조의 여러 신하를 불러서 이르기를,

"옛 사실을 상고하면, 하늘에서 내리는 재난이 '천재'가 있고, 인간이 저지른 재난 '인재'가 있다. 사람의 일이 아래에서 움직이면, 하늘의 재변이 위에서 나타나는 것은 정한 이치이다. 도둑을 방지하는 계책과 불을 끄는 방법에 대하여 각각 마음을 다하여 건의하라." 하였다.

불이 나지 않도록 미리 막을 수 있는 방편으로 물과 모래를 담아 놓아 '드므'[3]같은 것을 설치하여 보관하다가 전통 한옥 목재 건물 같은 건물에 불이 났을 때 대비하라는 명령도 덧붙였다.

좌의정 이원이 당부하기를,

화재 당한 가구는 가옥과 살림을 모조리 태워, 잿더미가 되어 버렸

---

3) 넓적하게 생긴 독.

다. 그 상황에서 의복과 식량, 목재, 기와, 가재 등을 모두 돈으로만 사들이기가 매우 어려웠다. 생활이 극히 딱하였다. 일반 사람처럼 물건을 팔고 사는 것보다, 연한을 정하여 자질구레한 물건을 하나 가지고 여러 가지 겸하여 쓰도록 하게 했다. 시장 가계를 관리하고 감독하는 일을 맡아보던 관아에 명령이 내려졌다. 물품을 가지고 매매하는 자에 대하여 문제 삼지 말아야 할 것이라고 말로 단단히 부탁하였다.

이조 참판 성엄이 이르기를,

동전을 사용하지 않는 자는 가산을 관청에서 몰수하도록 하였다. 살아갈 길이 없어 막연한 자들은 원한을 품었다. 평화로운 분위기를 해치는 이유가 여기에 기인한 듯했다. 이제부터는 가산이 관청에 몰수되었거나, 자신이 수군에 보충되었거나, 왕명에 의하여 장형을 받은 자를 제외하고, 다른 물품으로 물건을 사고팔 때는 액수를 계산하여 동전으로 환산하여 3배를 추징토록 원하였다. 이를 건의하니,

명하기를,

"사정에 따라 적당히 고려하여 실시하라." 하였다.

돈령부의 유정현 등이 건의했다.

그는 순탄한 관직 생활을 보낸 인물로 성품은 무척 과단성이 있고 또한 검소, 근면하였다. 그래서 일을 처리함 있어서 이치를 따지고, 옳은 일을 주장할 때는 조금도 거리낌이 없었다. 양녕대군의 세자 위를 폐할 때도 누구도 감히 말을 꺼내지 못하였으나, 먼저 현명한 이를 세자로 책봉해야 한다고 주장한 인물이었다.

다른 곳에서 떠돌이로 들어와 살면서 농업, 공업 또는 돈 생길 현실

적인 일을 하지 아니하는 경우와 서울에서 놀고먹는 무리에 대하여 징계하라 했다. 한성부 호적에 올라 있는 호주와 가족과 이웃에게 관가에 이런 자들이 있음을 고발하게 하였다. 그자들의 내력을 파악해서 자기 위치로 돌아가서 스스로 본분을 알고 일에 성실히 복무하게 하였다. 숨기고 고발하지 않는 자는 법에 따라 처벌할 것이라 건의했다.

또한, 절도로서 세 번 이상 범죄 한 자는 얼굴이나 팔뚝의 살을 따고 흠집 내어 먹물로 죄목을 찍어 넣고, 용서받아서 요행으로 면한 자는 죄상을 다시 심문하여 경기도 밖으로 쫓아 보냈다. 그가 거주하는 지방 관청에서 복무를 수행하여야 하는 국가에 대한 의무를 정해 주고, 사찰을 계속하여 마음대로 출입을 허락하지 못하게 하였다. 이상과 같은 사람을 은닉한 자는 법에 따라 죄를 논하여 형을 적용하기를 원했다.

도성 안에 수맥을 찾아 못이 될 수 있는 곳에 우물을 파서, 물을 저장하여 두는 것이 필요하다고 제안했다.

물을 저장하는 독은 중국의 예에 따라 다섯 가구마다 1개소씩 만들어 두고, 물을 저장하는 상황을 조사해야 할 것이라 하였다. 다양한 방안들이 언급되었다.

황희는 관대하고 후덕하며 침착하고 식견과 도량이 넓으며 신중하였다. 그릇이 크고 훌륭하며 총명이 남보다 뛰어났다. 가정을 다스림에는 검소하였다. 기쁨과 노여움의 감정을 안색으로 드러내지 않았다. 문제를 의논할 적엔 충분히 듣고 올곧고 당당하여 큰 줄기를 잡아

가는 흐름 파악에 힘쓰고, 논리를 번거롭게 바꾸는 것을 좋아하지 아니한 성품이었다.

그가 건의하기를,

"옛 제도를 돌아보게 하여, 신에게 빌어서 재난을 방지하게 할 것입니다. 그 한 가지로 봄철에 기우제를 지내는 것은 옛 제도가 있었으니, 그것을 고려하여 실시하도록 하소서." 했다.

오늘날 지식으로 본다면, 답답한 심정은 이해가 되지만 한 나라의 재상을 지내신 총명한 분의 옛 제도를 운운하여, 기우제를 지내려 한다면 현실적인 방법으로 접근하고 있는가?

심정적으로 이해는 되지만 옛 제도 운운하는 것으로 과연 적극적인 해결 방법이 되겠는가? 하는 의아한 생각이 들었다.

대제학 변계량이 건의하였다.

"법을 세워 제도를 마련하는 것은 백성의 마음을 굳게 결속시켜 국가의 주체를 유지하는 것입니다. 정치가 잘 유지되어 오래도록 편안한 효과를 거두기 위한 것입니다. 그러나 새로운 법이 실시되는 데 대하여 더러는 백성이 원망할 것입니다. 서로 마음이 화합하지 못하면, 곧 하늘의 기후가 순조롭지 못하여 재난이 생기며 불의의 재난이나 사고가 생기어 그칠 줄을 모르게 될 것입니다. 그러므로 법을 실시하는 사람은 너무 급하게 서두르지 말고 오래 계속될 수 있기를 강구 했습니다. 법이 아무리 지극히 잘 되었을지라도 그것을 실시함 있어 그 방법을 얻지 못하면 또한 실시될 수 없는 것입니다." 했다.

그는 귀신과 부처를 섬기고 하늘에 제사를 지냈다 하여 '살기를 탐내고, 죽기를 두려워한 사람'이라는 조롱받기도 했다.

또 정자는 이르기를,

'예로부터 정치를 마련하고 일을 시작할 때 안팎으로 사람의 마음을 얻지 못한다면 결코 성공하지 못한다.'라고 하였다.

"정말 옳은 말씀입니다. 지금 화폐의 법을 마련한 것은 본시 백성들이 이용하기에 편리를 위한 것입니다. 그러나 법을 실시하는데 조항이 지나친 것은 실로 의심할 만합니다. 백성의 필수품으로 식량이 없이는 하루라도 살 수 없는 것입니다.

근래에 흉년이 들어서 식량 때문에 백성들이 허덕이는 것이 과거보다 갑절이나 곤란한데, 이제 곧 백성에게 반드시 화폐만 사용하여 매매하도록 하고 있습니다. 백성은 옛 습관에 젖어서 돈을 사용하는 것을 좋아하지 않았습니다. 매매할 때 자기가 사고 싶은 것을 제대로 사들이지 못하였습니다. 각기 있는 물품을 갖고 와서, 몰래 서로 매매하여 국가의 금령을 범하는 자가 얼마든지 있습니다.

대개 한 집에는 한두 사람, 혹은 서너 사람, 혹은 다섯, 일곱 사람도 되는데, 이제 한 사람이 금령을 위반했기 때문에, 그의 가산을 전부 몰수하여 온 집안사람이 모두 굶게 되옵니다. 이런 방법은 타당치 못한 처사입니다. 더구나 70세 이상 되었거나 병이 있는 사람은 당연히 속죄하게 해야 했다. 이제 벌써 그의 가산을 몰수해 놓고 또 그 지은 죄를 용서받기 위하여 내놓는 돈을 징수한다면 가능한 일인가? 금령을 위반한 사람으로서 돈 한 푼이라도 얻어서 그 죄를 씻으려고 벌 대신에 재물이나 노력 따위를 바치려 한들 어떻게 가능하겠습니까? 이것은 타당치 못한 일 처리입니다.

바라옵건대 백성에게 돈이나 일반 물품을 가지고 마음대로 매매하게 하여 그 생활을 영위하게 하고, 다만 속죄금을 받을 때와 관청에서 사들이는 물품은 반드시 동전銅錢을 사용하게 하면, 돈을 사용하는 법도 없어지지 아니합니다. 백성의 마음도 화합하게 되어, 재변이 저절로 없어질 것입니다." 하였다. 새 법제도 시행에 따른 주민이 화합할 수 있도록 착오 없이 미비점을 보완할 것을 건의하였다. 이제 미비점 보완하도록 하는 방안까지 제시되었다.

5번째 기사에 '병오년 의금부에 잡힌 화적들을 조사하라.'

이 기사에 결과물이 나타났다. 이들을 잡을 수만 있으면 해결책이 될 줄로 믿었다. 이때 화적火賊으로 잡힌 자들이 모두 의금부에 갇혀 있었다. 무리들을 냉정한 마음으로 조사하였다.

임금이 관아 제조 하연에게 이르기를,

"갇혀 있는 화적들을 어떻게 사실을 조사하고 있느냐." 하니,

연이 대답하기를,

"갇힌 자들은 모두 북청, 길주, 영흥 출신이옵니다. 그런데 아직 조사가 끝나지 않았습니다." 하니,

임금이 이르시기를,

"등현 등 집에 불을 질렀다.'라는 함길도 출신인 두지와 귀생이 의심스러운 점이 있었다. 나는 이들의 습관이 된 풍속이 이러하였다는 말은 들었으나 확실히 알 수 없으니, 아무쪼록 냉정한 마음으로 밝게

판단하도록 하라." 하였다.

번거로운 6번째 화재와 관련된 기사는

'같은 해에 계속되는 화재에 대한 대책을 논의하다.' 였다.

도둑만 잡으면 문제가 해결되는 듯하였다.

임금이 말하기를,

"화재는 계속되고, 하늘에서는 비를 내리지 아니하니, 이것이 어찌 된 일이냐? 화재를 만일 하늘이 하는 짓이라 한다면, 어찌 숯을 피워서 불을 지를 리가 있겠는가? 지금 숯으로 불을 질렀다고 하니, 이것은 사람이 한 것임을 알 수 있다. 그러나 사람이 이런 짓을 하게 하는 것도 하늘이 내리는 재앙이다. 어찌 무심히 있을 수 있겠는가? 도둑을 방지하는 방법을 연구하라." 하니,

참찬 최윤덕 대답하기를,

"하늘이 불을 지른다는 것은 알 수 없는 일입니다. 신이 과거에 서북 면 복무 때에, 직접 하늘이 낸 불을 본 일이 있습니다. 돌과 나무가 모두 타버렸습니다." 하였다.

정말 어느 안중이라고 관리의 발언이라 믿기에 너무 말이나 행동이 허황하고 터무니없었다.

임금이 말하기를,

"이 불은 하늘이 낸 불이 아니다. 옛적 송나라 때에 5만 7천여 호가 탔었지만, 지금 우리나라의 화재도 일찍이 이렇게 심한 적이 없었다." 하니,

지사간 고약해가 아뢰기를,

"불을 지른 자와 고발하여 체포하도록 한 자는 마땅히 죄 주고 상을 주어야 할 것입니다. 그러나 화재가 발생하는 것은 오로지 백성의 마음이 바르지 못한 데에 기인하는 것입니다. 백성의 마음이 바르지 못한 것은 실로 대신들에게 관계가 있습니다. 지금 위에는 성스러운 임금이 계신데, 대신들이 하늘의 기후를 순조롭게 조화시키지 못하여 이러한 재변이 일어나게 되었습니다."

옛사람이 이르기를,

"대인大人은 다만 마음 하나를 바로잡는 것뿐이다."

하였으니, 대인의 마음이 바로잡히면 백성의 마음이 평화롭게 되며, 하늘의 기후가 순조로울 것입니다. 하늘의 기후가 순조롭다면 어떻게 풍재와 화재가 이렇게 심할 수가 있겠습니까." 하니,

임금이 말하기를,

"그대의 말이 옳다. 음양이 조화를 잃은 것은 나의 덕이 없거나 부족한 소치로다. 내가 비록 변변치 못하나, 만일 대신이 협조한다면 곧 하늘의 재변도 없어질 수 있을 것이다." 하였다.

한 해 끝으로 7번째 기사

'병오년에 화적 이영생과 장원만 등 자백하다.'

도둑을 잡고 보니 그 문제가 해결되는 것이 아니라 재해 문제까지 속을 썩이었다. 만약 화재를 막고 도둑을 잡아들인다면 사회적 혼란은 사라지는 건가? 근본 원인은 무엇이란 말인가?

떼 지어 횃불을 들고 부잣집을 습격하는 화적 이영생과 장원만 등이 자백하였다.

"저의 일당인 송오막지와 김불자 등 6, 7명이 배를 타고 연변에 있는 여러 지방에서 도둑질하기 위하여, 교동, 강화 등지로 갔다." 하므로,

명을 내리었다. 진무 홍사석, 강화 부사, 교동 지현사, 좌도 수군첨절제사 정포만호井浦萬戶 등과 함께 의논하여 잡아들이게 하였다.

다른 한편으로는 도성 안의 화재를 방지하기 위하여 불을 사용하는 것을 제한하였다. 초혼初昏⁴⁾에서부터 9~11시인 2경更까지 하고, 03~05시인 5경更부터 동틀 때까지 의금부, 병조, 형조, 한성부의 숙직 당하관과 5부의 숙직 관원은 통행 표신通行標信⁵⁾을 받아 금지하게 했다. 그러나 불로 자유로울 수 없었다.

놀랍게도 그해 '병오년' 한 해 동안 일어난 기사들이었다.

이들 사건 기사에서 도둑의 사건에 매개되는 것은 불을 사용하였다는 점이다, 그들을 '화적', '명화적' 또는 '불한당'이라 불렀다. '불'이 가지는 상징적 의미는 무엇인가?

이때의 백성들은 맺힌 원통한 일이 있을 때, 밤에 산 위에 올라가 횃불을 켜서 들고 그 사정을 하늘에 하소연하였다, '홰'는 본래 싸리나

---

4) 초어스름. 해가 지고 어슴푸레 땅거미가 지기 시작할 무렵 7~9시
5) 야간 통행금지 시간에 병조나 형조, 의금부 따위의 벼슬아치가 순찰할 때에 신표로 가지고 다니던 표.

갈대 등을 묶어 불을 붙여서 밤길을 밝히거나 제사 때 화톳불을 놓는 데 쓰는 물건이었다. '홰'는 '炬(횃불 거)'에 대응하는 것으로 스스로 '불'의 의미를 지니고 있었다. 곧 인간만이 이용하는 도구였다. 현대에는 횃불 밝힌다. 횃불 들다. 횃불이 활활 타다. 등의 어휘로 사용된다. '어두운 세상을 밝히다.' '모이자.' '따르라.' '알리다.' '시원스럽다.' '나 여기 있소.' '불순하거나 더러운 것을 깨끗하게 씻어 내다.' 하는 의미가 연상된다.

화적이라 불리는 인물이 내부 맘속 이야기가 살아갈 때 인간의 본질적 삶의 의미를 부여하는 계기가 되기도 한다. 신화 같은 이야기를 창조할 수 있는 부추김이 인간에게 본질적 의지가 아닌가? 삶의 이야기에서 나온 글에서 '불'의 이미지가 언급된 단어가 떠올랐다. 명백한 개체적 깨달음은 빛이었다. 어느 소설가의 '불'의 모습은 주인공이 자각되지 않는 심한 증상이 갑자기 세차게 일어나는 것으로 행해지는 일탈적 충동이 인간의 해방을 보여주는 행위가 연상되었다. '불'을 상징적 언어로 표현하고 있다. 길동의 삶도 이런 행위와 함께 움직이는 듯하였다.

횃불은 원래는 '타오르다', '빛을 내다'는 뜻이다. 불은 화적 불한당들의 정체성을 말할 때 사용되었다. 불과 화적은 스스로 동일시 하였다. 곧 화적들은 군도의 나라와 같은 것으로 보는 행위였다. 군도들 서로 간에 유기적인 관련성이 포함되어 있다. 불을 지르는 것은 화적들의 현실적 내재성을 의도하는 상징성이라 볼 수 있다. 그들 나라의 초월성, 내재성으로 미래성, 현실성이 실현될 수 있도록 하는 의식적 행위의 하나였다. '우리에게 가까이 오는 자는 불 가까이 오는 것이요, 누구든지 우리로부터 멀리 있는 자는 나라로부터 멀리 있는 것이다.' 라는 언어적 표현으로 그들을 불러내고 있었다. 그들의 분노 에너지 표출이요. 불의 광경을 지켜보고 희열과 기쁨이 솟아나는 자신들의 마음에 쌓여 있던 우울함, 불안감, 긴장감 따위가 해소되고 마음이 정화되는 카타르시스였다.

화적 무리는 불이 불편한 맘을 걸러내는 이미지를 봤다. 불은 인간에게 오랫동안 내면의 신비로움과 열정의 상징으로 여겨 왔다. 조선이라는 공간은 두려움과 절망의 절박한 현실이었다. 횃불을 드는 건어둠을 밝히고 부정적인 요소를 소멸시키려는 무엇을 간절하게 바라고 원하는 행위였다. 횃불은 어둠의 소멸인 동시에 세상을 밝게 여는희망의 빛이었다.

세종 조에는 가장 훌륭한 유교 정치로 찬란한 문화가 축적되어 가는 시대였다. 이 시기에는 정치적으로 안정되어 정치, 경제, 사회, 문화 등 전반적인 기틀을 잡은 시기였다. 이 당시는 문화적 치적도 있지만 사회적으로 민심의 동요는 계속되었다. 가뭄과 화재로 사회적 혼란이 끊임없이 야기되었다. 화적들의 활동도 빈번하였다. 촘촘해지는법망도 허사였다.

주 문공 주희도

"때때로 형벌을 가벼이 하는 것을 미덕으로 삼는 사람들도 있지만형벌이 가벼울수록 사람으로서 마땅히 하여야 할 도리에 어긋나고 순리를 거슬러 불순하게 장난칠 마음만 자라게 됩니다. 이제 이들이 살

아난다면 사람들이 모두 범죄를 가볍게 여겨 범법행위가 날로 늘어날 것이 두렵습니다."했다

'도적 떼의 고기를 씹고 싶을 정도'였다니 얼마나 포악한 도적이 들끓었다는 것인가? 게다가 왕실의 재산을 관리하는 내탕고에서 금으로 만든 금 술잔이, 제사를 관장하는 봉상시에서 은제기까지 잇달아 털렸다니 오죽했던 것일까? 사실 '대명률'에 따르면 전과 3범의 절도범은 교수형의 극형을 받아야 한다.

하지만, '절도를 3번 범하면 교수형에 처한다.'라는 법이 있었다. 해마다 국가의 경사나 수재, 혹은 한재 등의 이유로 대사면령이 내려졌다. 전과가 말소되면 그날로 다시 도둑으로 되돌아가, 재범, 3범, 아니 10범까지 이르러도, 끝내 죄지은 사람을 형법에 따라 사형을 받지 않는 자도 허다했다.

그러나 역시 도적질은 끊이지 않았다.

의정부가 두 번째 힘줄을 끊긴 뒤에도 도적질하는 자가 퍽 많았다. 단근의 입법 취지는 힘줄을 끊음으로 인하여 죽을 때까지 쓸모없는 사람이 되어 도적질하지 못하리라고 한 것이었다. 그런데 전과자들은 힘줄을 끊긴 지 두어 달 만에 또 도적질했다.

지금부터는 왼발의 앞 근육을 끊어서 시험해 보게 하소서. 라고 한 자도 있었다.

세종은 의정부의 상소를 따랐다. 세조와 성종 등도 단근형의 유혹을 떨치지 못했다.

세조는 1465년 도적이 창궐하자 절도 초범이지만 창고 미 2석石 이

상, 개인이 사사로이 거처하는 곳의 쌀 5석 이상인 자는 단근 하라고 지시했다. 세종에 버금가는 성군으로 일컬어졌던 성종 때는 단근의 규정이 더 촘촘해지고 더 엄해졌다.

성종 1471년 6월 기사에도

"3인 이상의 무리 떼 절도의 경우 주범은 교수형, 다른 사람의 범죄를 도와준 종범은 근육을 끊는 형과 얼굴에 죄명을 문신하는 경면, 또 장물 2관貫 이상 자 가운데 사형이 아닌 자는 모두 단근과 얼굴에 죄명을 새겨라. 단근은 왼쪽 다리의 복사뼈 힘줄을 1치 3푼 정도 자른다." 했다.

법망을 더욱 촘촘하고 강력하게 쳐봤다.

결국 사형수의 숫자를 줄이자는 세종의 생각은 중신들의 반대로 뜻을 이루지 못했다. 후대 사람들은 이 대목 또한 세종의 애민 정신을 일러주는 상징적인 사건이라고 칭송할 만했다.

그런데 바로 세종 조에 사형수가 190명에 이르렀다. 그렇다면 역사가 말하는 '성군 시대'와 거리가 먼 것이 아니었던가?

당시 현실은 무질서하기 짝이 없었다. 원칙과 바른 규칙은 무시되고 편법과 올바르지 않은 방법이 제멋대로 작동하는, 곧 법에 어그러지고 세상이 어지러워진다는 시기였다. 정치판도 그렇고, 사회도 그렇고, 산업체계도 그러했다. 어느 분야 하나 원칙과 정도를 좇고, 순리를 따르는 곳이 없다고 천한 백성들은 여겼다. 가히 총체적인 무질서 시대라고 또는 도적이 활개 치는 시대였다. '개판, 난장판, 아사리판'

등과 같이 '무질서한 현장'을 지시하는 단어가 많이 쓰이는 것도 이러한 사회적 현상과 무관하지 않았다.

'개판'의 '개'는 '犬'의 뜻이고, '난장판'의 '난장亂場'은 과거를 보는 마당에서 선비들이 질서 없이 들끓어 뒤죽박죽 엉망이 되는 것이다.

이어서 그 어원과 유래를 밝히는 데 어려움이 없다. '개판'은 '개가 날뛰는 무질서하고 난잡한 현장'을, 또 '난장판'이라고도 한다.

이는 '과거장에 모여든 선비들이 무질서하게 들끓고 떠들어대던 현장'을 가리킨다.

그런데 또 다른 '아사리판'의 경우는 그 어원과 유래를 설명하기가 쉽지 않다. '판'은 '일이 벌어진 자리'를 뜻하므로 별문제로 친다 해도, '아사리'라는 단어의 정체를 파악하기가 쉽지 않았다. 그렇다고 '아사리판'의 어원과 유래를 전혀 언급할 수 없는 것은 아니었다.

'아사리판'은 '아사리'와 '판'으로 분석된다. '아사리'라는 단어가 먼저 존재했고, 나중에 '판'이라는 단어가 결합 되어, '아사리판'이라는 새로운 단어가 만들어졌다는 데에는 이견이 없다.

'아사리판'에 대해서는 몇 가지 어원설이 전한다. 그 토박이말 하나는 '아사리'를 동사 '빼앗다'의 옛말 '앗다'의 '앗 - (奪)'에 어미 ' - image font'를 접사 ' - 이'가 결합 된 것이다. '앗 image font에 이'가 '앗+을+이'의 에서 '아사리'로 변형된 것으로 보고 이것에 '판'이 결합 되었다는 것이다. 이 주장에 따르면 '앗 image 근원에 이'는 '빼앗을 사람'이라는 의미가 된다. 빼앗을 사람과 빼앗길 사람이 한데 어울려 무법천지가 된 상태가 바로 '아사리판'이라는 뜻이 아닌가?

그러나 이러한 어원설은 '앗 image 근원에 이'라는 단어가 존재하지 않고 또 그와 같은 단어가 조어造語되기도 어렵다는 점에서 취할 수 없다. 그리고 '빼앗는 사람'과 '뺏기는 사람'이 뒤엉킨 무법천지라면 '뺏기는 사람'에 대한 표현도 조어 과정에 반영되어야 하는데 그것이 확인되지 않는 생각을 자기 나름대로 추측한다는 점에서도 받아들이기 어렵다.

다른 하나는 '아사리'를 '제자를 가르치고 제자의 행위를 지도하여 그 모범이 될 수 있는 중'을 가리키는 '아사리阿闍梨'로 보고, 이것에 '판'이 결합 된 단어로 파악하는 설명이다. 이때의 '아사리'는 범어 'ācārya'에 대한 중국어를 빌려 나타내는 말(音譯語)이다. 이것이 불교와 함께 '아사리'로 국어에 들어와 자리를 잡은 것이다. 이렇게 보면 '아사리판'은 '덕망 높은 스님들이 함께 모이는 장소'로 해석된다. 덕망 높은 '아사리'들은 중요한 일이 있을 때마다 모여서 함께 의견을 개진한다. 지식과 경험이 풍부한 '아사리'들이 함께 모여 각자 이야기를 하다가 보면 의견이 많아지고 또 다양해진다.

물론 서로 다른 의견에 대해서는 격론을 벌이기도 하는데, 그러다 보면 '아사리'들이 모인 장소가 자칫 소란스럽고 무질서해 보일 수가 있다. 바로 이러한 점이 부각 되어 '아사리판'에 '질서 없이 어지러운 현장'이라는 비유적 의미가 생겨난 것이다. 이러한 설명은, '덕망 높은 스님들이 함께 모이는 장소'에서 '질서 없이 어지러운 현장'이라는 의미로의 변화 과정이 자연스럽게 설명될 수 있다는 점으로 크게 지지를 받을 수 있다.

40

그런데 정작 '아사리판'이라는 단어는 사전에 실려 있지 않다. 그러나 전문가들이 참여하는 오픈 사전에 수록되어 있다. 이는 이 단어가 비교적 최근에 만들어진 것일 가능성을 암시했다.

이 주장에 따르면 '앗image 원천 이'는 '빼앗을 사람'이라는 의미가 된다. 빼앗을 사람과 빼앗길 사람이 한데 어울려 무법천지가 된 상태가 바로 '아사리판'이라는 것이다. 빼앗을 사람과 빼앗길 사람이 과연 누구란 말인가? 거친 표현이나 고통스러운 백성의 현실은 어떻게 해결해야 할 것인가?

'목구멍이 포도청이다.'란 말은. 가난으로 굶주리면 먹고살기 위해 범죄도 불가피하다는 것이다. 혹은 살아가기 위해 아니꼽거나 괴로운 일을 당하는 것은 누구든 떨쳐버리기 어렵다. 결국 윤리나 법질서를 깨는 것은 시간문제였다. 현실은 아사리판 또는 개판, 난장판이 되는 것이 자연스러운 일이었다.

곧 법이 아무리 촘촘하게 바느질하여도 허사 아닌가?

세종 조부터 성종 조까지 도둑들이 사회적으로 동요하여 해결책을 건의하고 묘책을 찾으려 했으나 소용없었다. 구조적 문제가 아니었던가?

시씨柴氏 주나라 때 두엄의 상소에서도 도둑에게 서로 고발하도록 하고 고발된 자의 재산의 반을 상으로 주었다. 혹 친척이 괴수로 되었다면, 그 무리만을 죄를 논하고 괴수는 죄를 사면하였다. 이같이 상과 벌을 함께 주는 것을 시행하면 도둑이 모이지 않고 사라져 없어질 것이라는 병법이 제안되기도 했다. 그러나 해결 방법은 찾지 못하고 사회적 혼란은 가중되었다. 다소나마 도둑을 잡는 데 성공한 사람이 있었다. 세조 때에 수원 부사였던 최제남이 도둑을 많이 잡았으나 근원적 해결책은 못되었다. 다만 상벌 논의의 대상이 되었다.

조선의 현실과 길동의 꿈

홍길동은 전라남도 장성군 황룡면 아곡리 아치실에 태어났다. 그곳
에는 몇백 년 됨직한 아름드리 감나무와 시누대山竹가 둘러싸고 있었
다. 그곳이 그의 생가터가 있다. 할아버지 때부터 터전을 잡았다. 그
아래 암탉 골 계곡에는 늘 끊이지 않고 맑은 물이 흘렀다. 봉황산과 제
봉산 사이에 아늑하게 자리 잡은 오동촌 입구에는 영천이 흘렀다. 물
이 방울처럼 솟아오르는 샘이 방울 샘이라 일컬었다. 이 샘은 영험함
이 있었다. 가뭄이 들면 기우제를 지냈다. 때론 물 색깔이 붉기도 하고
뜬 물 같이 희기도 하였다. 이것으로 세상일을 예측해 주기도 했다. 천
재지변 등이 있을 때 황토물이 나오고, 대풍년이 들어 나라에 좋은 일
이 있을 때 흰 물이 나왔다는 이야기를 담고 있는 곳이었다.

장성의 지맥은 호남정맥 내장산에서부터 비롯되었다. 내장산이 서
쪽으로 갈라져 나온 산맥 하나가 입암산을 거처 방장산을 만들고 방
문산으로 흘렀다. 동쪽 한 줄기는 백양산 이어서 대각산으로 흘러갔
다. 우뚝 솟은 방장산은 고창군, 정읍시, 장성군 경계로 위치했다. 산
이 크고 넓어 모든 백성을 포용하는 형상을 하고 있었다. 풍수지리 특
성이 보국의 의미도 잘 갖추고 있었다.

다시 방문산까지 서진한 맥이 문수산을 향해 남진하는데 돌독재 북

쪽으로 맥 하나를 뻗는다. 그리고 장성의 멈춘 산자락 끝에 황룡 천으로 흘렀다. 산이 북쪽에서 왔기 때문에 남쪽이 낮고 북쪽이 높은 지형이었다. 영천은 영산강 권역의 그 수계에 속하며, 백암산 계곡을 따라 광주 나주로 흘러내리는 지류였다. 여기는 더러운 자신을 씻어 낼 수 있는 곳이었다. 또한 먼 곳으로 나아갈 수 있도록 눈을 뜨게 하는 곳이기도 했다. 이 강이 영산강으로 나주를 거쳐 법성포 앞바다로 흘러들었다.

송나라 문천상은 '정기가'에서 정기는 산과 강에서 나온다고 깨우쳤다. 길동이 출생한 장성은 풍수지리 특성을 잘 갖추고 있었다. 그 지맥은 산이 크고 넓어 모든 백성을 포용하는 형상을 담고 있었다. 그는 정기를 고향의 산과 강을 통하여 이어받았다.

기산 마을은 선연(배나드리)의 물이 맑고 옆 산의 경관이 좋아서 생겼다. 안 동네, 바깥 동네가 있는데 기산리(거리제)는 바깥 마을이다. 이곳에는 1480년경 청안이씨가 입향 세거하였다. 사람들은 이런저런 사정으로 이 마을 저 마을로 찾아들었다.

인근에는 고려 때 설치를 한, 마량 부곡의 소재지로 추정되는 마을도 있었다. 마을의 내력은 각기 말 못 할 사정을 품고 있었다.

복산福山에는 장성 서 씨와 탐진 최씨가 살았다는 말이 전하며 장성 관아의 감옥이 있었다. 사람이 그다지 많이 살지 않는 곳에. '왜 이 같은 시설이 필요했을까?' 하는 생각이 들었다.

또 '밀등密燈'이라는 마을이 있는데, 전하는 이야기로는 원래 장성 관아의 말을 기르던 '마장 터'가 있었다고 했다. 이곳은 길동이 어린 시절을 보내며 관심을 두던 장소였다. 길동이 출가하기 전 말에 관하여 눈으로 보고 익히며 친근감을 느끼게 하는 계기가 되었다. 자신도 언젠가 말을 타고 신나게 무예를 익히며 행복해질 날을 꿈꿨다.

장성 땅 목란마을 갈재 고개 아래에 주막집이 하나 있었다. 이곳은 사람이나 물류가 오가는 길목이었다. 외부와 소통을 하는 곳이기도 했다. 또 다른 소통의 공간은 장터나 주막 절간 등이었다. 먼 곳 외부와의 통로의 역할은 나주의 나루터였다. 이곳은 외부인들의 출입이 빈번한 곳이었다.

인근에 하청사와 백학 암이 있었다. 바위 모습이 학같이 생겨 학 바위라 불렀다 이곳 절을 백양사라 불렀다.

장성군 남면에 '신가래'라는 시장 마을이 있었다. 이 마을에는 신거무 장이라는 장터의 흔적이 아직도 남아 있다. 지금의 장터는 이전하여 광주 광산구 비아면 비아 장이 되었다. 여기 신거무 장이 하나의 전설을 간직하고 있었다.

이 장은 오전에 많은 사람이 모여 흥청거렸다. 그렇지만 낮 오시(12시)만 되면 모든 사람이 가버리고 빈 장터만이 쓸쓸히 있을 뿐이었다. 이 장터는 불태산과 인연이 깊다고 하였다. 신라시대에 창건되었다고 알려진 '하청사下淸寺' 터로, 장성군 장성읍 유탕리 서골 마을 자리에 있었다. 당대 매월당 김시습과 그의 사후 문신인 하서 김인후가 시詩의 흔적을 남긴 곳이기도 한 장소로 자운 선사가 절에 머물면서 체취를 느낄 수 있는 곳이었다.

불태산은 '하청사'라는 절을 안고 있었다. 불태산이라고도 하고 베

틀에 달린 '보디' 모양으로 생겼기에 '보두산'이라고도 불렀다. 보디 물린 양쪽 끝의 위로는 8정승이 태어났다는 담양이 자리 잡고 있으며 아래로는 이조판서를 태어나게 할 진원 고을이 아담하게 들어앉아 있었다.

이 불태산에 진원 현 고산리 동네 머리에서 살던 어느 노부부가 밤낮을 가리지 않고 치성을 드렸다. 100일 동안 있는 정성을 다한 후에 태기가 있어 아들을 낳았다. 이 경사를 즐거워하는 부모와 더불어 모든 사람이 똑같이 놀라운 반응을 보였다. 눈을 의심했다. 눈을 비비고 마음을 가다듬어 다시 한번 얼핏 보고 문득 모습을 깨닫자 묵묵히 바라볼 뿐이었다. 이유는 사람다운 아기가 아니라 생김새가 괴팍한 이미지로 예사롭지 않았다. 사람 모습이지만 위에는 독기 서린 거무(거미) 모양이니 입을 벌린 채 놀라지 않을 수 없었다. 이 거무 같은 이가 바로 소문의 주인공인 '신거무'이었다. 이 독거미가 괴물 같아 독거미들을 불태워 죽이려다 불을 낼 것 같았다. 독거미는 짝짓기 직후 수컷을 잡아먹는 습성이 있다. 그런 습성이 '신검무'란 별명이 붙여졌다.

비상하고 괴상한 '신거무'는 어렸을 때부터 굉장히 힘이 세어 장수라는 별칭을 얻었다, 또한 아이들은 신거무와 놀지도 않았으니, 신거무는 외톨박이가 되었다. 그의 비범함과 공격성은 사회에 대해 부정적 환멸을 느끼고 난폭한 행동을 하기에 이르렀다.

젊은 청년이 되어서는 말로 표현할 수 없을 만큼 행패가 심해졌다. 두 사람만 모이면 이야기하는 게 그에 대한 것이었지만, 막상 그의 그림자만 보아도 놀라 경기할 정도였다. 조금만 비위에 거슬리면 사람

목숨을 파리 목숨과도 같이 생각하는 그였기 때문이다. 또 하나의 소름 끼치는 일은 현감이 부임해 오기만 하면 그날 저녁에 해쳐 버리는 것이었다. 이에 두려움과 공포 때문에 감히 현감으로 내려올 사람이 없었다. 신거무가 그렇게 무서운 악마와 같다는 소문이 꼬리를 물고 퍼지게 되었다.

그런데 언제나 '신거무' 장날이면 제일 늦게 돌아가는 사람이 죽어 갔다. 사회 냉대에 대하여 신거무 보복이었을까? 그래서 사람들은 장에 나왔다가 정오쯤이면 귀가를 서둘러 파시가 되었다. 지금도 사람이 모였다가 갑자기 흩어지는 것을 일컬어 "신거무장 파하듯 한다."라는 비유가 머리에 남아 아련하게 맴돌았다. 현재 이 장터마저 옮겨 광주 광산구의 '비아장'이 되었다고 했다. 이 사거리 장터는 여름철 연꽃이 가장 활기 있고 왕성하게 핀다고 했다. 그 꽃은 뿌리줄기는 끝으로 갈수록 굵게 자라고, 잎은 물 위에 떠 여름날의 자태를 분홍이나 백색의 꽃으로 피어난다. 그 꽃은 진흙 속에서도 아름다움을 피워 불가에서 특히 공경하고 숭배하는 꽃으로 알려져 있다. 한때는 흥청거렸던 장터의 부산함과 신거무의 일탈 된 행동이 일정한 목적이나 방향이 없이 헤매던 젊은 날의 괴팍한 성미가 뿌리줄기를 진흙 속에 묻고 흰 연꽃으로 피었을까?

백성을 위하여 '신거무'를 처단하고 죽어 간 송 정승 아들의 무용담도 남자로서 정의를 용감하게 실천하는 이야기로 장성에는 전설처럼 전하여져 내려오고 있는 것일까? 이러한 전설은 신화와는 달리 강한 지역성과 역사성과 곧 시대성을 가지고 있다. 신화가 까마득한 태초,

역사 이전의 신격화 된 이야기라면 이 전설은 강한 지역성과 시대성을 가지고 있다. '흰 거미' 그 '신거무' 유래 이야기는 진현 고을 송씨와 신거무의 갈등이 깊어진 이후 그 자제가 그곳으로 오게 되었다. 부임 후 신거무를 위협해서 물고를 냈다는 말이 전승되고 있었다. '신거무' 자제가 부친이 죽으면서 거미나 되어 그 원한으로 현감 신체를 공격하여 팔다리와 몸을 막 물어뜯어 신체가 훼손되어 결국 죽었다고 하는 기막힌 이야기가 전해졌다.

'신거무'는 언어의 변화 과정에서 이 낱말이 '흰 거미'라는 뜻이라 알려져 있다. 생태계에는 '도둑 거미'라고 불리는 곤충이 있다. 대부분 거미가 먹잇감으로 다른 곤충을 선호하는 반면에 이종들은 다른 거미의 거미줄에 침입하여 그 미끼에 걸려든 거미를 포식하는 독특한 특성이 있다. 이런 생태 때문, 배회성 거미도 정주성 거미도 아닌 특이한 종이었다. 영악한 거미이다. 단순히 침입해서 다른 거미를 포식하는 것이 아니라 거미줄에 패턴을 분석해서 작은 날벌레가 걸렸을 때 진동을 일으켜 유인해서 포식하는 특성이 있다. 배회성 거미들이 종종 거미줄에 잘못 빠졌다가 정주성 거미에게 잡아먹히는 경우가 있다. 이놈들은 거미줄에 걸리지 않고 원하는 양의 일정한 진동만 내기도 한다. 때론 인간의 눈으로 보면 괴이하고 흉악한 종이었다.

이 전설은 강한 지역성과 시대성을 가지고 있다. 전설은 어느 특정 시대, 특정 지역의 특정 인물에 관한 이야기처럼 느껴졌다. 즉 특정한 시기나 지명 등이 구체적으로 제시되어 있으며, 그 증거도 존재한다고 믿고 있었다. 그 전설은 15세기경이라는 시대적 역사성, 장성 인근이라는 지역성 비춰보면 옳지 않은 행위로 생겨 추악해진 이름을 후세에 오래도록 남긴 도둑 아닌 강도가 있었다. 그의 이미지가 오버 랩 되면서 말과 행동이 괴이하고 사납고 고약한 인물이 연상되었다. 이때 화적으로 유명한 인물이 떠올랐다. 길동이 세상에 나오기 전부터 좀 앞선 시기에 성미가 까다롭고 별나며 사납고 악한 험상궂은 불한당이 있었다. 그는 악명으로 유명한 인물이었고 남들이 두려워 멀리했다. 길동은 이런 소문을 귀동냥한 어린 시절 절로 귀를 열고 눈으로 보았다.

조선은 새로운 시대가 열리고 제도가 정비 되어가고 찬란한 문화의 기틀을 잡아가는 노력이 한창이었다. 조선 초에는 각 분야에서 뿌리를 내리려는 몸부림은 계속되었으나 그래도 어두운 그림자는 있었다.

「노비종부법」은 태종 때부터 제안되어 시행되었다. 본래 양반 집안 얼자들을 위한 법이었지만 점차 천인들의 신분 세탁 용도로 남용되기 시작했다. 또한 제도적으로 보충군을 두어, 일정 기간 복무하면 얼자들을 면천시켜 주었다. 이 방법 또한 매력적이었다. 노비 남녀가 관계를 맺어 자식을 낳게 되면 여자 노비는 양인 외간 남자를 유혹해 사실은 노비 사이에서 낳은 자녀가 양인 남자와의 관계에서 낳은 자녀라고 우기는 방법으로 자녀들의 신분 세탁을 시도했다. 특히 공노비의 경우 이런 일이 발생할 시 관청에서 대강 넘어가는 경우가 많았기 때문에 노비들 사이에서 일종에 위장 결혼이 매우 성하게 유행하게 되었다.

이는 삼강오륜을 바탕으로 유교를 중요하게 여기는 성리학 국가 조선에서 도저히 너그러운 마음으로 받아들일 수 없는 행위였다. 심하게는 이렇게 낳은 자녀들의 경우 진짜 아비가 누구인지 정확히 분별하기 어려운 사태까지 발생하기도 했다. 이에 세종은 이처럼 부모와 자식, 형제와 자매 사이에서 마땅히 지켜야 할 도리를 어기고 사회 질서를 허물어뜨리는 법은 문제가 있다고 여겼다. 차라리 어머니의 신분을 따라가는 「노비종모법」을 시행하자고 주장했다. 왜냐하면 어머니의 경우 아이를 낳을 때 어머니 스스로가 누구인지를 속이기는 거의 불가능했기 때문이었다.

결국 세종 조에 와서 조선은 '노비종모법'으로 선회하게 되었다. 하지만 그렇다고 해서 노비의 수가 거듭할 때마다 몇 배의 비율로 늘어나진 않았다. 어차피 '종부법'을 하든지 '종모법'을 하든지 노비의 자녀들이 양인이 되는 데에는 절차가 까다롭긴 마찬가지였다. 국가에서는 사회 질서를 유지하기 위해 양인과 천인의 비율을 적절히 조절하는 것이 필요했기 때문이었다.

조선의 경제 구조는 농자천하지대본을 근간으로 삼는 체제였다. 이러한 시대에 자신의 토지를 보유하지 못한 빈민은 사실 노비보다도 못한 존재가 될 수밖에 없었다. 가난한 빈민의 경우 화전민이 되거나 도적이 되는 경우가 많았으며 좀 더 안락한 삶을 살기 위해서는 차라리 권세가에 밑으로 들어가 남의 세력에 기대어 노비가 되는 일도 꽤 있었다.

따라서 만약 갑작스럽게 노비들을 양인으로 만들어 버릴 때 제대로 된 경제 기반을 갖추지 못한 노비들은 빈민으로 전락할 가능성이 컸다. 그리고 이렇게 대량으로 양산된 빈민들은 유랑민이 되거나 심하게는 도적 떼로 돌변할 수도 있었으니 조선 조정으로써도 갑작스럽게 노비의 수를 대폭 줄이는 건 고민스러운 일이 아닐 수 없었다.

　조선 사회는 나라를 이끌어 갈 반드시 일정 비율 이상의 노비 숫자를 유지가 필요했다. 이는 일종에 효율적 인구 조정 정책이기도 했다. 조선 사회가 노비제도를 해체하기 위해서는 갑자기 형성된 양인 노동력을 대거 투입할 무언가가 필요했다. 만약 조선이 상업과 공업이나 무역이 발달한 산업경영 사회가 된다면 노비제의 해체는 가능하겠지만 유교를 중시하는 조선으로선 농업이 경제 생산의 근간인 이상 당장 '노비제'를 해체해 버리는 일은 매우 어려운 선택이라 할 수 있었다.

　길동은 양반가에서 홍상직 아들로 출생했다. 어머니 옥영향은 관기로서 천한 신분이었다. 그는 얼자로 태어났다. 그는 어려서부터 남에 대한 동정심이 많았고, 어려운 현실 속에서도 참을성이 강한 소년이었다. 이웃의 평가는 영민하며 이해심이 많고 사람들과 잘 어울리고 남을 돕는 일에 흥미를 갖고 있다고 했다. 독립적이며 틀에 박힌 일이나 규칙을 싫어하고 끈기가 있었다.

　조선 세종 때 이 땅에 자라면서부터 영문도 모른 채 소외되고 있었다. 점점 자라면서부터 '아버지'를 부를 때 '아버지'라 하지 못하고 '대감'이라 불렀다. 자신을 스스로 '소자'라 부르지 못하고 '소인'이라 했다.

　사정은 이러했다. 모든 신분과 직종에 따라 품계를 제한하여 벼슬아치가 죄를 지어 관직에서 물러나게 되었던 사람을 다시 등용하는 때가 있어, 그런 제도 따라 양반은 정일품, 기술관과 양반 서얼은 정삼품 당하관, 토관·향리는 정오품으로 제한하였다. 죄를 지으면 종이 되거나 죄인이 관아의 노비로 넘어가게 되면 관아에 속하게 된 종은 공천公賤이었다. 개인에 의해 매매되고 사람을 부리어 일을 시키던 종. 비복(남, 여종), 백정白丁, 무당, 광대, 창녀 따위가 사천이었다. 자기의 여자 종을 취하였으면 소생所生은 자기의 정부나 관아 따위에 주인에게 주고, 처로 계집종을 취하였으면 소생은 처의 관과 주인에게 주게 되었다. 만약에 어질고 착한 아내를 얻고 또 그 아내의 계집종을 취하였으면 소생은 자기의 관官과 주主에게 주고, 만약에 그 어질고 착한 아내가 다른 지아비와 아울러 생산한 자녀가 있으면 그 자녀도 주게 하였다.

조선 초 서울에 거주하는 미관말직이라도 양반 관료는 100명의 노비는 소유하였다. 현재 전하는 '분재기'에 노비를 가장 많이 소유한 사람은 홍문관 부제학을 역임한 정3품 '이맹현'이라 기록하고 있다. 총 758명을 소유하고 있었다. 세종의 5 왕자 광평대군, 8 왕자는 영웅대군이 1만 명이 넘었다.

노비의 진정한 요건은 법 대응 능력 상실에 있다. 이를 '올란도 패터슨'의 '노예의 사회학에 대한 자세한 연구'에서 지적했다. '노예'란 '사회적 죽음'이라 표현했다. 노예는 살아 있지만 실은 죽은 자와 마찬가지다. 타인의 불법 권리에 맞설 수 없고 자신을 보호해 줄 공동체를 상실한 상태가 노예의 본바탕이다. 당시 '노비 고소 금지법'으로 노비가 주인을 고소할 법적 권리를 빼앗긴 것이다. 이후 노비는 주인의 완전한 사유재산으로 바뀌었다. 천한 노비에게는 애초부터 인간으로서 누려야 할 천부인권을 제한받았다.

세종 원년에 평양 감사가 기생제와 관련하여 2가지를 의견을 표하였다.

하나는 기생으로 말미암아 풍속이 문란해지니 기생의 간음을 금지하자는 것이고, 다른 하나는 기생이 부족하니 충원해야 한다고 주장했다. 결국 여러 신하의 반대에도 불구하고 감사의 고집으로 금지하자는 주장을 채택했다.

길동의 출생 후 노비의 기틀을 마련한 것은 '종모법從母法'의 완성이었다. 어미가 기생이면 다른 기생의 딸을 관기로 기생의 아들을 관노로 만들었다. 부계의 신분을 따르는 것이 아니라 어미의 신분에 따라 신분이 세습되는 율이 적용되었다.

조선 초에는 종부從父의 법이 실시되었다. 그 이후 사회가 유교 사회로 정착되어 감에 따라 법률 정비도 필요하였다. 계유 정란 이후 세조는 국가통치를 원활히 하기 위해 공신들을 많이 우대했다. 반대되는 쪽에 있는 사람들도 회유책으로 많이 끌어들여 그들을 보듬었다. 나라를 지탱해 나갈 천 역에 대한 문제가 논의되었다. 천 역을 양인으로 삼는 길을 모조리 열어 준다면, 누가 천 역을 감당하겠는가? 천 역에게 기회를 주느냐? 마느냐? 해법 마련은 오히려 종모법의 시행으로 얼자들은 기회가 박탈되는 아픔과 두려움이 생겨났다. 그들은 법에 대한 대응 능력 상실에 있었다.

천인들은 나라를 구하기 위해 여러 정책이 필요한 시기이기도 했다. 세종 조에는 여진의 침략이 잦아지자, 4군 6진을 설치하고 압록강까지 국경을 확장하는 노력을 하였다. 그때 남쪽에 사는 사람들을 여진 쪽으로 이주시켜, 그곳에 거주하는 사람을 관리로 임명하는 그 지방 사람을 그 지방의 관리로 임명하는 것이다. 조선시대 관리 임명 원칙은 그 지방 사람을 그 지방에 관리로 임명하지 않는 상피 제도였으나, 세종 때 임시로 토관 제도가 시행되었다. 이 제도를 활용하여 민심을 수습하려 했던 정책이 있었다. 그때 노비들을 많이 이주시켰다. 나라의 필요에 따라 행해진 그것은 일종의 이민정책이었다.

길동이 4살 때쯤이었다. 세종 26년(1444년) 7월 22일 기사에 함길도 관찰사에게 명하여 직무 중 생겨난 길동의 아비 경성 절제사 홍상직의 그릇된 행위 실상을 조사하도록 하였다.

훗날 길동이 27살 무렵 그의 꿈을 찾을 기회가 왔다. 1467년(세조 13) 함경도에서 '이시애 난'이 일어났다. 이를 토벌하기 위해 출전한 관군의 부족한 무기와 군량을 조달할 사람이 필요했다. 이때 노비가 그 역할을 담당하거나, 곡 50섬을 바치면 천민의 신분에서 벗어나 평민이 되게 노비를 놓아주어 양민良民이 되게 하였다. 나라의 요구에 따라 면천의 기회가 찾아오기도 했다. 그러나 곡 50섬을 마련하는 불가능 했다. 참여하지 않으면 기회가 상실되었다. 이때 행운을 잡은 이도 있었으나, 길동은 그 기회를 잃어버렸다. 그의 기회 선택은 그가 처한 상황에 뻔하였다. 차일피일하다가 결국 성종 때 이르고서야 모든 길이 막혀 버렸다.

그즈음에 세조 14년(1468년) 기사에 성균 진사 송희헌의 '종모법'에 대한 글이 실렸다.

"신이 깊이 잘 생각하건대, 만물은 하늘에 밑천으로 삼아 시작되고 또한 땅에 바탕으로 삼아 생장하는 까닭으로, 하늘과 땅에 먼저와 나중이 있고, 부모父母에 대한 가벼움과 무거움이 없을 수 없다고 여깁니다. 지금 우리 번창하는 왕조는 하늘과 땅, 천지 만물을 만들어 내는 상반하는 성질의 두 가지 기운 음양의 사람으로서 지켜야 할 도리를 내세웠습니다. 노비는 부모 가운데 아비가 양인良人일 때, 그 자손도 양인이 되게 하던 법인 '종부從父의 법'에 매었습니다. 그 뜻이 정도가 지나쳐 마치 세상에 차려놓은 음식 같다고 믿습니다. 그러나 신이 들은 바로는 아비는 아비답게 하고 자식은 자식답게 하여야 한다. 나라 전체가 마음이 한곳으로 치우침이 없이, 마땅하고 떳떳한 도리를 취할 때, 움직이지 않는 안정된 상태가 될 것입니다. 신의 망령된 뜻으로 생각해 보건대 이 법을 영구히 대로 좇아서 지키면, 그 몸이 양인良人이 되려는 자는 타인他人의 아비를 일컬어 반드시 그 아비를 아비로 생각하지 않을 것입니다. 만약 이에 종奴과 주인이 집안을 숨김없이 드러내고 다투어 트집을 잡아서 따지고 캐묻는다면, 아마 판관은 그 옳고 그름을 잘 판단하지 못하여 형사상의 송사가 발생하여, 틀림없이 이로 말미암아 더욱 일의 갈피를 잡지 못하는 것은 물론 어수선하고 복잡하게 될 것입니다. 사람이 지켜야 할 도리가 어그러지면 반드시 정신적으로나 물질적으로나 피해나 괴로움을 겪게 될 것이 뻔했다. 이것이 하늘과 땅의 이치로 과연 조종의 뜻에 합할 수 있겠습니까? 저 형사상의 송사가 번거로움과 사람이 지켜야 할 도리에 입는 피해나 괴로움이 비록 염려되지 않아도, 대개 세상 사람의 마음은 이익이나 이득을 부르짖게 되고, 이롭지 못하거나 손해 보는 것을 피하고자 하며 욕설을 듣는 것도 싫어할 것입니다. 오히려 이름이 세상에 빛남을 기뻐할 것입니다.

무릇 노예처럼 천한 무리가 어느 누가 그 몸이 양인이 되려고 하지 않겠는가? 그 아들도 역시 양인이 되려고 할 것입니다. 신이 두려운 것은 이 법을 혁파하지 아니하여 양인과 천인이 서로 혼인한다면, 모든 공공의 일과 사사로운 일로 선례가 되어, 백 가지 요리조리 생각해 낸 교묘한 꾀로 면하기를 엿볼 것입니다. 예전의 수효가 해마다 줄고 달마다 줄어 점차 국가의 폐단을 마침내는 구제할 수 없을 지경에 이를 것입니다. 엎드려 바라건대 성상께서는 이 점을 유의해 달라는 간곡한 글을 올립니다."

이 기사의 내용은 길동에게는 무척 힘을 내도록 격려하여 용기를 북돋우는 반가운 소식이 될 만하였다. 마치 천군만마를 얻은 듯했다. 그러나 현실은 녹록하지 않았다.

진사의 간청은 좋았으나 출발부터가 기가 막히는 처지였다.

언어에 대한 개념의 문이 열리면서 '신분'이라는 단어의 의미를 본능적으로 구분하였다. 그 순간부터 '나는 아버지가 같은 핏줄의 형제라도 일동이 형과 다르구나!' 형은 과거에 시험을 보았는데 자신은 성장해서도 당당하게 응시할 수 없다는 사실을 깨닫기 시작했다. 자라면서 조상의 제사에서도 함께 설 수가 없었다. 아버지의 재산도 하나도 받을 수 없을 거라고 직감했다. 다른 존재이구나!' 난 버림을 받았나? 그럼 난 뭔가? 이런 세상 속에서 꿈은 있는가? 가능성은 있는가? 하고 자기의 정체성을 찾아갔다. 점점 답답해졌다. 좌절의 아픔이 가슴을 저미어 왔다. 그런 절박한 상황에서 그래도 살아남아야 했다.

세상에 대한 반감이 스멀스멀 기어 나왔다. 결국 사람 사는 세상에 대한 분노와 연민을 느꼈다. 처음의 시련을 느끼게 된 계기는 과거 시험응시였다. 얼자여서 차별이 있었다. 조선의 국시가 유교적 사회 건설이었다. 그런 조선의 사회가 용납되지 않았다. 서·얼자와 적자가 구분되는 사회였다. 고려 사회는 적서차별을 두지 않았다. 그런데 조선은 달랐다. 평등한 기회가 보장되는 사회가 아니었다. 인류의 역사는 바람직한 사회로 발전해가야 하는데, 오히려 인간의 존엄한 가치가 훼손되는 사회로 가고 있었다.

사회적 갈등은 인정욕구에서 출발한다. 인간으로서 권리의 부정은 자기의 정체성이 무시당하는 데 기인한다. 바로 극단적 저항 분노 좌절을 가져오기 마련이다. 비인간적 차별적 대우로는 갈등을 해결할 수 없었다. 무시가 아닌 동등한 인정이 필요했다. 열심히 살았는데도 삶의 희망이 보이지 않았다. 그렇다면 도덕적 윤리적 문제로 갈등을 해결할 수가 없었다. 사회적 갈등의 원인은 권력과 자본을 넘어 인정이 아닌 무시에 있었다. 삶의 기본적이고 궁극적인 조건은 삶의 인정이다. 새로운 가치의 속성은 인정 행위를 통해 확인된다. 그러므로 인간 자체의 자주적 능력 향상을 위해 노력한다. 이것이 바로 새로운 문화적 변화라는 진취적 사고가 역사적 과정으로 일어날 것이다.

경국대전에 제시된 신분제라는 폐쇄적 양식의 틀이 산 자의 존재를 자연히 정해진 방식으로 구속했다. 사람이 보는 세계를 주위의 자연과 일체가 되어 나무 사이를 뛰어다닐 때 걸려서 방해됨이 없이 평화로웠다. 그러다가 문득 주위의 나무들이 벽으로 둘러싸인 감옥처럼 느껴질 때, 마치 아름답고 역동적인 생활 근거지가 갑자기 벽처럼 갑갑함을 지울 수 없게 된다. 또한 권태롭고 불안해지게 된다.

그것이 인간이 친 공고하고 두터운 벽이라 여길 때 공포가 시작된다. 감옥 같은 폐쇄적 공간에 놓여 그 두려움을 확인했을 때, 인간은 부지불식간에 질식한다. 이 경우 자기의 체험, 자기만이 이해하고 있는 그 공간을 소유하고자 창조적이고 진취적인 노력하게 되든지, 폐쇄공포 증에 사로잡혀 욕구불만이 생겨 자기를 둘러싼 모든 것을 분노하고 벽을 뚫고 밖으로 제한된 환경이나 구속 등에서 빠져나오려 한다. 또는 구조적 틀 속에 있다는 것을 인식하지 못하고, 모든 것을 잊기 위해 감정을 다 포기하고 무관심, 무감각하며 순응하며 기회를 포기하기도 한다.

하여튼 인간은 주로 욕망, 분노, 어리석음, 절망, 희망이라는 여러 가지 중 어느 하나의 방향으로 각자 찾아 나가려 힘을 쏟는다. 각자의 방향으로 가면서 자기가 갖는 입맛에 따라 이름을 붙이기 시작한다. 이것은 창문이다, 여기는 살맛이 난다, 저 벽은 나쁘다, 그런 것을 좋아하느냐? 싫어하느냐? 혹은 무관심하느냐? 에 따라 입맛에 맞는 이름을 붙여 분류 평가하기 위한 개념적 틀을 만들어 낸다. 이러한 개념의 틀에서 인간은 꿈같은 이상을 끊임없이 이어가고, 사물이 놓여 있는 그대로 보지 않고 자기가 원하는 형태로 시선을 둔다.

조선 사회는 자라날 때 남자아이는 어른의 부름에 빨리 대답하게 하고 여자아이는 느리게 대답하게 했다. 남자아이의 띠는 가죽으로 만들고 여자아이의 띠는 실로 만드는 등 구별하여 키웠다. 남자아이는 교육 내용도 나이 구분에 따라 완전히 달라 남자는 6살이 되면 숫자를 헤아리는 것과 동서남북의 방위를 가르쳤다. 9살이 되면 초하루와 보름, 육십갑자 등 날짜를 헤아리는 것을 가르쳤다. 10살이 되면 밖의 스승에게 나아가 배우게 하였다. 길을 걸을 때도 남자는 오른쪽, 여자는 왼쪽으로 다니게 하였다.

그러나 이러한 남녀의 서로 다른 교육 및 내외법은 양반층의 이야기일 뿐이다. 서얼의 경우에는 특별히 교육이랄 것도 없었고 내외법도 지켜지지 않았다. 남자들은 군역과 부역 조세 같은 부담을 안고 살거나 과거는 엄두도 내지 못하고 전문기술직이나 논밭에 나가 일해야 하는 처지에 여유란 가당치도 않았다. 또 아이 엄마가 밭일할 때 나뭇등걸에 묶어 놓거나 어린 누나의 등에 업혀 길러져야 했다. 유아교육 같은 것은 엄두도 못 낼 처지였다.

길동은 혼자 울분을 토해내고 있었다.

"천지지간 만물 중에 인간이 최고 귀하니, 천하는 무궁한 것으로 또한 변화가 무궁하다고 할 수 있을 것입니다. 이는 오직 하늘이 사람을 쓰고자 하는 대로 능히 살피고 살피시어, 여러 사람 가운데서 쓸 만한 인재를 필요에 따라 뽑을 수 있게 하고자 함이 무엇이 문제가 되겠습니까? 어찌 앉아서 호걸을 잃어버리는 데까지 이르게 한단 말인가?

항차 하늘이 살아 움직이는 용과 펄펄 날뛰는 범과 같은 무리를 낳고도 유교적 정치적 이념의 굴레에 갇힌다면 과연 평등한 기회가 주어지는 사회인가? 누구든 배움의 법도에 어긋나지 않는 한 사람은 신분이 아닌 능력에 따라 기회가 보장되어야 하지 않는가? 도교든 불교든 그들이 찾는 세계에 들어가지 못한다면 반드시 저 무리로부터 마음은 멀리 떠나 분노와 갈등이 생길 것이 뻔합니다. 원컨대, 누구에게나 기회가 보장되는 사회가 되길 간절히 바랍니다."

지엄한 국법 앞에 무너질 수밖에 없었다. 혼자의 힘으로 무얼 이룰 수도 없었다. 국법 존재의 목적은 무엇인가? 모든 구성원의 평화였다. 인권의 보호를 받지 못하는 불평등에 문제가 있다고 여겼다. 평화로운 세상에 도달하기 위해서는 그 수단이 투쟁이었다. 투쟁은 대의명분이 있을 때만 가능한 일이었다. 투쟁은 좋은 세상이 올 때까지 계속되어야 했다. 그런 노력은 일부에게는 피해를 줄지 모르나 그것을 겪고 나면 더욱 양양해지고 이득이 커 폐를 갚고도 남아 모두의 행복을 나눌 수 있어 사회의 정의를 실현되는 것이라 믿었다. 대의는 조직에 참여한 구성원들이 고락을 함께 할 수 있을 때 가능한 일이었다.

국법을 걷어낼 변화된 제도를 꿈꾸고 있었다. 자신 생각을 지지해줄 사람들이 필요했다. 세상을 변화시킬 힘의 원천은 백성들의 힘이었다. 세상을 바꿀 새로운 에너지 충전이 필수였다. 같은 처지 사람 속에 들어가 지지를 얻는 일이었다. 그 뜻의 실현 대상은 운명을 함께할 '백성'이었다. 힘이 모이는 때를 기다렸다. 개울물이 모여 강물을 이루고 다시 바다로 흘러 에너지를 담아뒀다가, 언젠가 바람이 일어 큰 파도로 용솟음치기를 기다렸다. '밤이 새면 아침이 되고, 해가 지면 밤이 된다. 비바람이 칠 때는 어둡고, 날이 개면 해가 맑다.' 그런 날씨는 인간에게도 좌우되었다.

지난날 어린 시절 영산강이 바다로 흘러가는 포구 근처에서 살았다. 육지와 거리가 그다지 멀지 않은 곳에 살며 뭍으로 드나드는 사람에게 들은 이야기가 있었다. 그들의 말에 의하면,

"사람이 살지 않는 섬과 사람들이 평화롭게 살아가는 큰 섬이 있다."라고 했다.

그땐 흘려들었지만,

'유구국인이 표류하여 조선에 입항했던 그들이 살던 곳이 '살만한 세상' 곧 이상세계 율도국이 아닌가?'하고, 가끔 상상도 했다.

'조선 땅 밖에도 사람이 살지 않은 곳이 많으니 저쪽 세상은 어떤가?' 궁금해서 답답한 마음이었다.

"과연 그곳이 내가 차별 없이 살 곳이겠는가?" 중얼거렸다.

출발이 차별이 있는 사회의 삶은 비참하다고 여겼다. 도저히 남의 말이나 행동을 잘 알아차릴 수가 없었다. 분노는 자신을 지켜내는 에너지였다. 그래도 그는 '차별 없는 삶의 꿈을 이루는 일을 게을리해서는 안 된다.' 하며, 머리로 되뇌고 있었다. 세속 세계의 주인인 백성의 속으로 들어가야 생명력을 얻을 수 있다고 생각했다. 그곳이 길동의 꿈이 실현되는 곳이라 여겼다.

조선은 사회관계를 구성하는 서열로, 제도상 등급에 따라 권리와 의무가 다르고 세습되는 것이 원칙이 있었던 사회였다.

살아 있을 권리마저 위협받는 사회였다. 살아남을 권리란 인간의 기본적인 자연권의 하나로 각 개인이 귀하고 높은 사람으로서 생존하는 데에 필요한 모든 걸 나라가 감당할 수 있어야 했다. 백성이 사회의 구성원으로 차별 없이 함께 참여할 수 있기를 기대했다.

성리학의 기초위에 기회를 보장할 수 있는 탄탄한 사회로 사람은 높고 귀하게 여기는 품격 있는 조선의 탄생을 믿었다. 길동은 '사람은 높다. 그리고 귀하다.'고 믿고 있었다.

그런데도 조선은 신분의 제한, 가뭄과 자연재해, 가난과 질병, 과도한 세금과 노역으로 생존권이 흔들렸다. 결국 떠도는 유랑자가 생겨나고 분노한 자들이 무리를 지어 불을 지르고 화적들이 생겨났다. 무슨 이유일까? 조선의 기틀을 마련하는 경국대전의 완성은 격조 높은 출발을 어렵게 한단 말인가?

길동은 안정과 축복 속에서 조선이 길을 찾아가길 기원했다. 그러나 그는 평소 '사람은 높다. 그리고 귀하다.'는 생각이 허물어져 갔다.

전쟁보다 무서운 재해와 민정 문란

굶주림은 도덕을 모른다. 배고픔은 지켜야 할 법령도 삼킨다. 재해는 자연의 현상으로 일어나지만, 인간에게도 재난이 찾아오기도 했다. 가뭄과 홍수는 하늘이 하는 재해이다. 거기에다가 전염병의 창궐은 속수무책의 재앙이었다. 인치에 의한 재해는 전쟁보다 아픈 상처를 남겼다. 조선의 신분제도의 제한은 경제 질서의 파괴와 인간의 존엄성을 훼손하는 재해였다. 그 전쟁은 인간이 만든 재해였다. 결국 도둑과 강도를 양산하여 법질서를 파괴했다. 재해로 인한 굶주림은 전쟁보다 처참했다.

세종 19년(1437) 1월 이야기이다.
힘에 부치면 처자를 버리고 도망치는 일 빈번하였다.
이 해 전라도에서 곡식이 조금 익었으므로 여러 도의 주린 백성들이 모두 가서 얻어먹었다. 그런데 어린아이를 먹이지 못하여 길가에 버리거나 나무에 매 놓고 가기도 하고, 남의 집에서 하룻밤 자기를 청하고서 버리고 갔으니, 어린 남녀가 모두 32명이나 되었다. 임금이 호조에 해당 도에 공문을 보내어 급히 빈민, 이재민에게 금품을 주어 구제하도록 했다.

두 달 뒤 3월 기사이다.

오래 굶은 사람에게 뜨거운 죽을 주는 것은 금물이었다. 예전에 호주 관가에서 죽을 쑤어서 굶주린 백성을 먹였는데, 죽이 가마에서 나와 여전히 뜨겁게 끓는 것이었다. 사람들이 배가 고파 뜨거운 죽을 급히 먹고서 나가다가 100보도 걷지 못하여 거꾸러져 죽었다. 비록 굶주림에 지쳤더라도 죽을 정도는 아니었는데, 뜨거운 죽을 먹은 자는 백에 한 사람도 살지 못했다. 이 때문에 수령이 직접 맛을 보아 점검을 한 뒤에 먹이도록 하였다.

길동이 10대 초 4월 기사는

심한 기근에는 흙까지 파먹었다. 임금이 황해도에 기근이 들어 인민들이 모두 흙을 파서 먹는다는 말을 듣고, 지인 박사분을 보내서 알아보게 했었다. 이때 와서 박사분이 보고하기를

"해주 사람들이 흙을 파서 먹는 자가 무릇 30여 명이나 되었고, 장연 현에서는 두 사람이 흙을 파서 먹다가 무너져 깔려 죽었다고 했다. 그렇게 대단한 기근은 아니었다고 하였다."

길동이 어린 시절 백중(음력 7월 15일) 쯤 어스름이 내리자, 달빛이 점점 선명 해가고 있었다. 목화밭을 지나갈 무렵 지친 일상에 시장기가 몰려왔다. 달빛에 유난히 촉촉이 젖은 꼬투리 끝을 비집고 터져 나온 하얀 송이가 시선에 들어왔다. 이 당시 동네마다 가난을 이겨내기 위해 목화와 삼을 재배하거나 뽕나무를 심어 누에를 치는 집들이 점

차 늘어나고 있었다.

이들의 공통점은 인간의 기본생활 중, 의·식·주 가운데 몸에 걸치는 '의'의 하나였다. 이 중에 목화는 날씨가 따뜻해야 잘 자란다. 여름철에 열기를 머금고 꽃이 피기 시작하여, 서리가 내릴 때 앙상한 모습을 드러내고 꽃을 두 번 피운다. 백중 전후 목화꽃을 한번 피운다. 흰색이 분홍색으로 짙어지다가 마치 마름모꼴 모양의 뾰족한 꼬투리를 맺고 성장한다. 그 꼬투리가 터지면 하얀 목화송이가 탐스럽게 핀다. 꽃의 일생은 여름의 열기로 피는 성장통과 가을 서리 맞고 앙상해지고 야위어 메말라가며 쇠락 통을 겪는다. 이 모질고 험한 세월을 살아 어렵고 괴로운 일을 겪으며 두 번 피는 꽃이다. 꽃의 색깔이 순백으로 잔잔하고 은은한 느낌을 주며 마치 포근한 솜 이부자리를 연상시킨다. 티없이 맑고 깨끗하면서도 자신을 산화하여 남에게 포근하고 따뜻함을 준다.

고상하고 우아한 멋스러움을 품어 솜사탕같이 피는 꽃이다. 자신을 던져 따뜻한 어머니의 사랑을 담아 걸치는 겉옷의 차림이 맵시가 살아나게 한다. 솜에서 분리해 내는 씨앗은 어머니의 수고로 아린 손톱을 성가시게 한다. 그 정성은 포근한 솜 이부자리를 깔아 놓아 휴식도 준다. 면실유까지 제공하니 자기희생적 삶이 두 번이나 거룩하다.

또한 목화는 나라의 부를 품은 꽃이다. 경제적 산물의 하나로 가난을 구제한다. 가난한 사람 구제할 것은 없어도 도둑 줄 건 있다. 놀랍게도 나라에 부를 주는 산물이다. 목화밭을 직접 갈아 가꾸어 의류나 솜 실 면실유로 다양한 은혜로 도움을 준다.

처음엔 즐겁고 좋은 느낌을 아낌없이 주며 활짝 피운다. 그 꽃은 여느 색이 섞이지 않은 연분홍빛 치마 두른 듯 산다. 한눈을 팔 때 꼬투리가 점차 앙상해지면서 야윈다. 부드럽고 감미로운 맛으로 두 번 산다. 아픈 고비를 넘어 얼굴빛이 핏기 없이 다시 해쓱해진다. 자신이 사리에 맞고 참살이 하다 목숨을 버리는 꽃이다. 어린 시절 꽃이 깨끗하고 순수하게 피어 꼬투리가 터져 꽃이 나올 무렵 정말 수분이 있어 부드럽고 촉촉한 생명을 준다. 새록새록 기억이 솟아 입을 끌어당기도록 한다. 꽃이 져야 꼬투리가 생긴다. 두 번째 꽃은 탐스럽게 익어 터지면서 보송보송한 솜처럼 다사롭게 눈송이처럼 피어났다. 앙상하게 살이 빠져서 수척해지면 솜을 자아 실로 태어나 피륙을 만들며 한 생명 바쳐 속속들이 산다.

면실이 나오기 전 하얀 꼬투리에 숨을 멈추었다. 티 없이 맑고 정돈된 아름다움과 정답고 포근한 세상을 아랑곳없이 만난 듯하였다. 밭둑에 엎어진 채 숨 고를 틈도 없었다. 정신없이 목구멍이 껄떡거리며 뭇시선을 피하고 있었다. 길동은 손이 잽싸게 입으로 마구 삼켜댔다. 드러누운 채 하늘을 보았다. 세상이 충만하고 평화스러웠다.

그런데 어리고 부드럽고 감미로운 목화송이가 아니었다. 질겅질겅 철 지나 솜으로 터진 꼬투리를 씹어댔다. 주린 배 잡고 차오르는 느낌이었다. 삭임이 잘되지 않았다. 배 속이 꼬이고 뒤틀리는 응급상황을 불러왔다. 씨가 분리되지 않은 채였다.

대부분 꽃은 한번은 피우고 열매를 맺는다. 목화는 여름날 열기를 이겨내어 순박한 꽃으로 수려하게 차려입는다. 백중 무렵에 가을 서리의 혹독함을 견디어낸다. 꽃을 한 번 더 피워 질기며 끈끈한 기운의 꽃이 된다. 앙상하게 자신을 비우고 인간의 삶을 풍성하게 실오라기 같은 희망을 뽑아낸다. 더 값진 일에 목숨을 던진다. 그의 이타적 일생은 뜻이 거룩하고 고귀하다. 조금도 더러운 티가 없다.

과연 '난 춥고 가난한 날을 어떻게 살아야 하는가?'

길동은 불편한 두려운 느낌을 지우고 평안하고 고요한 맘으로 '화두 수행'이라는 말머리 불러내고 있었다.

그 당시 굶주린 사람들이 목화씨를 먹고 죽는 사고가 있었다. 빈속에 너무 황당한 것을 마구잡이로 먹었다. 사리를 따져 분별할 겨를을 주지 않았다. 갑자기 가슴 시린 두려움이 덮쳐 엄습하듯 밀려왔다. 갑작스러운 급한 상황으로 분위기가 어수선했다.

이 당시에 생계를 위해 응급으로 먹는 것으로는 주로 솔잎, 소나무 껍질 송구, 느릅나무 껍질 느릅결, 도토리, 칡뿌리, 쑥 등이 구황식품으로 사용되었다. 오랫동안 널리 사용된 것은 솔잎이었다. 솔잎은 여러 방법으로 먹기는 했지만, 말린 다음에 가루로 만들어 콩가루 등에 섞어서 죽으로 먹기도 하였다. 콩가루를 섞어 먹는 건 변비를 막기 위함이었다. 찢어지게 가난하다는 속내는 솔잎을 너무 먹어 변비로 항문이 찢어질 만큼 생활이 넉넉하지 못하고 쪼들린다는 뜻이 유래된 말로 실감 났다.

한편으로 지치고 병든 몸을 숨길 은신처로 몸을 누일 곳은 암자나 동굴이었다. 응급 피난처로 암자는 명분이 있지 않으면 접근이 힘든 곳이었다. 같은 처지의 사연을 숨기고 살 곳은 동굴 같은 곳이 안성맞

춤이었다.

가장 처참한 일은 사람과 관련 있는 일이었다. 우리는 옛날이야기에서 식인 풍습을 많이 들었다. 그러나 말이 그렇지만 사실이 아닐 것으로 의심했다. 그럼에 불구하고 조선시대에도 풍문으로 듣던 끔찍한 기록한 것이 실록에도 남아 있었다.

그러나 실록에 구체적인 정황을 묘사한 것을 보면 믿기 어려울 정도의 인간이 훼손되는 극단적인 경우도 있었다. 심한 기근은 목구멍이 포도청이라 했던가? 인간의 존엄성이 훼손된 이야기들이 입에 오르내리고 있었다. 정말 소름 돋는 놀라운 일이었다.

전쟁보다 무서운 전염병의 창궐

세종 때에 '활인원'의 백성들을 '진제장'을 세워 돌보게 하였다.

"서울 성안과 성 밑에 사는 굶주리는 백성들을 모두 의료를 맡는 관아에 보내어 흉년을 당하여 가난한 백성을 도와주게 하였다. '염병染病' 또는 '온역'이라 불리는 전염병을 두려워하여 도망한 자도 있었다. 그저 떠돌아다니는 사람들도 매우 많으므로, 임시로 지은 오두막집이 그들의 미래를 너그러운 마음으로 받아들일 수 없게 되었다. 결국 '보제원'과 '이태원' 두 원院에 별도로 가난하고 어려운 사람을 구제하는 기관을 세우기에 이르렀다. 한성부에서 '진제 장'에서 죽은 사람의 사유를 밝히도록 명하였다. 그리고 5부部의 관리와 함께 검사하여 살펴보게 하라." 하였다.

지난겨울부터 사방에서 일정한 집과 직업이 없이 이곳저곳으로 떠돌아다니는 굶주린 백성들을 진제하니[6], 이를 받아먹는 자가 각각 천여 명이나 되었다. 매일 관가에서 위기의 방편으로 한 사람마다 쌀 한되 5홉을 주고 아울러 소금과 간장을 주었다. 사방에서 부황이 나서 거의 죽게 된 사람들이 많이 찾아와서 응급 구제로 살아났다. 주리던 백성들이 하는 일 없이 배불리 먹으니 날이 오랠수록 기운이 살아나 씩씩하게 거의 거주민들보다 좋아졌다고 생각했다. 봄이 되어 염병에 죽은 자가 매우 많았다.

이때 이르러 한성부에 전달하기를,

"지금 이 죽는 사람들은 진제 장에 이르지 못하고 길거리에서 죽은 것이 아닌가? 혹은 진제 장에서 물리쳐서 굶어 죽은 것인가? 이것이 어찌 모두 염병으로 상한 것이겠는가? 금후로는 죽은 자는 죽게 된 사유를 갖추 기록하여 아뢰라." 하였다.

또 다른 노력으로 각도 감사에게 염병의 전염을 막고 어려운 처지에 있는 사람을 도와주게 하였다.

각도 감사에게 뜻을 알렸다.

"서울과 외방에 염병이 번져서 비명에 요절하는 자가 상당히 많다는 소문이 있으니, 내 마음에 매우 측은하다. 금년 각 고을 백성의 집이 많이 모여 있는 곳에 염병이 한창 일어나는가? 아닌가? 백성이 서로 전염되어 죽는 현상 및 금년에 병든 사람의 수효가 지난해와 비교해서 어느 해가 많은가?" 몹시 마음을 쓰며 애를 태웠다. 대충 어림잡

---

6) 가난하고 어려운 사람을 구제하다

아서 계산하여 아뢰도록 명하였다. "염병을 구제하는 것은 '육전' 내에 목숨을 구하는 조건 및 병이 잇달아 옮겨지는 데에 따라, 생명을 구하는 약방문에 의하여 증세에 따라 구제하여서 염병으로 죽는 근심이 없게 하라." 하였다.

어린 시절 춘궁기에 보리나 밀이 익어갈 무렵 길가 밀밭에서 '밀싸리'라 하여 이삭을 잘라내 구워 먹었던 기억이 되살아났다. 밀은 오래 씹으면 약간 쫄깃해져서 마치 껌처럼 만들어졌던 기억이 살아났다. 유리하던 시절 춘궁기 보리나 밀 구경 못하는 백성들에게는 쌀독 상황을 엿볼 수 있었다.

왕이 지시하기를

"한성부에서 '성 아래 4㎞ 근처에 사는 백성 300여 집이 바야흐로 양식이 다 떨어졌으니, 의창에 보관된 곡식으로 이를 구호하게 하라고 청하였는데, 어찌하여 이 지경에 이르도록 구휼하지 않았는가?" 하니,

좌승지 김종순이

"근래 저자에 쌀이 아주 흔한데, 성 아래 백성들이 어찌 식량이 떨어져 죽을 지경에 이른 자가 있겠습니까? 한성부에서 의창의 곡식을 풀려고 이같이 아뢰었을 뿐입니다."라고 하였다.

임금이 환관 이존과 신운을 시켜 민가에 가서 살펴보게 했다. 그리고 이들이 돌아와서,

"민가에서 가지고 있는 쌀이 한 말이나 7~8되 정도 되는 곳이 6~7호에 불과했습니다."라고 아뢰니,

양곡을 내어 구호하게 하였다.

세조 1년(1455년) 12월 기사에서도

노비 소송에서 매일 출석 서명한 자에게 승소를 판결하는 법 철폐를 청하였다.

형조刑曹에서 아뢴 일이 있었다.

무릇 노비奴婢를 소송하는 자는, 도관都官[7]에 접수하고, 원고와 피고에게 날마다 도관에 나와서 서명하게 하였다. 30일 안에서 15일 동안 소송에 나아가지 아니하면 재판에 나온 자에게 주게 하였는데, 이 법을 세운 뒤로부터 간사한 무리가 만일의 요행을 바라서, 비록 자기의 노비가 연루되지 아니한 것이라도 외람됨을 무릅쓰고 소송을 제기하는 일이 벌어졌다.

일찍이 잘못을 알고 스스로 물러났던 자도 또한 인연을 맺어 음모를 꾸미며, 오래 재판장에 서서 날마다 서명하기에 이르렀다. 이로 말미암아 송사하는 자가 날마다 늘었다. 혹은 홀몸인 자에게 연고가 있어도 대신 송사할 사람이 없거나, 혹은 양식 싸서 멀리 와서 오래 머무를 양식을 감당할 수 없거나 혹은 온 가족이 여러 달 전염병을 앓는 자는 당연히 찾아야 할 노비를 남에게 빼앗기게 되니, 진실로 민망스러운 일이었다.

---

7) 고려 말·조선 초에 형조(刑曹)에 속하는 낭청(郎廳)의 하나로 노비(奴婢)의 부적(簿籍)과 소송(訴訟)에 관한 일을 맡아 보았음. 세조 때 변정원(辯定院)으로 고쳤다가 다시 장예원(掌隸院)으로 명칭을 바꿈.

또 송사를 듣는 관리가 분별하기를 꺼려서, 앉아서 서명하는 기한이 차기만 기다렸다. 옳고 그르고, 굽고 곧음은 조금도 돌아보지 아니하였다. 그 폐단이 작지 않았다. "이 법을 파罷하소서." 청하니, 그대로 따랐다.

이때는 길동이 도둑 무리 일원이 되어 분주하게 살아가고 있었다.

훗날 길동이 성장하여 성종 때 기사에,

도승지 이길보가 황해도의 백성이 기아와 전염병으로 고통을 받는 사정을 왕께 아뢰었다.

왕이 밤중에 신하를 불러 경연을 베풀던 일에 나아갔다. 임금에게 경서를 강의하던 조위가 아뢰었다.

"'육지주의陸贄奏議'란 서책을 국가에서 이미 간행하게 하였다. 혼란에 빠진 세상을 다스림과 흥망의 자취가 갖추어 기재되어 있었다. 한때의 임금에게 아뢰어 의논할 뿐만 아니라, 후세의 임금이 마땅히 보아야 할 글이니, 모름지기 낮 강의와 저녁 강의에서 전하께서 학문을 강의하게 하소서." 하였다.

임금이 말하기를,

"그 책은 과연 볼 만하나, 지금 보는 책이 많으니, 뒤에 마땅히 짐 앞에서 학문을 강의하게 하겠다." 하였다.

조 위가 아뢰기를,

"신이 부모를 뵙기 위하여 경상도에 갔다가 보니, 본도는 비록 전혀 실농하지는 않았으나, 저축한 것이 거의 없어서 굶주림의 폐단이 있을까 두렵습니다." 하니,

임금이 말하기를,

"경상도는 다른 도에 비할 바가 아니다. 지금 채소가 한창 출하가 되니, 거의 이것에 의지하여 살아갈 수 있을 것이다." 하였다.

이어 승지에게 묻기를,

"어떤가?" 하니,

도승지 이길보가 대답하기를,

"경상도는 심하지 않습니다. 그 가운데 가장 심한 것은 황해도입니다. 요사이 들으니, 전염병도 아울러 퍼져서 사람이 많이 죽었습니다. 흉년이 들어 백성을 구제하기 위하여 중앙에서 임시로 파견하던 벼슬아치도 또한 병들어 침과 뜸으로 치료하고 있습니다." 하였다.

임금이 말하기를,

"전염병이 어째서 이 지경에 이르렀는가? 백성들이 많이 죽으니 실로 작은 갑작스러운 재앙이나 사고가 아니구나!" 하니,

조위가 아뢰기를,

"옛말에 '수명을 제명대로 다 살지 못하고 죽으면 못된 전염병을 퍼뜨리는 귀신이 된다.'라고 하였습니다." 하였다.

임금이 말하기를,

"전사한 사람의 귀신은 세월이 이미 오래되었다. 어찌 그 탓이겠는가?" 하니,

이길보가 아뢰기를,

"이것은 반드시 어떤 지역의 기후와 토지 상태의 탓일 것입니다. 황해도의 수령과 왕래하는 사람은 병들지 않는 자가 없습니다. 문종文宗

께서 일찍이 친히 제사 지내려 하실 때, 대관과 간관이 '옳지 않다.'라고 아뢰니,

임금께서 말씀하시기를,

"대개 인심人心이 안정되면 병이 없는 것이다. 내가 만약에 친히 제사를 지낸다면, 내가 백성들의 죽음을 신하나 백성의 사정을 걱정하여 근심하는 것을 알고, 마음속에 안정감을 찾을 수 있을 것이다. 그러면 거의 병이 없을 것이다. 지금 극성과 전산, 자비령 등지에 모두 제사를 지냈는데도 오히려 근심이 없어지지 않으니, 무슨 까닭인지 알지 못하겠습니다." 하였다.

성종께서 말하기를,

"옛사람이 말하기를, '명덕유형明德惟馨[8]이라.'고 하였는데, 제사를 지내면서 순수하고 깨끗하며 단아하게 하지 못한 것이 아니냐?" 하니,

조위가 아뢰기를,

"불결한 폐가 없었다고 어찌 말할 수 있겠습니까?" 하였다.

임금이 이길보에게 이르기를,

"감사에게 국민을 타일러 가르치기를, 제사 지낼 때 힘써 정결함을 다하게 하라." 하니,

이길보가 아뢰기를,

---

8) 서경(書經) 군진(君陳) 편에서 인용한 말. 곧 이상적인 정치를 펴면 아름다운 향기가 신명(神明)을 감동시키게 되는데, 그것은 신에게 바치는 서직(黍稷:제물(祭物))이 향기로와 감동하는 것이 아니고 덕치(德治)로 인하여 감동한다는 것으로서, 이는 덕치를 펴도록 권려(勸勵)한 뜻임.

"비단 제사뿐만 아니라, 의약도 또한 그렇게 하지 않을 수 없습니다. 다만 의원이 집집이 찾아가서 병을 치료할 능력이 없는 가난한 병자를 구원하여 치료해 줄 수 없으니, 여러 고을에 약재를 많이 준비하게 하여 제때 구급하게 하소서." 하자,

임금이 말하기를,

"아울러 백성이 잘 알아듣도록 타일러 가르치는 것이 좋겠소." 하였다.

조위가 아뢰기를,

"지금 비록 들나물이 모두 나왔다고 하나, 곡식과 간장을 섞어 먹어야 몸이 붓는 증상을 면할 수 있습니다. 그리고 수령들이 어찌 모두가 백성들의 일에 마음을 다하는 자이겠습니까? 보리와 밀이 익지 않는 동안에는 필시 굶주리고 곤궁할 것입니다." 하니,

임금이 즉시 이조정랑 '기찬'을 보내어 죄상이 있는지 없는지를 밝히기 위하여 캐어 살피게 하였다.

엎친 데 덮친 격으로 나병인 문둥병도 백성을 괴롭혔다. 그들은 사회로부터 먼 외지 바닷가 근처로 격리되어 소외되었다.

세종 27년(1445년) 길동이 어린 5세 시절 때였다.

제주 안무사에게 당부하길 제주 등 3곳에 나병이 유행하니 승려들에게 치료에 힘쓰게 할 것을 건의하였다.

그 무렵 본주本州와 정의, 대정에 나병(한센병)이 유행하였다. 만약 병에 걸린 자가 있으면, 전염되는 것을 우려하여 바닷가의 사람 없는

곳에다 송치했다. 그 괴로움을 견디지 못하여 바위 벼랑에서 떨어져 그 생명을 끊으니 참으로 가엾고 애처로웠다. 관련 부서에서 중들에게 뼈를 거두어 묻게 하였다. 세 고을에 각각 병을 치료하는 장소를 설치하고 병자를 모아서 의복과 식량과 약물을 주었다. 또 목욕하는 기구를 만들어 의술로 병을 고치는 것을 직업으로 삼았던 사람 곧 의생과 중들이 맡아 감독하여 치료하게 하였다.

현재 나병 환자 69인 중에서 45인이 나았고, 10인은 아직 낫지 않았으며, 14인은 죽었습니다. 다만 세 고을의 중은 본래 군역(軍役)이 있었다. 세 고을의 중 각각 한 사람에게 군역을 면제하여 항상 의생과 더불어 오로지 치료에 종사하게 하고, 의생도 또한 채용을 허락하여 권장하도록 했다. 곧 병조에 명을 내렸다. 승려에게 나병 환자 치료에 동원되어 군역이 면제되었다. 해당 부서의 명으로 전염병 퇴치에 일조하였다.

길동이 살길을 찾기 위해 출가할 시기였다.

문종 원년(1451년) 기사에

이계린 외 몇 명을 관직에 제수하였다.

계린을 종이품 벼슬 지중추원사로, 기건을 개성부 유수로, 박이창을 형조 참판으로, 이화를 중추원에 속한 종이품 벼슬 부사로, 조석강을 경상 좌도 절제사로 삼았다.

개성 유수 기건은 관리들의 사무에 조금 익숙하고, 여러 사서를 즐겨 보았다. 일찍이 제주 목사로 있을 적에는 전복을 먹지 않았다. 또 제주가 바다 가운데에 있으므로 사람들이 '나질癩疾'이라 불리는 문둥병이 많았다. 비록 부모 처자이더라도, 또한 서로 전염될 것을 염려하여 사람 없는 땅으로 옮겨 두어서 저절로 죽기를 기다렸다. 그는 성품이 맑고 검소하고 고지식하고 대쪽 같은 성격으로 세세한 행동도 반드시 조심하며 글 읽기를 좋아하였다. 기건이 관내를 순행하다가 바닷가에 이르러 바위 밑에서 신음 소리에 듣고서 주위를 살펴보았다. 과연 나병(문둥병)을 앓는 자였다. 인하여 그 까닭을 물어 알고서, 곧 질병을 뜸으로 병을 고치기 위한 구질막救疾幕을 꾸미었다. 나병을 앓는 자 1백여 명을 모아 두었는데, 남녀를 따로 거처하게 하고, 고삼원苦蔘元[9]을 먹이고 바닷물에 목욕시켜서 절반 이상을 고치게 되었다. 그의 희생으로 벼슬이 갈리게 되었다. 돌아올 때 병이 나은 자들이 서로 함께 울면서 헤어졌다고 실록은 기록했다.

조선 초에는 영유아의 사망률이 상당했다. 4명 중 1명이 생후 1년 이전에 사망했고, 4명 중 2명은 생후 5년 안에 사망했다. 이 당시 눈병, 귓병, 홍역 등 온갖 병을 겪으며 성장했다. 그리고 2002년 경기 양주에서 발견된 6세 아이의 '미이라' 대장 속에 편충 알이 득실거렸고, B형 간염바이러스가 폐에는 결핵 흔적이 발견되었다. 뿐만이 아니라 천연두의 흔적이 남아 있다는 가사도 그때의 상황을 가늠하게 했다. 그 당시에는 전염병 창궐과 가뭄으로 백성들의 고생하고 도둑의 극성으로 사회적 동요를 가져왔다.

---

9) 황달(黃疸), 황반(黃胖), 황종(黃腫)을 치료하는 처방임

위기는 재해와 굶주림만은 아니었다. 민심의 향방과 제도의 정비도 있었다.

세조 1년(1455년) 칠 월 초순 기사에

집현전 직제학 양성지가 민심 수습, 제도 정비 등에 관한 소신을 밝혀 아뢰었다. 그는 백성을 생각하여 여러 소신을 밝히셨다. 전하께서 글을 아름답게 분명하게 드러내는 것과 군사상의 꾀와 방법을 겸비하신 것이 예사롭지 않았습니다. 됨됨이나 타고난 능력이나 기질로써 새로 보위에 오르셨습니다. 왕실의 사당에 예를 다하여 바르고 겸손하게 알현하셨다. 이는 정신을 가다듬어 다스림을 도모하여 여러 방면에 걸친 정치상의 일을 날로 새롭게 하셨습니다. 신이 짧은 소견을 가지고 우러러 성상의 총명하심을 번득이게 하는 바입니다. 성상께서 감동으로 굽어살피소서 하고 기원하였다.

먼저. 민심을 얻는 것입니다. 대개 임금이 나라가 만세를 누리는 데 있어 그 좋은 점과 나쁜 점을 바로 알아 민심이 어떤 곳에 있는지 파악하여 백성의 마음을 얻었느냐에 영원한 세월이 달려 있습니다. 예로부터 제왕이 일어날 때면 반드시 폐단으로 생기는 해를 덜어 없애고 백성을 어려운 처지에서 벗어날 수 있도록 그들을 돕는 정신으로 창업해 놓으면, 이를 계승하는 임금이 다시 백성을 능히 사랑의 은택으로 그들의 인심을 사 그들의 맘속에 흡족히 배어 있어야 한다고 생각합니다. 비록 쇠잔한 세대에 이르러도 선왕의 공덕을 생각한다면 그 뜻은 떠나지 못할 것입니다.

신이 경서와 사기를 빌어 말한다면 예전에, 주 문왕이 왕업을 열어

놓으니, 무왕이 이어서 서툴지 않고 익숙하게 공훈을 쌓으셨고, 성왕과 강왕이 서로 계승하며 백성을 어루만지듯 잘 보살펴 길렀기 때문에, 인심이 굳게 뭉쳐 8백 년에 이르렀습니다. 한나라도 진나라와 항우의 잔인하고 난폭함을 덜어내고 천하를 얻게 되었습니다. 문제 등이 서로 이어가며 백성을 편안하게 쉴 수 있도록 하시었다. 그 정치가 백성들이 공경으로 따르는 데 있습니다. 바로 백성을 사랑하는 것으로 정치의 기본을 삼았기 때문에 한 왕조가 왕업을 누린 햇수가 오래될 수 있습니다. 지금 나라에 도적의 무리가 마음대로 세력을 부리는 데는 나름의 이유가 있을 것입니다. 왜 사회가 혼란한가? 민심이 어디에 있는가? 근본 원인 파악하고 문제 해결책을 찾아 시행하심이 대책입니다. 라고 말하였다.

고려 태조가 삼한을 통일하여 그 공덕이 사람들 머릿속에 남아 생생합니다. 그 뒤에 성종 이후 여러 대에 걸쳐 모두가 백성을 굽어살피는 데 힘썼기 때문에 그 한 왕조가 업적을 누릴 수가 있게 된 것입니다.

바르고 겸손하게 잘 모시어 받드는데, 조선 태조께서 매우 거룩하고 성스럽게 타고난 성품이나 타고난 능력으로써 백성을 도탄에서 건지셨다. 태종, 세종, 문종께서 서로 대를 이어가셔서 마땅히 지켜야 할 도리가 몸에 배시고 정사를 잘 다스리시었다. 결국 백성이 편안하고 경제나 생활의 바탕이 되어 풍성하게 되었다. 그 쌓인 세월이 영구할 것을 실로 쉽게 헤아릴 수 없었다.

원하건대 전하께서도 또한 하늘이 군왕을 세워 백성을 사랑하게 한 마음을 얻었습니다. 지나간 시대에서 민심을 얻어 긴 왕업을 누린 햇수 효력을 가지고 있습니다. 아무리 반복해 생각해 보아도 순전히 살아 있는 백성을 살리는 산업을 길러 민간의 숨은 고통인 빈민과 이재민에게 금품을 주어 구제하는 것을 항상 하신다면 현존하는 최고의 군왕 업적이 될 것입니다. 곧바로 단군, 기자조선, 삼국(신라, 고구려, 백제) 그리고 고려와 함께 아름답게 영원무궁할 수 있을 것입니다. 그 백성을 사랑하는 길이란 다름 아닌, 나라에서 장정들에게 핑계로 시키던 노동을 가볍게 하고, 세금을 부과하는 것을 적게 하며, 형벌을 덜어 주는 세 가지 수준에 지나지 못할 따름입니다.

다음으로 제도를 정하는 것입니다. 대개 백성을 휴양해 살아 숨 쉬도록 하는 것은 본시 어진 임금이 먼저 처리해야 할 긴요한 일입니다. 법을 세우고 제도를 정하는 것도 또한 늦출 수 없는 일입니다. 백성을 사랑한다는 것은 나라를 다스리는 근본이며, 법을 세우는 것은 세상을 규제하는 한 방법으로서 본시 이것은 명령대로 시행하고 이 두 가지는 양립할 수 없어서 반드시 병행 시행되어야 한다는 것입니다. 만약 법률과 제도를 고정하지 않으면 한때의 법도를 수시로 세우고 고치게 되어 후세 자손들이 실로 여러 가지 근거에 비추어 상세히 검토하여 의지하지 않게 되는 것입니다.

그렇기에 주나라의 성왕, 강왕이 예법과 음악을 제작하였고, 한 나라 무제는 한의 가정의 법도를 세웠으며, 당나라에서는 정관, 개원 연간에 다 같이 제도를 마련해서 체제를 유지해 왔습니다. 다만 송나라 신법의 제도가 너무 번거로워서 또한 모든 재앙과 액화(禍)의 터전이 되기도 하였습니다. 그러므로 법은 세우지 않을 수도 없으면서 또한 급작스럽게 할 수도 없는 것입니다.

우리 동방에서는 고려 때 토지 제도의 관급에 따라 토지와 임야를 나누어 주던 규정과 군사 제도의 토지를 국가에서 거두어들여 백성들에게 고르게 나누어 주던 제도로 농민에서 군인을 뽑아 강병으로 만들고 농한기에 훈련을 시킨 후, 경비를 맡기고 조세를 면제하여 주었던 부병제의 제도가 지극히 정밀하고 상세하여 잘 정돈하여 가지런히 되었다고 이를 만합니다. 그러나 후대에 이르러 논밭에 관한 제도가 문란해져서 개인이 소유하는 논밭으로 되면서 둘 이상을 한데 합쳐 하나로 하는 것과 약탈이 자행되었다. 산과 내로써 토지의 경계로 삼았으며, 병제가 폐하여져서 권세를 가진 개인이 사사로이 기르고 부리는 병사가 되었으므로 몽고와 왜구가 번갈아 침입해 와도 방어할 만한 군사가 없습니다. 라고 고하였다.

현존하는 왕조에 와서는 태조와 세종 때 기준이 되는 '원전原典'과 '속전續典'이 있었다. 또 베끼어 기록함이 있었다. 이는 모두 좋은 법이었습니다. 그러나 논밭에 관한 제도와 예절이 아직 일정한 법제를 이루지 못하였다. 병제 및 공물을 바치는 법도 임시로 적당하게 한 법이 많았다. 어찌 전성시대의 불충분한 제도와 문물이 아니겠습니까? 대신에게 명하시어 이에 다시 검토하시길 바랍니다. 한 조선왕조 제도를 정하시어 자손만대의 법칙으로 삼게 하시면 매우 다행하겠습니다. 백성들의 마음은 어디로 가는지 원하고 있었다. 사대부 인식이 다르지 않고 백성의 원성은 사그라지지 않았다.

당시 신분제도 가져온 현실적 문제는 두려움을 불러냈다. 그들의 삶은 힘들고 고통스러우며 절박했다. 마치 큰 바위로 내리눌리는 듯이 가슴이 답답하였다. 그들에게 부정적 공간은 신분제로 자유롭게 움직일 수 있는 사회가 아니 이었다. 그들은 비둘기같이 연약한 가슴에 얹힌 채, 장마지는 여름날에 칙칙하고 눅눅하며 무거운 느낌처럼 천근 만근하였다.

이렇게 아프니, 얼마간 휴식을 취할 만큼 잠을 깰래야 깰 수 있는 재주가 없었다. 온종일 그날의 노동이 기다리고 있었다. 마침내 천역은 의식을 잃은 인사불성으로 몰아넣고 있었다. 그들은 농사일, 부역, 군역, 세금 등 과도한 일을 감당했다. 그리고 자연재해, 질병, 제도와 문화 등 현실에서 오는 생계의 어려움에 부닥쳤다. 누가 시키지 않아도 현실을 각자 극복하려 했다. 어려움과 고통은 스스로 해결하려는 노력은 찾게 마련이었다. 이러다간 '내가 죽겠구먼!' 하고 하면서도 잠깨야지. 하나 몸이 얼어붙어 움직일 수 없었다. 결국 스스로 가슴에 불을 지르고 말았다.

과연 정치란 무엇인가? 조선 초라는 사회 환경 속에서 살아가는 구성원 중 곧 지배 사대부 계층과 백성들 사이 의견차이나 갈등을 해결하려는 활동이라 믿었다. 그런데 '경국대전'이 가져온 제도적 문제로 생겨난 사회활동의 제약이 있었다. 유교적 이념 아래 산업 활동의 제약으로 인한 갈등과 의견의 차이로 도둑떼를 양산하는 사회적 문제를 가져와 백성들의 원성을 불러왔다.

또 민심을 얻는 데 민정의 실패를 불러오게 하였다. 민심이 어떤 곳에 있는지 살펴 백성의 마음을 얻을 수 있느냐에, 여부에 조정의 안정이 달려 있었다. 인위적인 재앙과 자연적인 재난을 해결하는 방법을 찾을 수 있는 길이 있느냐를 묻고 있었다. 목적을 이루기 위한 수단이나 방식을 찾아가는 시급한 해결책이 정치를 잘 실현하는 길이 아닌가?.

가족의 수난

홍길동은 조선의 기록에는 출생이 1440에 태어났다.(유구의 기록
에는 출생이 1443[10]년으로도 나타난다) 그때 조선은 세종대왕의 노력
이 빛을 발하는 '정음(한글)'이 탄생하기 이전 때였다. 훗날 그의 꿈이
실현될 조짐은 없었다. 신분의 제한으로 그가 설 자리가 없었기 때문
이었다. 어려운 세상을 살면서 꿈은 고사하고 생존의 문제에 부딪혔
다. 우선 살아남아야 후일을 도모할 수 있는 상황이었다.

기록에 의하면 홍길동은 본이 남양으로 할아버지가 홍 징으로 고려
말에 충신으로 문벌 집안이었다. 염흥방과 밀직부사 홍 징은 서로 처
남 매부지간이었다. 밀직부사 홍 징이 위기를 피해서 전남 장성으로
숨어들었다. 그들은 나주, 고창 등지에 정착하여 뿌리를 내렸다. 한땐
이성계와 더불어 서해안 침입한 왜인들을 소탕했다. 북쪽에 야인들이

---

10) 홍길동의 처남 장전 대주의 正統8年. 조선 후기 황윤석(黃胤錫·1729~1791)
   이 엮은 '증보해동이적(增補海東異蹟)'에도 나오는데, 여기에서 홍길동의 해외
   탈출이 그려졌다. 그런데 일본 오키나와의 야에야마 박물관에 소장된 홍길동의
   처남 장전대주(長田大主) 가문의 족보에 홍길동 이름과 출생년도, 고향 등이 기
   록돼 그가 정통(명나라 6대 황제인 영종의 연호) 8년(세종 25년, 1443)에 전라
   도 장성군 황룡면 아차실에서 태어났음이 몇 해 전 밝혀졌고 소설 속의 율도국
   이 일본 오키나와임이 확인되기도 했다.

소란을 피우자, 정몽주와 함께 진압하는 공을 세우기도 했다. 게다다 공민왕과는 동서지간으로 문하시중을 지낸 염 제신의 맏사위이기도 하였다.

정치적 이해관계에 의해 고려 우왕 때 최영과 이성계가 염흥방을 모반사건의 주모자로 몰아 결국 화를 당하였다. 처남 홍 징 또한 친척으로 연좌되어 죽었다. 그 가계는 몰락한 고려 말의 사대부 세력이었다. 홍징은 길동의 할아버지요, 상직은 아버지이었다. 상직이 총애하는 여인은 '실록의 기록'에 의하면 길동의 어미는 판본엔 '춘섬'으로, 실제 함께한 옥영향玉英香으로 관기官妓가 아니던가? 어림쳐서 헤아릴 수 있었다. 그녀는 천한 신분이었다. 정실은 남평 문씨 소생으로는 귀동, 일동 두 형이 있었다. 맏형은 귀동이었다. 자세하진 않지만, 한때 의금부에서 "연안에 안치시킨 홍귀동을 양계兩界[11]에 서북 변경을 방어하기 위하여 파견 근무를 하는 것을 허락하여 공功을 세워서 스스로 속죄하게 하라." 석방하여 보냈다는 이야기가 있다. 일동은 둘째였다. 만성보에 맏이로 1412년 출생했으며 길동보다 28살 연장자였다. 만성 대동보에 남양 홍씨로 길동은 형 일동과 둘째 아들로 조화를 부리는 술법을 부렸다고 알려져 있었다.

일동은 성품이 거칠고 호방하고 소탈하였다. 한학 훈도로 재직 중이던 1442년(세종 24) 친시 문과에 병과로 급제하여 돈녕부 부승으로 승진하였다. 같은 해 사헌부의 탄핵을 받아 장형 80대를 맞고 파직되

---

11) 평안도와 함경도

었다.

서거정의 '필원잡기'에 의하면 계유년 정란에 참여하여 세조 찬위의 공신이기도 했다. 성품이 천진하여 겉치레하지 않았고 사부詞賦[12]에 능했는데 거문고를 잘 탔으며 취하면 풀잎으로 피리 소리를 냈다. 거구에다 식탐이 있는 대식가였다. 그는 언젠가 매년 절에 수륙재水陸齋[13]가 열리었을 때, 재 후 먹은 음식에 대해 듣고, 세조가 장사라고 탄복할 정도였다. 하지만 그는 평소 미숫가루와 술을 마셨을 뿐 밥은 먹지 않았다고 했다. 훗날 홍주에서 폭음한 다음 갑자기 죽었다.

사후 경기도 군포시 금정동에 위치하였다 전한다. 남양 홍씨의 족보를 최초로 정리하는 데 이바지하였다. 조선조 말에 편찬한 남양 홍씨 족보 남양군 파 세보에 서자인 길동을 삭제하고, 홍 상직의 아들로 일동과 귀동만 기록되었다. 이것은 아버지와 핏줄은 같으나 적실의 아들은 신분이 보장되었으나 길동은 어미가 천출이라 기록에는 없었다. 1920년경 편찬된 '만성대동보'에는 홍길동은 형 일동과 함께 홍상직 아들로 올라 기록되었다.

세종 때에는 정치적으로는 안정기에 접어들었다. 그러나 사회적으로는 불안한 사회였다. 불안정한 요소는 조선을 지탱할 수 있도록 받드는 뿌리인 '백성'들의 문제였다. 그들은 먹고사는 문제의 해결과 군역과 조세 부담 전염병 가뭄과 홍수등 사회적 문제가 늘 도사리고 있

---

12) 사와 부. 운자를 달아 지은 한시를 통틀어 이르는 말
13) 수륙재는 물과 육지에서 헤매는 외로운 영혼과 아귀(餓鬼)를 달래며 위로하기 위하여 불법(佛法)을 강설하고 음식을 베푸는 불교의식.

었다. 불안정한 요인으로 인해 생겨나는 도둑들의 문제는 심각한 수준이었다. 조선의 질서를 뒤흔드는 반역적 요소들까지 그 사회를 불안하게 하는 요소들이었다.

길동 출생 전 세종 4년 12월 초 기사

꺼리거나 싫어하여 피하는 상황에서도 홍길동의 아버지 홍상직洪尙直을 함길도 경성 절제사로 야인들이 사는 외방인 험지로 보내졌다.

상직은

"야인이 장차 쳐들어온다는 말을 듣고 백성들에게 험지에 들어와서 통나무울짱을 보호하라."는 명을 받았다. 바로 험지로 떠났다. 이곳은 왕조가 지켜야 할 사연이 있는 곳이었다. 남쪽의 섬들은 백성을 불러들였고, 북쪽 이곳은 지키라고 파견하였다. 이곳은 낯설고 물선 곳이었다. 백성들도 함께 이곳으로 차출되었다. 그들도 힘들기는 마찬가지였다. 가족이 그립고 두려움이 있는 험지였다.

그러나 백성들이 그의 명을 좇지 않았다. 상직이 화가 났다. 사람을 시켜 그들의 집을 불 질러 태워버리는 사건이 발생했다.

또 어떤 사람은 거짓말을 둘러댔다.

"남도의 병선이 와서 습격할 거야"라고 했다.

상직이 두려워하여 어찌할 바를 몰라 들뜬 행동을 했다. 백성과 서리들이 더욱 놀라 소동이 일어났다. 결국 책임을 물어 상직은 의금부에 의해 국문을 받게 되었다. 한때 상직은 제조 유정현이 밭을 받을 때 뇌물 주기를 요구하여 옥으로 보내진 적이 있었다. 사헌부에서 다시 알고 있는 사실을 캐어 물으니, 목을 베어 죽이는 형에 해당하는 중대한 범죄였다. 그러나 무고죄로 사형을 감하고 죄인의 신분이 되어 남쪽으로 귀양살이를 갔다. 길동의 출생 전의 아버지 삶에 연관된 이야기였다.

길동이 4살 때쯤 세종 26년(1444년) 7월 기록에는

함길도 관찰사 정갑손에게 명하여 길동의 아버지 경성 절제사 홍상직의 그릇된 행위를 한 사건의 실상을 조사하도록 명하였다. 어느 날 정갑손은 임금의 부름을 받고 한양으로 향하던 때였다. 그의 눈에 번쩍 띈 것은 지방에서 실시하던 과거의 초시 합격자 방에 적힌 아들의 이름을 목격했다.

"내 아들은 아직 공부가 부족한데 합격이라니! 이게 무슨 일인가? 네가 감히 나에게 아첨하여 정신을 빼앗아 헷갈려서 갈팡질팡 헤매도록 시험하려 하는가?" 하고 감정이 북받쳤다. 이는 자신을 능욕하는 짓거리로 여겼다. 합격자 명단에서 아들의 이름을 지우고 담당 시험관을 파직하였다. 그의 사람됨이 비뚤어지지 않고 똑바르고 어떤 일에도 흔들리지 않아서 정貞, 수단과 방법을 가리지 않고 이익을 얻으려 하지 않고 욕심을 멀리한다. 하여 절節이라 불렸다. 상직과 매여 있는 이야기였으나 그의 사람됨에 견주어 본다면 현실적으로 빗나간 이야기였다.

또 다른 일이 있었다. 단천 사람 김득화가 김방귀에게 말하였다. 홍상직이 경성 절제사가 되었을 때 데리고 살던, 기녀 옥영향玉英香이 있

었다. 그런데 그녀가 지난날의 이야기를 끄집어냈다.

득화가 말하기를,

"어느 날 밤 9~11시쯤이었지요. 상직이 몰래 성을 넘어가므로 뒤를 밟아 내가 비밀히 엿보았습니다. 상직이 성 위에서 사다리를 붙잡고 아래로 내려갔지요. 성 아래에 한 사람이 의자를 들고 오는 사람이 있었습니다."

조금 뒤에 수염이 많고 배가 좀 나온 사람이 와서 의자에 앉으면서,

"그대가 상직인가?" 하고 물었다.

상직이 앞에 와서 엎드렸다. 그자가 상직을 불러 말하기를,

"지금 할 수 있겠소?" 하고 물었다.

"안 되겠습니다." 상직이 나지막한 소리로 대답했다.

수염 많은 자가 또 물었다.

"어째서 안 된단 말이오?" 하니,

상직이 대답하기를,

"부하 사졸들이 배가 오는 소리를 듣고 처자가 붙잡혀 갈 것을 두려워하여 다 내 말을 듣지 아니합니다."라고 했다.

수염 많은 자가 말하기를,

"네가 바로 수령인데 무슨 명령인들 안 듣겠느냐? 또한 네가 만약 사냥한다면 어떤 사람이 쫓아오지 않는 자가 있겠는가? 이 성안에 있는 남녀와 재물이 어찌 나의 것이 아니겠느냐? 하고, 갑자기 일어나 사라져버렸다.

김득화가 또 정갑손에게 이르기를,

상직이 말하기를,

"술과 간장, 된장 같은 장醬류와 쌀을 해당화 아래에 두면 그 맛이 참 좋아진다." 하였다.

그 말대로 장을 쌀과 함께 성 밖의 해당화 사이에 두었다. 수염 많은 자가 또 왔다 간 뒤에 보니,

"그 술과 장이 없어졌습니다."라고 하였다.

근년에 김귀진이 또 신에게 말하기를,

"도 절제사 강 사덕이 해임되어 서울에 올라간 뒤에 갓을 쓰고 돌아와서 남의 눈을 피하여 살짝 절제사 '홍상직洪尙直'을 만나고 돌아갔다."라고 하였다.

임금께서 명하였다.

"경은 강직하고 현명하여 짐이 중요한 임무를 위하여 파견하던 차사원 벼슬아치를 보내어 홍상직과 기녀 옥영향玉英香 등이 모르게 비밀히 잘못한 일에 대해 엄하게 따져 밝히라. 만약 죄인이 범죄 사실을 진술하던 일에 관련되는 자가 있거든, 실상을 자세하게 캐물어 아뢰라." 하였다.

당시 상직은 절제사로 이들 중 중간 규모의 군사 진영 절제사로, 거진 관찰사가 주재하여 연속적으로 일어나는 큰 지진에 대한 대비 명을 받아 부토 자기 관할 아래에 있던 제진諸鎭[14]에 대해 군사상의 명령과 감독권을 행사했다. 그러나 양계의 경우에는 제진이 없는 각 고을

---

14) 조선 때에, 진관제에서 동첨절제사, 수군만호, 병마도위를 배치하던 곳.

에 독립하여 있던 진영도 있었다. 육군의 경우 이 독진 제외하고 모두 부윤, 대도호부사, 목사, 도호부사의 수령들이 절제사를 겸임했었다. 길동의 아비와 어미의 현실 상황이 관련하여 밝히는 내용이 실록에 기사로 전하였다.

　길동 태어난 어린 시절의 기록 내용이었다. 이 당시 조선의 기본법인 '경국대전'에 많은 법령의 조항이 수록되었다. 국가의 기본 질서를 지키기 위해 법률 제정이 필요했다. 국시가 유교 중심 사회여서 풍속을 문란케 하면 도리를 모르는 죄인이 될 수도 있는 시기이었다. 고려 때보다 엄격한 신분제도의 강화로 적서의 차별이 생겼다. 교활한 아전이나 관리, 간사한 백성을 규찰하고 풍속을 바로 잡기 위해 '유향소'를 설치하였다. 폐단이 생기면 폐지가 되었다가 다시 보완하면서 시행이 되었다.

　'경재소' 제도를 둬 8향 내외 향을 확대 개편하기도 했다. 현직에 있는 고위 관리가 낙향하면 고향에 머물게 된다. 그런 지역에 지방 관리가 지역을 관리하면서 갈등이 생기게 되었다. 본래 악질 향리를 규찰하고 풍속을 바로잡기 위해 만든 지방자치 기구였다. 수령의 직무를 대리하던 그 지방의 좌수 품관들이 수령보다 높은 품계를 가진 경우 수령을 능멸하는 경우가 있어 갈등이 생겨났다. 조정의 명을 받은 수령과 과거 수령보다 높은 품계를 가진 자와의 알력이 문제가 되었다. 운영에 장단점이 있으나 설치 폐지, 부활 등의 과정을 겪었다. 조정은 이런 사회적 문제를 해결하기에는 역부족이었다. 조선 초기는 정치적으로는 안정을 찾아갔으나 사회적으로는 여전히 혼란한 어려운 시기였다.

비록 서얼이긴 하지만 홍길동도 할아버지 홍 징의 피를 받았으며 염흥방과 밀직부사 홍 징 사이는 처남 매부 사이로 고려왕조 공민왕의 외척이기도 하였다. 한편 이복형 일동의 딸이 성종이 총애했던 숙용(淑容·후궁에 내리는 종3품 작호) 홍 씨였다. 따라서 선 초 때부터 시작된 적서차별이 성종 때는 법으로 정착되어 점점 엄격하게 되었다.

길동은 어미가 천출이라 신분에 따라 운명이 달라지는 사회에 출생한 비운의 사나이로 태어났다. 아버지는 양반이었으나 어머니는 천한 기생이었다. 태어나면 양육은 누가 기르고 삶은 어떠했을까?

조선 초 이런 내용의 문건으로 남아 있다. 육아일기 '양아록養兒錄'에 양반 자제의 성장기록 내용이 수록되었다. 생후 1년쯤 되었을 때 창문 살을 잡고 걸음마 연습하는 모습이 생생하다. 7살에 사랑채로 거처를 옮겨 글공부를 가르친다. 그리고 11살이 되니 술을 가르친다. 13살 정도면 혼인한다. 하인의 잘못도 직접 감독하기 시작한다. 이 시기가 어른이 되기 위한 준비기였다. 농사일을 직접 감독하게 된다.

이외 풍속화에서도 당시 삶의 모습을 엿볼 수 있다. 그 시대의 풍속도를 통하여 길동의 삶을 짐작할 수 있었다. 뱃놀이 풍속화를 보면 큰 배에 감사쯤 되는 위세를 보이는 배 뒤로 다른 배로 기생들이 잔뜩 타고 있다. 특이한 것은 유난히 아이들이 많이 나타나 있다는 것이다. 큰 남자아이는 머리를 땋아 내렸다. 그보다 어린아이는 더벅머리를 하고 있었다. 이상하게도 아이를 데리고 구경나온 사람들은 모두가 남자였다. 거기에다가 아이를 안고, 업고 한 것도 남자였다. 아버지든 할아버지든 남자가 아이들을 데리고 구경나왔다. 조선시대는 양육이 남자가 적극적으로 개입하고 있었다. 그 아이들은 기생들의 가족들로 남자에의 도움을 받아 양육되는 것이 아닌가? 조선 후기의 풍속화에도 대체로 남자들이었다. 당시의 풍속화 속에 길동의 어린 시절의 모습이 연상되었다.

그런데 그가 태어난 시대에도 사회는 극심한 가뭄과 자연재해, 군역과 과도한 세금, 전염병 등으로 힘든 백성들은 농토를 버리고 떠돌이 삶을 살았다. 고관대작들의 정쟁에 편승한 지방의 수령과 이속이 또한 한통속이 되어 가렴주구[15]를 일삼자 수많은 양민이 터전을 잃고 고향을 떠났다. 목구멍이 포도청이라 자연 도둑의 소굴을 기웃거렸다.

풍속이 타락하고 도둑과 강도들이 지역 구분 없이 날뛰는 때였다. 그들 가운데 일부가 도적 떼로 변신하여 자신들을 핍박했던 양반가나 관청을 습격하여 재물을 빼앗았다. 그때 가장 강성했던 도적 떼가 바로 전국을 거점으로 활동했던 때였다. 그의 가족들도 사회적 현실 속에서 수난을 비껴갈 수 없었다.

---

15) 세금을 혹독하게 거두고, 재물을 강제로 빼앗음.

열린사회로 세상 열기

길동이 유년 시절 때였다.

병으로 양주골에 물러와 쉰 지가 여러 해 된 조 뇌란 선비가 있었다. 그가 충신, 효자, 군인 등에 주어지는 특정한 대상자가 되어 부역이나 조세를 면제받게 되었다. 개인적으로는 한 집안이 베개를 편안히 하게 되니, 다시 무엇을 근심하겠는가? 다만 근년에 도적이 자주 출현하여 촌락을 들락거렸다. 그들은 남을 협박하여 빼앗는 일이 빈번하게 일어났다. 보고 듣는 것이 사방의 이웃 안에서 혹은 집이 소실되거나, 혹은 칼과 몽둥이로 맞아서 부모와 처자가 쓰러져 피를 흘리는 경우가 있었다. 바라보는 자가 콧날이 시큰할 정도였다.

또한 가슴 아프게 애석하게 여기지 않는 이가 없었다. 어찌 이런 일이 그들이 사는 한 마을뿐이었겠는가? 8도가 모두 그러하였다. 백성의 살림집이 많이 모여 있는 곳의 일부 백성들이 이 때문에 가산을 잃은 자가 헤아릴 수가 없이 많았다. 이것이 참으로 국가에서 깊이 염려할 일이었다. 조정은 제지하거나 금하는 방법을 쓰지 않은 것이 없었으나, 강도와 절도가 더욱 심하였다. 이와 같은 일이 어찌 그 이유가 없겠는가? 오래 민간에 있어서 고루 보고 들어서 그런 이유는 이러했다.

가난에 대개 무리를 이루어 패거리를 지어 몹시 우악스럽고 사나웠다. 더욱 심하게 구는 자는 모두가 무뢰한 패이었다. 우선 그들이 사는 한 마을로 보더라도 금년 정월과 2월 사이에 사람의 집을 불사른 것이 네 건이나 있었다. 노상에서 강탈하여 사람이 부상자가 셋이고, 우마와 가산을 도둑맞은 것은 이루 기록할 수가 없을 정도였다. 모두 어떤 사람의 한 짓인지 알지 못했다.

다만 형상과 자취 또는 남은 흔적이 나타난 것으로 말한다면 전 군사 윤신발이 말 도둑을 잡았다. 잡고 보니 바로 광대와 백정이었다. 또 마을 사람 부부가 강도에게 해를 당하였다. 이웃과 동네에서 잡고 보니 바로 벼 도둑이었다. 그의 집에서 두어 달 동안에 우마를 도둑맞은 것이 네 차례나 되었다. 추적하여 재인과 백정이 모여 사는 마을에 이르렀으나, 즉시 포착하지 못하여 감히 말을 못하였다. 말하지 않아도 강도와 절도를 더욱 심히 하는 자들이 모두가 우리 이웃이었다는 걸 알고 있었다.

대개 이 무리는 본래 전토와 집이 없어서 농사나 뽕나무로 누에 치는 일을 일삼지 않고 항상 빌어서 먹었다. 굶주리고 헐벗어 배고프고 추움이 절박하므로 생활을 이어갈 수가 없었다. 작게는 밤에 담에 구멍을 뚫어 도둑질하고 크게는 집에 불을 질러서 사람을 죽이고, 못하는 짓이 없었다. 그들을 '신백정'이라 고쳐 불렀다. 땅 전부를 주고 군적軍籍에 넣어서 평민과 서로 혼인하게 하여 생업을 편안히 하게 하였다. 그러나 입법한 이후로 평민이 백정과 혼인하고, 백정이 평민에 시집가서, 밭일하고 농사에 힘쓴다는 말은 듣지 못하였다. 대개 평민들은 신분이 다른 것을 싫어하여 혼인하여 가정을 이루려 하지 않았다. 수령들도 그다지 중요하지 않은 일로 보아서 전토와 집을 주지 않았다. 저들이 비록 도둑질하지 않으려고 하여도 어찌 않을 수 있겠습니까? 서울의 안과 모든 지방 강도와 절도는 이 무리가 반이 넘었다.

법을 거듭 밝히어 남녀노소를 모조리 호적에 붙이게 하였다. 저희끼리 혼인하는 것을 금하고, 평민과 공사천인公私賤人을 막론하고 강제로 혼인하게 하였다. 어기는 자는 통렬히 법으로 다스리고, 중년 늙은이와 이미 혼가를 이룬 자는 관가에서 노는 밭을 주어 업을 편안히 하게 하였다. 이렇게 하여도 오히려 놀면서 악을 자행하는 자는 신설한 변방 지키는 군영에 귀양 보내어 영구히 외부의 침략이나 공격을 막아 지키는 병졸로 살게 했다. 만일 혹시 도망하여 흩어지거든 군법에 따라 징계하게 하였다.

이런 환경 속에서는 길동의 출발은 출가였다. 세상 열기의 첫걸음이었다. 가족과의 이별하고 생존을 위한 홀로서기였다. 그 모와 생이별을 작정했다. 관아에서 허드렛일하며 기약 없는 외로운 날을 보내는 때였다. 의지할 데 없이 이곳저곳 전전하다가 홀로 살아남기를 스스로 결심했다. 불행하게도 열악한 사회적 환경으로 말미암아 집을 나서니 어찌 슬프지 않겠는가?

그는 홀로서기를 위해 이제 세상 밖으로 나왔다. 어디로 어떤 일을 하며 몸을 사려 빠져나가서 외면하며 살 것인가? 능동적으로 세상과 부딪고 살 것인가? 스스로 묻고 있었다. 인간의 역사는 자유의 확대를 위한 투쟁이 아닌가? 자유란 무엇에 대한 부딪힘이어야 하고, 할 수 있는 것이 무엇이어야 하는지 분명하지 않았다. 지금 사회제도는 끔찍하게 싫은 구속으로부터 자유를 실현하고 싶은 의지에 안달이 나 있었다. 가족의 권위와 명예로부터 독립, 내부로부터 속박과 강제, 고립과 무력감에 대한 두려움을 떨쳐버리는 것이 급선무였다. 이 당시 사회와 경제의 틀 속에서는 홀로 서는 나로서는 어디에도 소속감을 느낄 수 없었다. 스스로 정체성을 굳건히 갖는 것도 힘이 들었다. 과연 진정한 '나'는 누구인가를 회의하기 시작했다.

에리히 프롬은 '인간의 존재 양식에 대해 소유냐? 존재냐?' 문제에 대해 질문을 던졌다. 항상 인간의 의식과 그 사회의 구조적인 면에 대한 서로 관련이 있는 점에 주목하였다. 노자는 '도'는 '존재'라고 말했다. 마르크스는 당신의 존재가 적어지면 적어질수록, 당신이 당신의 표현을 적게 하면 할수록, 당신은 더욱 소유하게 되고 당신의 생명은 더욱더 소외된다고 언급했다. 프롬은 인간 생존의 양식은 재산, 지식, 사회적 지위, 권력 등에 대한 소유양식이 있고, 또 다른 하나는 본인의 능력을 능동적 적극적으로 발휘하여 삶의 영광스러운 명예를 찾아 스스로 삶의 존재를 확인하는 양식으로 구분하였다.

이 양식의 차이와 갈등, 선택의 문제에서 일반적인 타인의 경험을 통하거나 사상가들은 물론 선각자의 가르침을 깊이 생각하여 진리를 알아낸다. 그러나 보통의 경우는 어림없는 일이었다. 하지만, 마침내는 본능적으로 삶의 기초가 되는 존재하는 삶의 양식을 뛰어넘어야 했다. 가는 곳마다 널려 있는 위험에서 벗어날 수 있는 삶의 양식은 현실 속에 살아 꿈틀거리고 있었다.

길동은 스스로 인간에게 존재 이유를 깨달아야 했고, 억척스럽게 살아가는 생명에 대한 용기를 일깨워야 했다. 그에게는 '존재'를 위한 '소유'가 먼저였다. 앞으로 삶은 길동과 당시 사회와의 관계에서 자신의 존재를 위한 소유는 물품뿐만 아니었다. 인간, 배움, 관념(제도), 지위(권력), 신, 또한 질병은 물론 포괄적인 건강 문제에까지 직면하게 되는 것이 뻔하였다. 누구나 이러한 양태의 삶을 겪어야 하나 그에게는 희망 속에서 산 것이 아니라, 죽은 상태의 관계가 되는 처지였다. 한 인간에 대한 분명하고 확실하게 전부가 걸린 사회라는 의미를 새삼 되새기는 계기가 되었다.

우리에게 진정한 행복한 삶이란 무엇일까? 하루하루 근심 걱정 없이 자신이 하고 싶은 것을 즐기며 사는 삶의 현실은 있는가? 아니면 사랑하는 가족과 평생 함께하는 삶을 살아갈 수 있을까? 모호한 행복한 삶의 기준은 개인마다 다르겠지만 바로바로 이런 경우가 진정으로 만족하는 삶을 추구할 것이다. 그 당시 사회는 개인의 삶을 보장해 주는 사회가 아니었다. 그때는 신분사회로 천역 곧 얼자에게는 소외되는 삶이었다. 당시로서는 도저히 생존 문제를 해결할 방법이 그로서는 녹록하지 않았다. 사회가 비윤리적인 환경 속에 놓인 처지였다. 사람들은 결국 본질적으로 무엇이 소중한지를 잊고 살게 되었다. 오로지 그런 상황이 목적에 맞고 무리가 없는 것인지? 들인 노력勞力에 비해 얻은 결과가 큰 것인지? 판단하게 되었다.

그로 말미암아 '인간' 하나가 당시 사회의 자원이 되고 상품이 되는 시대였다. 바로 사회를 유지 발전시키는 하나의 도구였다. 곧 '나'라는

'자아'가 불필요했고 원망과 한을 불러왔다. 나는 그렇다면 무엇을 하고 살아가야 할까? 사회가 우리에게 편의성과 풍족한 삶을 줄 수 있는가? 의심하지 않을 수 없었다. 편의성을 추구하고 물질적 부를 소유하려는 마음은 본능적으로 생겨나는 욕망이었다. 우리에게 비윤리적이고 비인간적인 야수의 모습을 역설적으로 불러내, 그렇게 행하라고 말하고 있었다.

'나'라는 인간이 배제된 세상으로 건조한 사막과 같아 숨 막힐 지경이었다. 하루하루를 살아가기가 바쁜 치열한 경쟁만이 삶의 유일한 이유가 되어 버린 세상은 너무나도 슬펐다. 일단은 소유하는 삶이 출발점이 될 수밖에 없었다. 철이 들어 세상을 바로 바라볼 때 행복을 느낄 겨를도 없었다. 삶이 경험적 사실 가치의 존재로 바뀌게 된 소중한 가치가 어떻게 채워질 날을 예측하지 못하는 게 분명해 보였다.

하지만 우리는 반드시 깨달아야 하는 것이 있었다. 존재적 삶이란 사람과 환경에 따라 변할 수 있는 유동적 개념이 절대 아니다. 모든 시대와 인간을 초월하여 하나로 귀결되는 문제였다. 삶의 문제는 개인적인 성공은 곧 '자신'의 개인적인 가치의 문제이다. 어떤 삶을 살 것인가는 자신의 판단에 달려 있다. 행복한 삶의 기준은 나 스스로에 대한 주체성을 인정하고 사납고 세차게 헤쳐 나갈 때만이 행복에 도달할 수 있다. 그의 암담하고 불안하게 가시밭길을 걸어가는 모습이 떠올랐다. 어찌 불쌍하고 가엾지 않겠는가? 수년을 유리걸식하면서 험한 세상 경험하면서 닥치는 대로 세상을 열어갔다.

새로운 정보도 접하며 세상을 터득 해갔다. 길동은 내륙으로 발길을 향했다. 유랑자들이 떠돌던 곳을 염두에 두고 마곡사 쪽으로 향하였다. 이 사찰은 삶에 쫓기고 백정, 화척, 미륵 등 배고프고 지친 유랑자들이 몰려드는 곳이었다. 이중환은 팔도를 찾아 살만한 곳을 찾아나선 배경은 자연 현상과 인간 생활과의 관계를 찾아 한 나라를 다스리고 백성들의 삶을 편안하게 만들 생각이었다. 반면에 왕조를 돕지아니하고 현실 부정적 내용이 담겨 있는 「정감록」 등에서 재앙과 근심이 복되고 영화로운 삶을 예언한 비밀 기록에서는 전란을 피할 수있는 국내의 피란하기 좋다는 열 군데의 땅의 하나로 꼽고 있는 곳이었다. 그가 떠나가는 곳은 고려 때부터 창건 이후 이 절은 신라 말부터고려 초까지 약 200년 동안 폐사가 된 채 도둑 떼의 소굴로 이용되었던 곳이기도 했다.

이곳으로 가는 근처에 공주 무성산 정상부에는 홍길동이 쌓았다는 홍길동 성이라 불리는 산성 흔적이 남아 전설로 전하고 있다. 주로 장년기에 활동하던 곳이기도 했다. 그리고 동굴의 흔적이 세월의 흐름에 막혀 있었다. 이곳은 지금도 근처 찬물이 솟는 샘에는 우물터도 표지판에 남아 있었다.

일신이 풍랑을 만나 배가 바다 위에 정처 없이 떠돌 듯 온 세상 집을 삼고 정처 없이 한 곳에 이르렀다. 산은 높고 물은 맑아 가슴까지 시원하였다. 길동은 그 현실을 잠시 잊은 듯 아랑곳하지 않고 의젓하게 점점 깊은 곳으로 들어갔다. 좌우를 살펴보니 험한 바위가 겹겹으로 쌓인 낭떠러지는 푸른 하늘로 치솟았다. 이슬 머금은 생기 품은 채 익지 않은 풋풋한 냄새 났다. 풀 향 깊은 아름다운 꽃이 주위를 둘렀다. 인간 세상이 아닌 특별히 경치나 분위기가 좋은 곳이었다.

경치를 탐하여 점점 들어가니, 풍광이 더욱 빼어났다. 앞으로 나아가고자 하였으나 길이 끊어졌다. 다시 물러나고자 하고자 하였으나 또한 무섭고 두려우며 어려웠다. 텁석 뭐가 나타나 왈칵 달려들어 냉큼 물린 것처럼 그를 텁석 주저앉혔다. 홀연 난데없이 작은 바가지 같은 것 하나가 물 위 떠오거늘 직감적으로 곧바로 느껴 알아차리듯 마음속으로 생각하였다. '사람과 마을이 없으면 반드시 사찰이나 관아가 있을 것이다.'하고, 시내를 따라 2~3리를 들어갔다.

큰 바위 밑에 허접한 돌문이 닫히어 있었다. 나아가 돌문을 지나 안으로 들어갔다. 앞이 막힘없이 탁 트여 시원하게 널찍하였다. 평원은 한눈에 바라볼 수 없을 정도로 아득하게 멀고 넓어서 끝이 없었다. 수십 호 정도의 인가가 생각 밖으로 많아 보였다. 마치 얼개 빗을 잘게 갈라진 낱낱의 살처럼 가지런하고 옹기종기 늘어서 있었다. 그 가운데 한 집이 눈에 들어왔다. 소란스러운 소리에 무슨 일이 있나 하고 귀를 열었다. 그러나 분별할 수가 없었다. 인기척도 없이 사립을 열고 발을 헤치고 들어갔다. 아무도 주변의 시선이 그에게 쏠리지 않았다. 누가 왔는지 갔는지 관심이 없었다. 여러 명이 모여 잔치를 열고 있었다. 그때 겨우 알아들을 수 있는 낮은 목소리가 들렸다. 가까이 다가가니 조금 크게 말을 주고받는데 의견이 많아 갈피를 잡을 수 없어 보였다.

원래 한 동네 전부가 도적으로 주민이 사는 오래된 동굴이었다. 길동이 성큼성큼 거리낌 없이 떳떳한 태도로 들어갔다. 그때 그들이 서로 뭔가를 결정치 못하고 다투고 있었다. 다들 시선을 주지 않았다. 곰

곰이 생각했다.

'내 신세가 외롭고 처량하여 도망한 사람으로 의탁할 곳이 없던 사람이 하늘이 도우시어 이곳에 이르게 하셨구나! 아하! 가히 영웅으로서 깊이 생각하여 선택과 결심하여 실행하는 능력을 보여야 할 때로구나! 하고 판단하고 이곳이야말로 의욕과 기개를 펼 수 있는 곳이로구나!'하고 문득 생각하였다.

한참 분위기를 살피다가, 갑자기 흠결 없는 모습으로 당당하게 함께 모인 자리로 나아가 허리를 굽혀 예하여 이르기를,

"나는 경성에 살던 홍 아무개의 천첩 소생 길동입니다. 한 집안에 천대받지 않으려고 하여 스스로 집을 버리고 이곳을 찾아왔습니다. 온 세상을 거처로 정처 없이 돌아다니다가, 오늘에서야 하늘이 점지하시어 이곳에 이르렀습니다. 비록 연소합니다만 바라건대 모든 호걸의 으뜸이 되어 삶과 죽음 그리고 고통과 기쁨을 함께 나눔이 어떠합니까?" 하였다.

무리가 이게 무슨 뚱딴지같은 소리인지? 한동안 아무 말도 없이 서로 얼굴만 물끄러미 바라보고 있었다. 그 중 한 사람이 관상쟁이처럼 이르기를,

"그대 타고난 올곧은 마음씨와 그것이 겉으로 드러난 모양을 보니 진정한 무리를 이끌 품격이 있어 보입니다. 그러나 여기 두 가지 일 있으니, 그대가 능히 행할 수 있는지 시험해 보는 것이 어떻소? 가능하겠소?" 하고 물었다.

길동이 "그 두 가지 일은 무엇이오?"하고 다시 물었다.

그 사람이 나서며,

"그 하나는 그대가 말 타는 솜씨와 격구의 실력을 보여줄 수 있겠소? 평소 배우고 닦아 익혀 온 것을 여러분 앞에서 선보일 수 있다면 능히 당신의 내공을 알 수 있을 것이오.

둘째는 지리산 화엄사나 쌍계사를 쳐 그 재물을 취하고자 하나, 그 절에 소속된 중이 수백 명이나 되고 눈이 많소. 그러니, 또 재물이 매우 많은데, 능히 칠 묘책이 있겠소? 그대 이 두 가지를 행하여 믿음을 주면 금일로 우리의 책임자로 삼겠소." 하였다.

길동이 호탕하게 웃으며 이르기를,

"남자 세상에 태어나서 무엇인들 못 하겠소. 한번 해 보겠소." 의기를 보였다. 그는 고향 인근 마장 터에서 눈동냥으로 무예와 말타기를 조금 익혔으나 글을 연구하고 덕을 닦는 선비의 무리에 참여치 못하는 것이 평생 한입니다. 어찌 이 두 가지 일을 근심하겠소." 했다.

도둑 무리가 기뻐하며 이르기를,

"만일 그러하면 누가 우릴 이끌 수 있는가? 한번 시험해 보겠소." 주문했다.

말과 창 그리고 활과 화살은 그들의 필수 장비였다. 그들의 장비를 정중히 요청하여 빌렸다.

지난 시절 인근 '마량부곡' 마을이 있어 마장 터에서 놀이 삼아 시간을 보낸 적이 있었다. 민첩하게 우렁찬 목소리로 말을 타고 창을 들고 패기 만만하게 기창, 무예, 격구를 선보였다.

군도의 중요한 특성은 말과 사람의 관계를 이어주는 민첩성과 기동성이 중요한 평가 요소였다. 또한 조직을 지킬 수 있으며, 무리와 의지하여 서로 믿고 이끌어 갈 수 있는 존재로 관계 결속과 규율을 가늠할 수 있는 게 필요했다.

그들은 그런 요소를 요구했다.

단번에 그런 믿음을 주면서 큰 소리로 외쳤다.

"우리의 한을 풀어줄 사람은 바로 남이 아니고 바로 자신들이오."

무리 속에서 환영이나 축하의 뜻으로 박수가 터져 나왔다.

누군가가 걸쭉하고 묵직한 목소리로

"과연 그대가 지혜와 재능이 뛰어나고 용맹하여 보통 사람이 행하기 어려운 일을 꼭 해내는 사람으로 볼 수 있소. 우리 수십 명 중에 무리를 돌볼 자가 없는데, 오늘에서야 하늘이 점지하시어 무리를 지휘하고 통솔할 자를 보낸 것 같소." 했다. 그러자 더 큰 함성이 터져 나오며 무리가 갈채를 보냈다.

길동은 얼떨결에 상좌하고 양반들이 하던 양식대로 거침없이 술을 차례로 마셨다. 드디어 행수로서 역할할 기회를 얻었다.

그 후에 군사를 명하여 백마를 잡아 피를 가져왔다.

모든 도둑을 향하여 이르기를,

"근심 걱정 두려움은 모두 잊고 이제부터 마음을 다 함께하여 맡은 소임을 다 하고자 하오. 마음을 통하여 생사고락을 함께하되, 만일 언약을 배반한 자는 곧 죽음을 면치 못할 것이오." 단호하게 언급하며 맹세를 다짐하였다.

입당식에는 책임 유사가 정석에 앉고 자격자 곧 후보자를 앞에 꿇

어앉히고 입을 벌리라 한 다음 칼을 빼 들고 그 끝을 입안에 집어넣었다. 그리고 자격자인 길동에게 "아래위 이빨로 칼끝을 힘껏 물라."라는 지휘하며 명령하였다. 칼을 잡았던 손을 놓고 다시 "너는 하늘을 쳐다보라. 땅을 내려다보라. 다음 나를 보아라." 명한 뒤에 다시 칼을 입에 물었다가 빼서 칼집에 집어넣었다. "너는 이제 하늘을 알고 땅을 알고 사람을 안 즉 확실히 우리의 동지로 인정한다."라고 신고하였다. 마치 어린 시절 새끼손가락을 걸듯 목적이나 뜻이 서로 같아 함께 하는 '깐부'가 되었다.

기아에 허덕이며 농민이나 천역으로 살 곳을 찾아 떠돌아다니다가 산으로 들어가 '녹림당'에 가담하였다.

우리는 '깐부'[16]이잖아. 하는 소리가 들렸다. 무리가 믿음으로 일시에 "그래 우리는 이제 깐부야." 하고 상대편의 부탁이나 요구 따위에 응하여 승낙하였다.

하루 내내 일을 차근차근 이루어 가기로 약속하고 파하였다.

조선 초기의 '경국대전經國大典' 병조의 소관 사항을 규정한 '병전'에 기창과 격구는 기사는 관청에서 전문 지식이 필요한 특별한 기술 업무를 맡아보는 사람으로 무과 시험 과목으로 되어 있는 규칙이었다. 그는 얼자로 문과의 경전을 읽는 것이 아니라 몸으로 익히는 무예가 제격이었다. 그러나 현실은 평범하지도 못하고 보잘것없었다.

---

16) 어린 시절 새끼손가락을 마주 걸어서 편을 함께하던 내 팀, 짝꿍, 목적이나 뜻이 서로 같아 하는 사람을 뜻하는 말

조선조의 말 타고 다루는 '기창'은 무과 과목의 하나이었다. 길동은 무과 과목을 배워 출사하는 것이 먼저가 아니었다. 무리 속에 적응하려면 말을 타고 창술을 펼치는 무예가 필요했다. 이 경기는 150보를 사이에 두고 말을 탄 두 기사가 창을 옆구리에 비스듬히 세워 끼고 상대방을 향해 달려가면서 창을 서로 부딪치면서 승부를 결정지었다.

기창 교전 이외에도 말 위에서 양손에 칼을 들고 재주를 부리는 마상쌍검, 말 위에서 긴 청룡도를 휘두르는 마상월도馬上月刀[17], 말을 타고 도리깨 모양의 곤봉을 휘두르는 무예가 있었으며, 그리고 맨손으로 말에 올라 재주를 부리는 마상재馬上才 등이 있었다. 이것은 무과의 시험에서 행하는 무예였다. 지금은 실전이 절실했다.

길동이 처음 말을 몰고 나올 때 손에 언월도[18]를 가지고 말을 달리며, 말 위에 서서 그대로 안장을 안고 오른편으로 말을 뛰어 넘되 배가 안장에 닿지 않고 발이 땅에 잠깐 닿는 재주를 부렸다. 또 왼편으로 말을 뛰어 넘되 혹 세 번, 혹 네 번으로 정한 수가 없을 정도로 마음대로 다루었다. 즉시 거꾸로 서되 정수리를 말 목 왼편에 심었다. 이어 급히 말을 돌려 몸을 뒤집어 가로누워 죽은 시늉하는 척했다. '우등리장신'[19]하고 외치며 손으로 모래와 흙을 움켜쥐고 어지러이 던지며 발등을 걸고 거꾸로 끌려갔다. 또 '좌등리장신'을 하고 외치고 다시 안장을 끼고 등을 뒤집어 마치 말꼬리를 베고 있는 듯했다. 말 두 마리를 쓰되

---

17) 완전 무장을 한 무사가 말을 타고 언월도를 가지고 하던 검술
18) 옛날의 언월같이 생긴 큰 칼. '청룡 언월도'의 준말.
19) 좌우(오른쪽)의 등자 뒤에 몸을 숨긴다.

연속하여 얽매여 달리니 모든 자세는 아울러 한 가지로 보였다. 기수와 말이 하나가 되어 자유자재로 다루었다.

경기를 위하여 설치한 넓은 마당에서 말을 타고 긴 채(장:杖)로 공을 치는 운동인 격구가 있었다. 또한 기사는 말을 타고 달리면서 활을 쏘는 무예로 평소 사냥을 해서 말을 타고 활을 쏘는 기동성을 발휘하여 식량을 얻었으며, 전쟁에서도 그런 기예를 펼친다면 기사의 위력은 상대를 압도할 듯하였다. 이런 기량은 틈만 나면 익숙하게 단련하고 익혀야 할 목표였다. 그러나 현실은 녹록하지 않았다.

이후 길동이 모든 사람과 함께 무예를 연습한 지 오랜 시간이 지났다. 제도를 정비하여 무리를 이끌 군법이 제정되었다.

하루는 길동이 무리를 모으고 분부하기를,

"장차 해인사를 치려는데 만일 군령을 위반하는 자는 군법에 따라 엄중히 시행하도록 하겠다." 엄명했다.

무리가 머리를 조아리며 우두머리가 하는 말을 받아들여 그대로 행하기로 다짐했다.

길동이 한 필의 나귀뿐만 아니라 수십 종자를 데리고 가며 이르기를,

"내 절에 가면 그들의 동태를 살펴보고 오겠소." 하였다.

푸른 겉옷 도포에 검은 띠를 하고 나아가는 모습이 뚜렷이 재상 자제의 위풍이 있었으며 당당하였다.

우선 도착 날짜를 미리 알리던 공문 선문[20]을 보내되,

"경성 홍 아무개 자제가 공부하러 온다."라고 하였다.

여러 승려가 기뻐하며 이르기를,

"우리 절이 본래 큰 사찰이로되 오래되어 모양이나 모습이 가장 낡았습니다만, 이제 재상가 자제 공부하러 온다고 하니 영광이며 그 힘이 과연 적지 아니합니다."

마음속으로 생각하는 정도가 깊고 간절히 기대했다.

일시의 나와 맞아 합장배례 하니,

길동이 얼굴에 매우 엄하고 철저하게 공정한 빛을 나타내며 왈,

"내 들으니 귀 승의 절이 유명하다 함에 한 번 구경도 하고 수개월 공부하여 가을쯤 과거를 보려 하니, 절 안에 잡인을 각별히 출입하지 못하게 하시오." 하였다.

모든 중이 분부를 듣고 술과 안주를 올렸다. 길동이 흔쾌히 젓가락을 대고 몸을 일으켜 법당을 살핀 후 노승을 불러 당부하기를,

"내 인근 읍 관아에 다녀올 것이니 부디 이 절과 일에 관계없는 사람의 출입을 금하라. 이번 달 보름밤에 술과 안주를 많이 준비하여 크게 대접하겠소." 이르고,

동네 어귀를 나왔다. 여러 명이 모두 맞아 기뻐하였다. 내일 내가 백미 이십 석을 실어 보냈겠다. 모든 승려에게 받아 창고에 넣고 기약한 날을 기다리시오. 하고 당부하였다.

---

20) 벼슬아치가 지방에 출장할 때 그 도착 날짜를 미리 알리던 공문

이날 길동이 수하를 불러 분부하기를,

"너 금일 절에 올라가 여차여차하여 모든 중을 결박하거든 다른 사람들은 등은 이때를 응하여 적절히 대응할 수 있도록 준비하라." 하였다.

모두가 응하고 약속을 정하였다. 길동이 수습 동자를 데리고 해인사에 이르니 모든 승이 손님을 깍듯이 맞아서 접대하여 들어갔다. 길동이 노승을 불러 묻기를,

"내 입쌀을 보냈더니 어찌하였는가?"

노승이 대답하여 왈,

"이미 술과 안주를 올려놓는 밥상을 준비하였습니다." 하거늘,

길동이 이르기를,

"듣건대 이 절의 뒤에 한가로운 전원풍경이 좋다고 하니, 버릇없이 제 마음대로 놀고자 하오. 이 절 승려가 하나라도 떠나지 말고 일제히 모이시오." 하였다.

모든 승려가 감히 그의 뜻이나 명령을 어겨 거스르지 못하여 절 뒤에 자리를 정하고 주안상을 들이었다. 길동이 술을 부어 먼저 마신 후 차례로 모든 승려에게 전하였다. 이어 길동이 가만히 소매 속에서 모래내여 흘리니 모두가 작전 개시의 신호로 여기고 일제히 움직이기 시작하였다. 갑자기 분주한 동작에 펼쳐졌다. 도대체 무슨 재주를 부리는가? 주변 승려들이 화들짝 놀랐다.

길동이 얼떨결에 크게 화를 내며 꾸짖기를,

"너희 등이 감히 나를 업신여겨 음식이 당기지 아니하였다. 내 처지

가 이와 같으니, 어찌 화가 치밀어오르지 아니하겠는가?" 하고 과장하여 언뜻 믿음성이 갖지 못한 말과 행동으로 소리쳤다.

수하에게 분부하여 노끈으로 승려들을 차례로 결박하였다. 승이 비록 용맹이 있으나 감히 항거하지 못하였다. 이때 모든 도적이 산문의 어귀에 매복하였다가 모든 승려를 결박함을 알고 일시에 달려들어 매우 재빠르고 날래게 제 것같이 여유롭게 가져갔다. 모든 승이 이 말을 듣고 아무리 벗어나려 하였으나 문제를 해결해 나갈 방법을 찾을 수 없었다. 당황한 나머지 입으로 소리만 고래고래 질러댔다.

이때 그 절 승려가 주방에서 그릇을 씻다가 으리으리한 집에 들어가 창고를 열고 찾아서 조사하고 탐지하여가는 광경이 목격되었다. 아차, 뭔가 낌새가 잘못됐구나! 그 벌어진 상황을 지켜본 승려들이 분과 한을 이기지 못하여 뒷담을 넘어 도망하여 급히 관에 고하였다. 합천 고을 원님이 보고를 듣고 즉시 관군을 동원하였다. 반드시 도적을 잡으라 명하였다. 백성을 풀고 수십 군영과 지방 관아의 군무에 종사하던 벼슬아치를 풀어주고 뒤를 추적하기에 이르렀다.

뒤에 남은 자취나 자국은 그들의 행적은 시야에 들어오지 않았다. 잠시 숨돌린 후 추적을 벗어난 도적들은 장물을 우마의 싣고 가다가 문득 하늘을 바라보았다. 구름이 뭉게뭉게 피어오르고 있었다. 한숨을 돌리고 있다가 갑자기 들이닥친 무리는 추적대의 출현으로 알고 모든 도적이 놀라 다급하여 어찌할 줄 몰라 넋을 잃고 갈팡질팡했다. 수많은 사람이 동원되었으나 허탕짚고 결국 잡지 못했다. 정신을 잃고 어찌할 줄 모르고 도리어 길동만 탓하고 원망했다.

이때 길동이 나타나, 거리낌이 없이 호탕하게 웃으며,

"어찌 나의 깊은 마음속을 알겠는가? 너희는 두려워하지 말고 동네 목의 첫머리를 지나 남쪽 큰길로 가면, 뒤따라오는 관군이 북쪽으로 꾀어내어, 그들의 추적을 따돌리도록 하라." 일렀다.

모든 도적이 일시에 우마를 몰아 남쪽 큰길로 갔다. 길동은 행하던 쪽에서 거꾸로 법당으로 들어가 중의 장삼을 입으며 여승의 모자를 쓰고 절로 들어가 알아볼 수 없게 옷차림하고 산문의 어귀에 나타났다.

높은 곳에 올라, 관 무리가 오는 모습을 지켜보고 이르길,

"관군은 이곳으로 오지 말고 북쪽 소로로 가면 도적을 잡을 수 있을 것이오." 하고 일러주었다.

영락없이 겉으로는 어리석은 것처럼 보이면서 속은 엉큼한 모습이었다. 장삼 소매를 들어 북쪽 가리켰다. 관군이 비바람이 스쳐 지나듯 쏜살같이 오다가 중의 가르침을 듣고 북쪽 소로로 갔다. 길동이 가만히 은신하였다가 먼저 동부에 돌아가 모든 도적에게 주지시켜, 차분하게 주관이나 마음의 중심을 잡아 모든 도적이 오기를 기다렸다. 땅거미 질 무렵 모든 도적이 수십 우마를 거느리고 돌아왔다. 모두 길동의 행동을 보고, 듣도 보도 못한 기발한 재주에 감탄하였다.

무리 중 한 사람이 기개가 장한 말로,

"장부로서 이만한 대처하는 방도나 꾀의 기본이 없으면 어찌 우리의 괴수가 되겠는가?" 하였다.

지난날 경국대전의 반포로 서얼의 관리 등용이 금지되었다. 과거는

엄두도 못 내고 집을 벗어나 나주목 관할 장성 현, 고향 갈재를 중심으로 푸른 산을 헤매다녔다. 그러다가 굶주려 집 없이 떠돌던 자들과 무리 지어 어울리더니, 광주 무등산, 영암 월출산에 본거지를 삼아 그들과 함께하는 화적 활동이 떠올랐다.

그 후로 유리하며 떠돌던 약자와 천인들이 하나, 둘 모여들기 시작했다. 푸른 숲을 헤매다가 생존을 위해 재물을 탈취하는 패거리가 녹림호걸이 되었다. 소외 천대받던 무리가 길동과 더불어 녹림당綠林黨[21]을 조직하였다. 시간이 지나면서 조직은 점점 확대되었다. 다른 조직과 유대도 강화되었다. 그는 시대의 현실 모순에 항거하는 기존의 권위에 대들거나 반대하며 일정한 직업이 없이 돌아다니며 불량한 짓을 하는 사납고 거친 무뢰한으로 변해가고 있었다.

생존을 위해 종래의 권위나 방식을 단박에 뒤집어엎는 활동으로 변해갔다. 조선 팔도로 다니며 만일 탐관오리 불의의 재물이 있으면 떼를 지어 돌아다니며 사람을 해치거나 재물을 빼앗았다. 그 장물들을 장물아비에게 처분하거나 일부는 매우 가난하여 의지할 곳조차 없는 한 자가 쓸 만하면, 함께 공동 식사할 식구들이라면서 밥을 나누어 어려운 처지에 있는 자를 서로 도와 반겨 주었다.

---

21) 화적이나 도둑의 무리

도적의 계파

　도둑이 생기는 것은 잘못된 버릇으로 손쉬운 방법을 찾아서 도적이 되는 것이 아니라, 제도의 미비와 기근과 흉년으로 생계가 위협이 원인이었다. 굶주림에 허덕이던 양민들은 이고 지고 해서 산으로 들어가 녹림당에 가담하였다. 춥고 배고픔이 절박하여 부득이 도적 곧 화적이 되었다. 하루라도 연명하려 하는 자가 많기 때문이었다. 사회적 불평등이 점점 깊어지게 되고 경제적 위기가 닥쳐오면서 그들의 활동은 길고 멀어 막연했다. 자연재해가 활동을 부추겼다. 무리의 주역이 되는 자들은 가난에 쪼들린 자, 수탈을 견디지 못한 자, 죄가 두렵고 부역을 피하기 위한 자, 위협이 두려워 무리에 합류한 약자들이었다.

　그렇다면 백성을 도적으로 만든 자가 과연 누구였던가? 권세가의 문전이 시장을 이루어 공공연히 벼슬을 팔고, 무뢰한 수령이 줄을 세워 백성들을 약탈하게 부추기니 백성이 어디로 간들 도적이 되지 않았겠는가?

　어리석은 백성을 속여 유인하여 사찰이 팔도에 두루 차 있었다. 양민의 아들이 군역軍役을 피하려고 꾀하여 다투어 모두 머리를 깎고 산에 들어갔다. 가뭄과 과도한 세금으로 삶아 팍팍해지면 유리하여 떠돌면서 가족들이 무리를 이루어 자연적으로 도둑 소굴이 되었다. 양민이 군역을 피해 승려가 되었고, 흉년이 들면 군도가 되었다. 이런 현상은 삼남 지방이라 하는 영남, 호남, 충청에서는 녹림당[22]라 칭했다. 군도가 경주의 운문사, 양산의 통도사를 근거지로 삼고, 10명에서 100명씩 무리를 이루어 부자들의 재물을 빼앗아 가난한 사람에게 나누어주는 행위도 했다.

자연재해는 가뭄과 흉년으로 먹을 양식이 없어 굶주림에 시달리게 했다. 또한 질병의 고통으로 살아 있는 백성이 몹시 가난하거나 구차해서 시련에 빠지게 했다. 무엇 때문인지도 잘 모른 채 참혹한 죽음에 이르기까지 하였다. 저절로 지방 고을로부터 소외되어 정상적 생업을 포기하고 녹림으로 찾아들어 살길을 도모했다. 세상이 어지러우니 뜻을 함께 모아 특정한 지역으로 가서 무슨 일을 도모하려고 수단과 방법을 꾀하였다. 서로 억척같이 제힘에 겨운 일에 악을 쓰며 덤비는 몸짓으로 마음과 뜻을 맞춰갔다. 남의 것을 훔치거나 빼앗는 무리가 생겨났다. 점점 생존에 몰리어 분노하더니, 죄인 형편으로 쫓기게 되었다. 이것은 나의 죄가 아니었다. 오랜 가뭄으로 흉년과 먹을 양식이 없어 굶주림에 온갖 질병으로 찌든 몸뚱이를 믿고 맡길 곳이 없었다. 이 경우 남의 재물을 훔치거나 빼앗는 따위 사건을 무엇으로 근심하겠는가? 이런 경우 분노나 성깔을 불러내지 않겠는가? 어찌 횃불을 들지 않겠는가? 이들의 마음이 통하니 무엇인들 두렵겠느냐? 이제 무기를 훔치고 침입, 약탈, 파괴, 생명 경시하면서 중앙과 지방을 괴롭혔

---

22) 화적이나 도둑의 무리

다. 바로 반민들을 모아 푸른 산을 근거지로 도적이 되더니, 관병에 서로 맞서서 버티어 겨루는 녹림당이 되었다. 소굴의 무리를 화적, 불한당, 명화적으로 불렀다.

때론 민폐를 끼치고 이웃 생명을 해하며 불을 지르고 재물을 약탈하고 남의 부녀자를 물리적으로 빼앗기도 하였다. 그들의 행위로 이웃이 아수라장으로 변하여 소란으로 말미암아 편안치 못하였다. 당시 곧 경주 운문사, 양산 통도사가 활빈당의 소굴이었다. 다만 사찰과 평소 모종의 협조적 관계가 없었다면, 사찰이 군도의 근거지가 되는 일은 없었을 것이다.

훗날 고종실록 22권에 '활빈당'이란 검색어가 실렸다. 기사 내용은 다음과 같았다.

화적의 무리를 진압하는 일에 관하여
김교환이 올린 글에 이르기를,
"요즘 화적火賊의 폐해가 날로 심하여 폐해가 없는 곳이 없는데 남쪽 지방이 더욱 심합니다. 사람들을 불러 모아 무리를 이루어 심지어 그 인원수가 대체로 만 명이나 되는데 '활빈당活貧黨'이라고 하면서 거리와 저자에 함부로 방을 내걸고는 민가를 파괴하고 사람을 살해하며 불을 지르고 재물을 빼앗으며 남의 무덤을 파헤치고 남의 부녀자를 노략질합니다. 그리하여 길이 막혀 통행하지 못하고 마을이 소란해져 편안치가 못합니다.

(...... 近日火賊之弊, 日甚一日, 無處無之, 而湖南尤甚. 嘯聚成黨, 蓋以
萬數, 稱以'活貧黨', 街路市坊, 肆然揭榜, 打家殺人, 縱火刦財, 掘人塚
墓, 掠人婦女, 道路梗斷而不能行, 閭里騷擾而不能安 ......)

심지어 포도청에 속하여 범죄자를 잡아들이거나 다스리는 일을 맡
아보던 벼슬아치까지도 도리어 그 피해를 보는 경우가 있으며, 수령
도 곤란을 겪고 뜻밖에 닥쳐오는 불행을 당하는 때가 가끔 있습니다.
그런데도 수령은 내버려두고 다스리지 못하며, 조정에서는 미처 알지
못하고, 설사 안다고 하더라도 잡아다가 신문하지 못합니다.

삼가 바라건대, 지략이 있고 능력 있는 사람을 선발해 보내서 진압
하고 체포하는 임무를 주되 몇 달 안에 소굴을 소탕하여 뿌리를 뽑고,
평민으로서 억지로 끌려간 사람들은 놓아주어 돌아가 농사를 짓게 한
다면 온 나라를 편안하게 하고 후환을 영영 없게 할 수 있을 것입니
다.” 하니,

문장 맨 끝에 기록한 가부의 대답이,

“관할 구역의 공문 서류를 상급관청에 올려보내는 문제는 아주 시
급한 당면 문제이다. 마땅히 유의하겠다.” 답이 아닌 답을 하였다.

위 기록의 내용에서 ‘활빈당活貧黨’이라는 개념이 조정과 백성들의
인식이 확연히 구분되었다. 기록한 조정은 그들을 ‘화적’이라 불렀다.
그러나 백성들은 스스로 ‘활빈당’이라 불렀다.

국어사전에 ‘활빈당’이란 뜻은,

1. ‘예전에, 부자의 재물을 빼앗아다가 가난한 사람을 도와주기 위

하여 결성된 도적의 무리.'

2. '1900년에서부터 1904년까지 활동한 반제국주의·반봉건주의적
   무장 민중 봉기 집단.'이라 하였다.

기록의 내용에서 '활빈活貧'이라는 개념이 조정과 백성들의 인식이
확연히 구분되었다. 기록한 지배층의 인식은 '도둑', '화적', '강도'이었
다. 그들의 현실과 입장을 끌어 담지 못하는 불한당이요, 강도였다. 그
렇지만 백성 입장은 절대적 생존의 시급한 문제 앞에선 그들은 스스
로 '활빈당'이라 불렀다. 조정은 백성들의 시급한 생존의 문제를 해결
해 주지 못했다. 대책이 아닌 대책으로 '마땅히 유의하겠다.'라는 답이
아닌 답하였다.

'활빈'이란 그냥 자선 활동이 아니라 소박하게 벌거숭이가 된 마음
으로 돕고 병든 자를 고치는 것이다. 스스로 자선에 의존하는 것이 아
니라면 무엇인가? 이웃에 유익한 것을 던져주고 공동 식사를 통하여
천국에 나아가 밥 먹는 일을 확인하는 것이었다. 개방된 공동 식사는
차별과 위계를 근원적으로 부정하는 혁명적 행위였다. 이런 공동체적
식사야말로 경국대전의 율법을 위반할 수밖에 없었다. 그 무리는 법
을 어기고 생존이라는 이름으로 운동에 도전했다.

공동체 식사, 제공되는 음식에는 일체 '금기'가 존재할 수가 없었
다. 까다로운 규정된 격식과 방식의 음식 가림이야말로 조선이라는
나라가 하나 되게 만드는 데 방해가 되는 번거롭고 까다로운 규칙과
예절이었다. 경국대전은 차별이요, 의혹이었으며, 질투이고 저주였다.
신분제도의 철폐하고 기회를 주는 것이야말로 기대고 살만한 사회라

고 여겼을 것이니라.

"기도하지 말라." 만약 기도한다면 죄가 있는 것으로 단정되리라. 기도한다고 교회나 거리 어귀에서 어정거리는 행위가 이미 비판과 비난의 대상이 된다. 기도는 내면적 소리일 뿐이며, 겉으로 말로 표현해야 할 것은 아니다. 예수는 "기도하지 말라! 기도는 너를 죄인으로 만들 뿐이고, 너에게 죄의식만 불러일으킬 뿐이라." 했다.

도올의 도마복음 한글 역주 2편에

"금식하지 말라, 기도하지 말라, 구제하지 말라." 언급하고 있다.

'예수'께서 그들에게 이르시기를 "너희가 금식한다면, 너희는 너희 자신에게 죄를 자초하리라. 그리고 너희가 구제한다면 너희는 영혼에 해악을 끼치리라."

이는 불교에서 계산하지 않은 순순하고 깨끗한 마음으로 보시한 공덕이 큰 것이 되어 돌아오는 '무주상無住相 보시布施'를 일컬었다. 보시는 이상을 버린 아상我相 곧 현상세계가 화합하여 생긴 몸과 마음에 참다운 '나'가 있다고 여기고 집착하는 것을 버린 자에게만 가능한 것이었다. 자선 사업이란, 아름답고 고마운 일이다.

그러나 그것은 가난을 영속시키고 도둑과 강도를 양산하는 일이었다. 더 시급한 문제는 모두가 진정한 복지를 누릴 수 있는 차별이 없는 사회의 제도를 마련하는 것이었다. "너희가 어느 땅에 가든지 어느 동네를 거닐게 되더라도 너희를 맞아들인다면 그들이 대접하는 음식을 그대로 먹어라. 그리고 그들 가운데 있는 병자를 고쳐주어라. 너희 입으로 들어가는 것은 너희 입을 더럽힐 수 없기 때문이다. 차라리 너희를 더럽히는 것은 너희 입으로 나오는 것이니라."

조선 초 '경국대전'이 완성되기까지 신분제도의 구분과 경제 활동 제한으로 그들을 생존의 뒷골목으로 내몰았다. 그런 상황에서 나라는 답이 아닌 답을 내놓았다. 구한말의 사정도 이러하거늘 선 초의 상황은 오죽했겠는가? 가뭄과 홍수, 전염병, 군역, 세금 등 그들이 감당하기 어려운 생존의 환경에서 화적, 도둑, 강도는 어떤 의미였나? 국시가 불교적 사회에서 유교적 신분사회 출현이었다. 법전의 완성이 더 큰 암초였다. 이전에도 신분의 구분은 있었다. 그러나 그 탈출구가 신분의 차별과 제한과 경제 활동의 한계 그리고 질병과 자연재해가 그들을 괴롭혔다.

선종 승려 '부운浮雲'이 승려 수십 명을 각도의 사찰에 파견하여 역모를 꾸며 군사를 일으켜 대궐을 칠 계획을 세웠다가 발각된 사건이 있었다. 승려 세력의 거사 계획으로 체제를 전복시키려 했다. 매우 흥미롭게도 이들의 거사 계획은 태종 방원 힘으로 말미암아 죽은 고려조의 충신인 정몽주 후손이나 태조 이성계의 위화도 회군으로 죽은 최영의 후손에게서 새 왕조의 왕을 옹립하려는 것을 논의했었다. 이것은 땡추나 양대 도둑 추설과 목단설 군도의 행위가 고려에 대한 충성 의식과 유사했다. 이것은 평소 승려 세력이 군도와 긴밀히 연통하고 있었음을 암시하는 것이었다.

어느 스님이 이르기를,

"땡추는 이 집 저 집 하루 내내 쏘다니며 공양해서 주막집에 앉아

한입에 톡 털어 넣는 것이 땡추로 알겠지만, 그러나 이전 땡추들은 국시를 유교 중시로 억불정책으로 인한 수요 감소로 구조조정과 군대에서 복역하는 일에 순종하지 않고 대들거나 반대하며, 신분의 변동으로 힘에 밀려 산중으로 쫓긴 자들로 스스로 반성했었다.

'조라치'가 한때 궁중에서 의장을 갖춰 여러 행렬에 참여하였다가 군인으로서 소라 껍데기로 만든 옛 군대 악기를 부는 신분 이동으로, 믿음의 열정이 민중 보급로 두절로 아마 어쩔 수 없이 어둡고 답답한 환경에 대해 굴하지 않고 맞서서 버틸 수밖에 없겠지. 결국 당시 사회에 맞서서 버티는 무리로 전락했겠지. 따라서 절 손님 비슷하게 분장해서, 때로는 산속 패거리의 통신망이 되기도 하고, 때로는 항간에 떠돌며 민중 교화에도 힘쓰기도 하지. 일종의 시대가 낳은 불교의 의붓자식인 셈이다."라고 말했다.

땡초는 백성을 가르치고 이끌어서 올바른 방향으로 나아가게 하는 것만이 아니라 어려운 처지에 있는 백성까지도 도와주었다. 그 백성과 함께하는 생계 수단이 바로 도둑질이었다. 산적과 결탁해서 낮에는 동냥하며 떠돌다가 관가와 토호들을 염탐하고, 밤에는 횃불을 들고 불한당이 홰에 켠 불을 잡고 불을 지른다. 공동체 생활로, 자기가 낮에 공양한 것을 고을에 없는 사람들에게 풀어먹이곤 했다. 땡추는 적어도 산도둑으로 통신망이 되거나 아니면 산에서 도둑질까지 한 무리였다. 이들이 단순한 생계형 도적만이 아니었다. 이들 땡추의 명분과 해결해야 할 문제는 당면 현실을 해결해야 할 과제며 백성과 함께하는 사상의 성취였다.

또 다른 조선시대 도적의 계파도 있었다. 도적이란 이름부터 명예스럽지 않았다. 누가 도적질을 좋은 직업으로 알고 행할 자 있겠는가? 대개가 불평자의 반동적 심리에서 일어나는 원인이 된 것이었다.

고려말 이성계가 고려 신하로서 임금을 내리고 역성혁명 하여 나라를 얻은 후, 당시에 두문동杜門洞 72현 같은 사람들 외에도 고려왕조에 충성하고자 하는 뜻을 가진 자도 많았다. 이들을 추종하는 세력이 있었다. 그러한 지사들이 비밀리에 연락 혹은 집단으로 모였다. 약한 자를 구제하고 기운 것을 붙들어 일으키고자 하는 선의와 질서를 파괴하고자 하는 보복적 대의명분을 표방했다. 그들은 구석진 곳에 은밀히 뜻이 서로 같은 이를 소집하였다. 그들은 조선의 은총을 받거나 국록을 먹는 자, 백성을 착취하는 소위 양반이라는 족속과 부유한 자들의 재물을 빼앗아 춥고 배고픈 백성을 구제하려 하였다. 그들은 나라에서 도적이란 이름을 붙였다고 생각했다.

조선 초는 유난히 군도의 출현이 잦았다. 자연재해와 전염병 이외에도 고급 관리부터 수령에 이르기까지 가축까지 잡아들였다. 왜냐하면 백성들이 몹시 고생해서 얻은 이익이나 재산을 짜냈기 때문이었다. 당취 또는 땡초는 조선 체제를 부정하는 의식에 가진 자를 섬기는 귀족이나 호국불교 신봉자가 아니었다. 민중을 위한 불교를 추구하는 승려무리이었다. 물론 어느 스님의 말에 나오는 땡추의 행실은 외견상 우리가 알고 있는 돌중으로, 낮추어 일컫는 말로 땡초로 불렀다.

조선이 건국되자 이에 부당한 처사라고 불복한 고려의 유민과 승려들이 산중으로 들어가 비밀결사를 이어왔다. 그런데 이를 조정에서 도적 떼라고 가치를 깎아내렸다. 그렇지만 그들은 엄연한 소외된 백성들이었다. 백성의 삶은 날이 갈수록 피폐해지면 문란이 극에 달했고 엎친 데 덮친 격으로 굶주림까지 겹치면서 토지를 떠나 떠도는 백성이 늘어났다. 그들이 관아를 습격해 곡식을 탈취하면 민란이 되고, 자리를 잡고 도적질을 일삼으면 군도가 되는 것이었다.

군도의 조직은 이러했다. 강원도에 근거를 가진 도적을 '목단설'이라 했다. 경상도, 전라도, 충청도의 즉 삼남 지방 도적을 '추설'이라 했다.

노사장 영기는 무안 출신 도둑이었다. 그 인근 장성에 홍길동이 있었다. 그가 세상 밖으로 나왔을 땐 그들의 활동 지역은 가까이 있었다. 노사장 영기와 어린 길동은 '추설'이라는 조직과 연줄이 닿을 수밖에 없는 만남의 길이 열려 있었다.

훗날 예종 때 강도 소탕령이 내려졌다. 그들은 제각기 살기를 위해 수단과 방법을 꾀하여 여러 곳으로 흩어졌다. 이후 장영기가 체포되었다. 그가 자리를 비운 이후 홍길동은 자신이 '장영기' 체포 이후 빈자리를 채우며 활동하였다.

이 외에 '무지한 자들이 임시로 작당하여 민가나 털고 하는 자'를 '북대'라고 했다. '목단설'과 '추설'의 도당은 서로 만나면 초면이라도 동지로 인정하고 서로 돕지만, 북대에 대해서는 하나같이 적대시하는 규율이 있어 만나기만 하면 무조건 사형에 처했다. 추설과 목단설 승려를 중심으로 한 도적 조직이었다. 이들은 내사에 해당하고, 북대는 외사에 해당한다. 외사는 원래 내사의 구성원이었다가 떨어져 나온 자와 민간인 출신 강도가 결합한 형태를 띠는 것이라서 약간 차이가 있었다.

한데 '목단설'과 '추설'이 '북대'를 만나 적대시하면 무조건 죽인다는 과도하게 느끼는 분노와 증오는 아마도 그들의 조직에서 떨어져 나간 존재에 대한 적개심의 표현이었다. 추설은 삼남지역 경상도, 전라도, 충청도의 도당이었다. 홍길동은 추설 조직이었다. 길동의 무리인 추설은 1년에 한 번 내부의 공사公事를 처리할 때 반드시 큰 시장이나 사찰에서 모였다.

어느 날 경상우도 절도사 이극균이 도둑의 무리를 추적하였다. 광양 현과 화개 현 일대의 도둑이 아무 거리낌 없이 제멋대로 행동함을 보고 받았다. 진주의 목사와 판관이 광양 현으로 군사를 출동하였다. 화개 현에 이르자 도둑이 보리암菩提庵의 옛 터전에서 발견되었다. 도둑들이 초막 19간을 짓고 제단을 설치하였다. 그때 버려두고 간 말이 14필 있었는데, 안장을 혹은 찢어버리고 혹은 불살랐다. 또한 그 당시 한 남자를 죽였다.

구례의 백정 철산이 이르기를,

"내가 구례 현감을 따라 도적과 더불어 보리암 골짜기에서 싸우다가, 현감이 패배하여 퇴각하자 도적이 군사 3인을 죽이고 도망하였습니다." 하였다.

그가 생각건대, 반드시 지리산으로 깊이 들어갈 것이 분명했다. 그가 곧 진주로 가서 본주와 사천, 곤양, 하동 등 고을의 군사를 뽑아 거느리고, 화개동 입구에 진을 치고 도둑들의 종적을 알아보았다. 도둑들은 사리암의 옛 터전에 주둔하고 있었다. 그곳은 진을 친 곳에서 60 여 리나 떨어졌고 산길이 험악하므로, 그가 불의에 실속 없는 큰소리로 위협하거나 으르고자 하여 군사에게 모두 도보로 도둑들이 둔친 곳에 이르게 하였다. 도둑들이 먼저 고개 위로 올라갔다. 그에 앞서 여인女人과 말이나 수레에 짐을 싣고, 군대의 여러 가지 물품 등을 보내 버렸다. 도둑 16인이 자신의 선봉과 맞붙어 싸웠다. 그가 30여 리를 추격하면서 모두 여섯 번 서로 맞붙어 싸워 도둑 오덕생을 활로 쏘아서 잡고 그의 재산 곧 장물을 탈취하였다.

도둑들이 야음을 타서 크게 부르짖으며 관군의 진으로 쳐들어왔다. 그의 매복한 병사가 배후에서 쫓으며 활을 쏘니, 도둑들이 이에 도망하여서 구례로 향하였다. 그가 40리를 따랐으나, 식량이 다하고 행군한 지 3일에 군사들이 피곤해하므로, 군사들을 퇴각시켰다. 본진의 군사에게 진을 쳤던 곳에 머물러 공격이나 해로부터 막아 지켜서 보호하게 하고, 탈취한 재산은 진주로 부쳤다.

이 전투에서 이극균이 보병을 거느리고 도둑이 주둔하고 있는 봉우리를 포위하자, 도둑이 그 아내가 장구와 비슷한 악기를 치게 하고, 모든 도둑에게 봉우리의 아래로 나누어 지키게 하며, 관군 두 사람을 활로 쏘아 맞히었다.

드디어 이극균을 몰아붙이므로, 이극균이 위로 공격하는 것이 불리하여 마침내 2~3리 되는 곳에 물러와서 둔 쳤다. 군졸 하나가 돌이 구르는 소리를 듣고 도둑들의 짓이라고 말하자, 모두 놀래어 도주하였다. 그때 날이 이미 어두우므로 모든 군사가 서로 짓밟으면서 삽시간에 흩어졌다가 한참 뒤에야 도둑무리 소행인 줄도 모르고 조금씩 도로 모여서 행군하였다. 한밤중에 갑자기 도둑들이 진으로 돌진하여 산에 불을 놓았다. 자취를 없애고 도망하니, 관군이 두려워서 감히 움직이지 못하였다.

길동의 지휘로 하동 화개장에서 쓸 만한 값어치가 있는 물건을 털었다. 그때 그 장물을 쌍계사에서 함께 나누었다. 물론 하동 화개장과 쌍계사는 아주 가까운 거리에 있었다. 지리산 자락에 있는 절로 이곳은 원래 군도의 무리가 모이는 본거지처럼 여겼다. 보리암이나 쌍계사는 서로가 군도 세력이 흘러드는 사찰이었다. 지리산 계의 땡추들과 소통이 있었다.

도둑 무리의 입당식

홍길동 무리에 관한 군도의 조직 내부의 내사 조직은 다음과 같았다.

강명관의 '조선시대의 군도'에 의하면,

조직의 가장 큰 우두머리가 별유사別有司가 있고, 별유사를 보조하는 자가 부유사副有司였다. 이하의 조직은 다음과 같았다. 영감令監은 제반 사항을 지휘하고, 중년은 유사 영감의 지휘에 따라 활동하는 자였다. 만사는 회계 사무를 담당하고, 종도宗徒는 졸병으로 명에 따라 움직이는 무리이었다. 별유사 무리는 민주적 절차에 따라 내사 조직원의 선거가 비교적 합리적 방법에 따라 선출되었다. 그 외는 왕초 별유사가 추천하였다.

목단설과 추설 내부 조직은 다음과 같다. 각 설의 최고 수령을 '노사장老師丈'이라 하였다. 이는 내사의 별유사와 같은 것이었다. 그 아래의 총 사무를 유사有司라고 했다. 내사의 부유사나 영감에 해당하였다. 특이한 것은 목단설과 추설은 지방의 하부 조직도 갖고 있었다. 곧 각 지방 책임자가 있으니, 이들도 유사라고 불렀다. 조직원은 이렇게 선발은 각 설의 도당은 소수정예로 편성되었다. 각 설 노사장은 1년에 각 분分설에 자격자 1명을 정밀하게 조사해 보고할 것을 지시했다.

자격자가 되는 조건은

첫째, 눈빛이 이글거리고 뜻한 바를 굽히지 않고 밀고 나아가는 힘이 있고 맑을 것,

둘째, 발원하는 정기가 세차서 심신의 활동력이 강단이 있고 행동이 기민할것(자세하지 않음)

셋째, 담력이 강하고 튼튼할 것,

넷째, 성품이 겁이 없고 배짱이 두둑하고 침착할 것 등이었다.

이런 조건을 갖춘 사람을 찾아서, 설의 지도부에서 비밀리에 조사 발굴하여 심사를 거처 그 합격자를 도적으로 선출했다.

노사장 명령에 따라 책임 유사는 자격자에 접근한다. 자격자의 기호 술, 미색, 재물 등으로 극진히 환대하여 친형제 이상으로 가까워지게 한 뒤 어느 날 밤이 깊어진 뒤 어떤 집 문전에서 잠깐 기다리라 하고는 사라진다. 이내 포교로 변장한 자가 자격자를 포박하여 수십 가지의 악형을 가하며 도둑으로 몰았다. 스스로 도둑이라고 실토하면 그 자리에서 죽여 버리고, 끝내 아니라고 고집하면 결박을 풀어주고 따로 은밀한 장소에서 술과 고기를 먹인 뒤 입당식을 거행하였다.

입당식 장면이 놀랍고도 신기했다. 입당식에는 책임 유사가 정해진 자리에 앉고, 자격자를 앞에 꿇어앉히고 입을 벌리라 한 뒤 칼을 빼 그

끝을 입안에 집어넣고, 자격자에게

"위아래 이빨로 칼끝을 힘껏 물라." 지휘하여 명령했다.

그리고 칼을 잡았던 손을 놓고 다시
"너는 하늘을 쳐다보라. 그리고 땅을 내려다보라. 다음 나를 똑바로 바라보라."

큰 소리로 꾸짖은 뒤, 다시 칼을 입안에서 빼 칼집에 넣고 자격자에게

"무슨 뜻인지 아느냐?"고 물었다.

"너는 하늘을 알고 땅을 알고 사람을 안즉 확실히 우리의 동지로 인정한다."라고 선언하여 널리 알렸다.

이렇게 신고식이 끝나면 정식으로 강도질을 한 차례 실시하고 장물을 분배해 주었다. 이런 식으로 몇 번 강도질에 가담하여 함께하면 완전한 도적이 되었다.
도적무리는 어떤 방식으로 질서와 규율을 유지했을까? 궁금하지만 그들은 엄격한 4대 사형죄가 있었다.

첫째 뜻을 함께하는 사람의 처첩과 간통한 자,

둘째 체포당하여 신문 받을 때 자기 동료를 실토한 자,

셋째 도적질할 때 장물을 빼돌려 은닉한 자,

넷째 동료의 재물을 강탈한 자로 분류했다.

이런 사실들은 발각되면 사형이었다. 이들의 법은 극히 엄하여 포도부장을 피해서 목숨까지는 보호하고 지켜서 남길 수 있어도 도적의 법에 사형을 선고받고는 빠져나갈 도리가 없었다. 만약 도적질이 하기 싫다든지 늙어서 도적단에서 빠지고 싶다고 청원해도 동지가 위급한 경우 자신 집에 숨기를 요구할 경우, 이 한 가지만 반드시 응한다는 서약을 받았다.

그리고 잘 놀고 즐겁게 지내는 '행락(行樂)'이라 불리는 도둑질을 면제해 주었다. 배신자의 잔혹한 처단의식도 행해졌다. 이것은 이들이 오랫동안 조직을 유지하기 위해 엄격한 내부 단속과 함께 외부의 권력기관과 연통을 염려하고 있었기 때문이었다. 즉각 '설'은 벼슬아치 노릇을 하는 '사환계仕宦界'가 있었다. 서로 관계가 특히 포도청과 군대 요직에 연결 고리를 갖고 있었다.

홍길동과 와주 귀손은 마찬가지 서로 사환계의 연결 고리가 그러했다. 그들은 훗날 연산군 6년(1500년)에 국청의 심리 끝 남해에 있는 감옥으로 유배되어 형 옥에 안치된 바가 있었다. 그들 소굴 우두머리 와주 귀손 무리 일원은 서로 운명이 서로 어긋났다. 도적이 어떤 관할 도에서 잡힌 뒤 그가 '북대'면 지방 관청에서 처결하고, '설'이면 서

울로 압송하게 했다. 만약 의정부를 털어놓으면 사형하게 하고, 자기 사실만 진술하면 기어코 살려 옷이나 음식을 공급하고 뒤에 출옥시켰다.

예컨대 땡추의 법을 어긴 자를 죄를 깨끗이 씻는 참회법이란 것이 있었다. 실정법을 초월한 제도로 가혹할 정도로 엄격한 것이었다. 또 지리산 계보다 금강산 계가 더욱 엄격했다. 지리산 계는 같은 무리가 금기를 범했을 경우 신체에서 오염된 부분을 제거하거나 굴절시키되 기능을 마비시키는 정도에 그쳤던 것이 보통이었다. 도벽이 있는 경우 손목을 잘랐다. 하지만 금강산 계에서는 아량을 베풀어 범법자 스스로 목숨을 끊게 하든가 그대로 타살을 강행하여 같은 무리에 드는 사람들뿐만 아니라 사회로부터 영원히 격리되는 것이 관행이 있었다. 군도의 일이 도둑질이었다. 길동의 출현 이전 동시대에 '노사장 영기'의 소문이나 평판이 어지럽게 널리 알려졌다. 결국 그의 활동도 사회로부터 영원히 격리되는 것이었다.

성종 말년인 1489년 김막동 부대가 평안도를 중심으로 7년간 활동했고, 황해도에 길일동, 김경의, 윤산 등이 구월산을 중심으로 활동하며 백성을 두려움에 떨게 하고 조정을 괴롭혔다.

1490년대 막바지에 홍길동이 경기, 충청과 경상 북부에 걸치는 상당히 넓은 지역에서 활동했다. 홍길동 이후 순석順石 부대가 전라, 충청, 경기 삼도 걸쳐 투쟁했는데, 일당 39명이 관군에게 붙잡힌 뒤 연루되어 체포된 사람이 170여 명쯤 되었다.

도둑 없애는 방책을 의논하다.

길동이 세상 밖으로 나오기 전후로부터 도둑은 기승을 부렸다.

세조께서 1년(1455년)쯤 여러 도의 관찰사에게 관청 등에서 구두 또는 서면으로 백성을 타일러 가르치셨다. 지난번에 의정부의 임금이 내리던 명령에 해당 조목에, '무릇 형벌과 감옥 죄를 저지른 사람을 따져 물어 범죄 사실을 말하게 하여 실제의 사정이나 정세를 밝혀내도록 힘쓰라.' 하였다. 요즘 재판하기 위하여 소송을 듣게 하는 관리가 다른 사람이 바친 장물을 먼저 서류를 꾸미도록 지시하여, 억지로 죄를 저지른 사람을 문초하여 범죄 사실을 실토하게 문초를 받아, 함정 속에 몰아넣듯이 한다. 또 도둑들이, '아무 사람과 한패가 되었고 아무 집이 소굴 우두머리의 집이 된다.'라고 거짓으로 끌어넣으면, 관리들이 그 술책에 빠져 문서를 꾸며 잡아들이기도 했다. 죄 없는 사람이 모든 재앙과 뜻하지 않은 불행한 변고를 당하는 일도 있었다. 도둑잡기를 자원하는 자는 그 상을 받는 이익을 위하여, 비록 장물의 증거가 명백하지 않아도 도둑이라고 지적하여 잡아서 고발하는 사례도 있었다. 이것이 옳지 못하다고 하는 사람들이 비판하는 자들도 있었다.

금후로는 한패인 것이 명백한 것과 도둑질한 장물이 나타난 것 외에, 서로 끌어넣었으나 도둑질한 어떤 것이 남긴 표시나 자리가 명백하지 아니한 자는 역적 등의 중죄인을 신문하기 위하여 임시 설치했던 관아에서 중대한 죄인을 신문하는 것을 허락하지 말게 하라. 또 관찰사와 수령들이 마음을 써서 웃어른이 시키는 대로 좇아 행하지 아니하여 법이 나기 전에 잡아 가둔 자를 이제까지 한 사람도 사실을 가려서 석방한 것이 없으니, 심히 부당하다. 내년 정월 그믐날까지 한하여, 옥에 갇힌 강도와 절도로서 장물이 나타난 자와 한패거나 와주가 명백한 자 이외에는, 즉시 놓아 보내고 그 수數를 갖추어 임금에게 의견을 아뢰라고 하였다.

형조에서 강도, 절도의 죄에 대해 건의하였다.

세종 29년(1447년) 2월 길동이 7살 무렵 유년 시절이었다. 의정부에서 도둑 소굴의 우두머리로 지목된 사람을 조사하고, 장물을 사적으로 처분하지 말도록 하는 조치가 있었다. 아직 어려 도둑의 일원으로 활동하기 이전의 대책이기도 했다. 도적이 잡히면 그들을 원수처럼 미워하는 집이 있었다. 그 집에 사는 사람이 집에 돈이 있는 데도 없다고 거짓으로 꾸며 고발하거나 고소하는 경우가 있었다. 또한 도둑 소굴 우두머리 와주라고 그들과 같은 무리라고 지목하는 예도 있었다. 관아에서 심부름하던 사람을 보내어 재물을 강제로 빼앗는 사례도 있었다.

이와 같은 집에서는 혹시 도적이 원망을 품고 보복할까? 두려워하여 감히 변명하거나 호소하지도 못했다. 백성을 보호해야 할 관청에서도 또한 사실을 제대로 살피지도 않고서 당연히 주인이 없는 장물로 처리하여 공공연히 이를 함부로 사용하기도 하였다. 으레 이런 행태를 이상야릇하게 여기지 않는 분위기였다. 또 모두 한통속이 되어 금령을 범하여 관청에 몰수된 물건은 또한 관청에서 개인적으로 사용하게 되는 예도 있었다. 이런 경우는 분명 모두 규범 질서가 무너지는 타당치 못한 일이었다. 지금부터는 비록 소굴 우두머리 같은 무리로 지목된 사람도 관리가 사실을 엄격히 조사하여, 법에 따라 죄인을 처벌받도록 하고, 그 주인이 없는 장물과 어떤 행위를 금지하는 법령에 따라 처결해야 하나 그 법령을 어기고 죄를 범한 물건은 함부로 처분하는 사례도 있었다.

한편 호조에서 '일체 버릇 없이 처분하지 말라.'는 엄중한 규율을 지킬 것을 당부하는 공문을 보냈다. 장물을 처분하고 마음대로 사용하지 못하게 하는 것은 물론 이를 어긴 사람은 사헌부에서 조사하여 매우 엄하고 철저하게 죄를 다스리게 하였다.

세조 6년(1460)쯤 길동이 약관(20세)일 때 일이었다.

상벌에 관한 임금의 명을 맡은 관아에 전달하던 해당 절 목에 "소와 말의 도적은, 범인 가운데 우두머리는 교수형에 처하고 종범은 죄인에게 곤장을 치는 형벌을 집행하고 얼굴이나 팔뚝의 살을 따고 흠을 내어 죄명을 찍어 넣던 벌을 주어 군대에 편입시키게 하며, 재범하면 죄를 용서해 주고 전의 죄를 통계해서 교수형에 처한다." 하였다.

다음 해 임금이 내리던 명령 절 목에, '강도와 절도는 신사년 5월 초 1일 이후부터는 재범이면 사유 전을 통틀어 계산해서 수범자와 종범자 가리지 않고 장물의 다소 많고 적음도 논하지 말고 아울러 교수형에 처한다." 하여, 법을 제정한 것이 매우 엄하였다. 다만 도적이나 노름꾼들을 거느리고 분란을 일으키는 우두머리 접주인接主人 죄를 논하여 형을 적용하여 처벌하는 법이 없기에 도둑무리 법을 근거로 삼아 해로움이 더욱 많아졌다. 바라건대 지금부터는 강도, 절도 소굴의 우두머리와 실정을 아는 자는 법에 따라 논해서 판단이나 결론을 내리고, 온 집안을 강원도로 옮기어 도적의 무리를 근절하게 하라는 건의를 그대로 따르는 상황도 있었다.

갈수록 도둑과 범죄는 늘어나고 법은 옥죄어 와도 백성들의 행위는 사납고 난폭해지고 별 뾰족한 방법은 없었다. 누가 어려운 사정을 해결해 줄 수 있을까? 뿌리 깊은 하소연과 원망의 목소리는 커져만 갔다.

세종께서 정사를 보는 중이었다. 임금이 좌우에 이르기를,

"지금 도적이 많이 다닌다. 그러니, 이것은 내가 백성의 살림살이를 마련해 주지 못함이요, 그들이 살 곳을 잃었기 때문이니, 내 심히 부끄럽게 여기노라." 하였다.

지난번 경들이 도적을 줄이는 방법을 의논할 때,

"3 범犯한 절도는 나라에 경사가 있을 때 죄가 가벼운 죄인을 석방하던 일이라도 상관할 것 없이 엄격히 법을 집행해야 한다.'라고 삼진아웃 하려 했는데, 내가 수隨나라 역사를 보니,

'두 사람이 함께 참외 한 개를 도적질했는데 사형에 처하였다.' 했고, 또 옛날에 문란함을 형벌함에는 나라에서 무거운 법을 썼으니, 도

적에 대해서는 마땅히 무거운 법을 집행해야 할 것이 아닌가?

그러나, 대명률은 명나라 고 황제가 옛날 제도를 참작하여 만세에 통용할 수 있게 만든 법이었다. 또 중국 당나라 때의 법률에 관한 주석서에는 이백, 두보, 왕유, 맹호연과 같은 위대한 시인이 나왔던 때에 제정한 것으로서 극히 자상하고 분명하였다. 이 두 법전에는 은사 전을 상관하지 않는다는 조문이 없으니, 어찌 가볍게 법조문을 고쳐서 사람을 죽일 수 있겠는가?

그러나, 법조문에 사면 후 3범에 대한 말도 없는즉, 가만히 생각하면, 법조문의 본의가 본디부터 은사를 실시함에 전후는 상관하지 않은 것인데, 우리나라에서 특히 자상히 살피지 못한 것이 아닌가 싶소. 만일 그렇지 않다면, 대개 형벌이란 없을 수 없고, 형벌을 실행하는 것도 또한 부득이한 일인지라, 조선에서 형벌을 실행함에는 일체 법조문에 의해서 하되, 사람 하나를 죽이는 것도 오히려 마음으로 차마 못하겠소. 하물며, 법조문을 고쳐 가면서 많은 사람을 죽일 수가 있겠는가? 무거운 형벌로 징계하는 것은 마땅히 의논할 일이오." 하였다.

정연이 형조 판서가 되었을 때 이르기를,

"만일 은사 전을 상관하지 않고 법대로 하면 사형될 자가 꽤 많을 것입니다." 하기에,

나도 그 말을 깊이 시인하였다. 또 병진년과 정사년 사이에 사형될 자가 많았는데, 그때 승지 허 후가 형조 일을 맡아 보면서 항상 이 일에 마음을 깊이 썼다. 나도 또한 유의하여 살아난 사람이 매우 많았다고 하였다.

권 제가 아뢰기를,

"신의 농장이 금천 현에 있습니다. 그 마을에 사는 사람이 한 20여 호가 되는데, 도둑놈이 마을 사람의 소를 도둑질해 감으로 2~3년 안 농사일에 부리는 소가 거의 사라졌다고 합니다. 또 들으니, 충청도 충주 어떤 집에 부부만이 살고 있는데, 밤에 도둑놈이 소를 도둑질해 가는 것을 그 집에서 알고서도, 그놈한테 피해당할까도 무섭고, 또 뒷날의 후환도 염려가 되어 그만 아무도 말려서 하지 못하게 하였습니다. 또한 관에 고소하지도 못하였다고 했습니다. 도둑놈의 포악하게 횡행함이 이렇게 극심하오니, 만약 일찍이 잡도리하지[23]아니하면 그 조짐의 결과가 매우 두렵습니다.

무릇 고려 때에는 전라·충청·경상 3도에 도둑이 심히 성해서 마침내 군대를 동원하여 그것을 소탕한 적도 있었다. 또 '관악노군冠岳奴軍'이란 떼도둑은 지금까지 늙은이들이 전하는 말인데, 신이 전에 듣기는 다만 재주를 부리거나 악기로 풍악을 치던 광대才人나 버드나무의 세공이나 소 잡는 일을 업으로 하던 천민禾尺 따위가 도둑이 되는 것으로 알았더니, 지금은 천민이나 장사치들이 다 도둑놈이 되어서 저것을 훔쳐서 여기에 팔고, 여기서 훔쳐서 저기에 팔아, 그딴부[24] 동아리가 안팎에 퍼져 있었다.

국초 이래로 여러 번 죄인을 풀어주어 베풀어 주시니, 도둑들은 은

---

23) 단단히 준비하거나 대책을 세우다

24) 어린 시절 새끼손가락을 마주 걸어서 편을 함께하던 내 팀. 짝꿍, 동지를 뜻하는 말. 어떤 경우에도 모든 것을 나눌 수 있는 사이.

사가 있을 것을 예측하고 더욱 도둑질을 자행하는 경우가 생겨났다. 성상께서 백성을 불쌍히 여기시는 뜻으로는 진실로 못 할 일이었다. 신들이 생각하기는 마땅히 일찍 잘못되지 않도록 단단히 주의하여 다루어서 더욱 형세가 번지지 못하게 해야 하겠사오니, 만약 일찍이 잘못되지 않도록 단단히 주의하여 다루지 아니하면 이미 잘못된 뒤에 아무리 후회하여도 다시 어찌할 수가 없게 될 것이라고 예고하였다.

임금이 말하기를,

"뒷날의 일을 미리 생각하여 무거운 벌칙을 경솔하게 쓸 수는 없다." 하였다.

예조 판서 김종서가 아뢰기를,

"신이 듣자오매, 죽은 경성 부사 김 후의 처가 무덤에 사옵는데, 밤에 떼도둑 40여 명이 말을 타고 갑자기 와서 포위하고 칼을 뽑아 든 놈, 몽둥이 가진 놈들이 김 후의 처첩과 노비들을 협박하여 재산을 다 빼앗고 계집종을 때려죽이기까지 하였습니다. 이런 따위의 일이 매우 많사오니 장차 끝내 후환이 되겠사오니, 나라에 경사가 있을 때 죄가 가벼운 죄인을 석방 전을 상관할 것 없이 법대로 처단하게 하시기를 청하옵나이다." 하니,

임금이 말하기를,

"금년 7월에 사면을 반포하던 때 조정에서 발표할 적에,

은사문에 「절도외竊盜外」라는 글귀를 쓰시옵소서라고 하기에, 나도 그렇게 하라고 하였다. 다만 그때도 일이 매우 급하고 바쁜 가운데에 생겼던 것이고, 또 천재지변이 엄중하였음을 두려워해서 끝내 그것을

빼지 못하고 말았으니, 은사는 왕이 대상자에게 전날의 죄악을 탕감해 씻어주어서 새사람 되게 해주자는 것이다. 사소한 물건을 훔쳐 간 자까지 모조리 용서해 주지 아니함은 옳지 못한 일이 아니겠는가." 하였다.

권제가 또 아뢰기를,

"은사문에 절도는 제외한다고 하였으니, 신의 의사로는 그렇게 하면 도적이 차차로 줄어들 것입니다." 하고,

우부승지 박이창이 아뢰기를,

"신 들어 보니 지난번에도 도둑놈이 조정에서 은사 전을 상관하지 않고, 3범은 다 사형에 처하기로 의논하였습니다. 이 사실을 듣고서 약간 스스로 잠잠하더니, 요사이 다시 성해진다고 합니다." 하니,

임금이 말하기를,

"도둑이 비록 이런 말을 들었다고 해도 그 효과가 아마 이렇게 빠르지는 못할 것이다." 하였다.

형조 참판 황치신이 아뢰기를,

"지금 갇혀 있는 도둑놈 하나가 한 달 동안에 말 3필과 소 2마리를 도둑질하여 죽였다고 하오니, 이것으로 미루어 보면 민간의 말과 소가 장차 거의 없어질까? 매우 걱정됩니다. 도둑놈은 비록 발꿈치를 베어 버려도 뒤에 또 도적질을 계속하여 두려워하지 아니하고, 아침에 은사를 받고도 저녁이면 또 도둑질해서 조금도 징계하여 고치지 아니합니다." 하니,

임금이 말하기를,

"발꿈치를 베인 자도 과연 또 계속하는 자가 있는가? 그렇다면, 우리나라 사람들은 발꿈치 베는 법을 모르는 것이 아닌가? 옛날에 극복으로 쫓아낸다는 말이 있으니, 옛날에도 죄가 무거운 자는 먼 지방으로 내쫓아 버렸다. 지금 남의 물건을 도둑질한 자에게도 장물을 계산하여 장물의 많고 적음으로 죄의 경중을 정해서, 장杖 1백과 유배 3천 리까지로 함이 어떠할까." 하니,

권 제가 또 아뢰기를,

"비록 3천 리 밖으로 귀양 보낸다 해도 얼마 안 가서 또 도망쳐 돌아와서 전처럼 도둑질할 것이니, 먼 곳에 보내 보아도 도둑이 적어지는 데는 유익이 없습니다." 하였다.

임금이 말하기를,

"비록 도망해 돌아온다 해도 그 왕래하는 동안에 역시 이미 고생과 고난을 겪은 것이 된다." 하니,

권제가 말하기를,

"우리 땅으로는 가장 먼 것이 함경도, 평안도 두 도가 국경이옵니다. 국경은 오랑캐 지역과 연접되어 있고, 오랑캐들은 다 불량한 무리이니 거기에 가서 살게 하는 것은 또한 두려운 일입이다." 하였다.

호조 판서 정분도 아뢰기를,

"오랑캐 땅과는 강 하나 사이에 두고서, 만약 강을 건너가서 오랑캐에게 붙어 버리면 작은 일이 아닙니다." 하니,

임금이 말하기를,

"제주는 사방이 바다에 둘러싸여서 어디로 갈 데가 없으니, 제주로

귀양 보냄이 어떠할까?" 한즉,

분이 대답하기를,

"제주는 말이 많이 나는 곳으로서 우리나라 좋은 말은 다 여기서 납니다. 만약 도둑들이 여기 모여 살게 되면 소와 말을 도둑질하여 죽일 것인즉 그것도 불가합니다." 하고,

대사헌 이견기가 아뢰기를,

"옛날에는 가죽신 신는 자가 드물더니, 요사이 사람들이 다 가죽신을 신기 때문에 가죽값이 사뭇 치솟아 올라가매, 소와 말을 도둑질하는 자가 더욱 많아졌습니다." 하니,

임금이 말하기를,

"부득이하여 가죽을 쓰면 실로 말릴 수도 없을 것이다." 하고,

임금이 또 말하기를,

"내 도둑에게 죄인의 낯에 살을 따고 홈을 내어 먹물로 죄명을 찍어 넣어 벌하는 법을 생각하니, 가난한 백성이 어쩌다 한번 절도질하였다가 먹물로 죄명을 찍어 넣는 벌을 당하면, 자기 자취를 어디에 용납할 수가 없어서 더욱 가난하고 궁하게 될 것이므로, 내 심히 안타까워서 이 법을 정지시키고자 하는데 어떠할까." 하니,

권제 대답하기를,

"도둑이 반드시 가난한 자가 아니고, 모두 호화롭고 부유하고 억세고 용맹한 자들이니 조금도 안쓰러울 것이 전혀 없습니다." 하고,

분笨은 아뢰기를,

"신의 집 앞에 부자가 있는데, 근래 형조에 걸리어 그 가산을 압수

하게 되었는데, 신의 집 하인들이 가서 본즉, 도둑질할 때 쓰던 기구와 기계가 이루 셀 수가 없더라고 하옵니다." 하니,

임금이 말하기를,

"마땅히 도둑 없애는 방책을 다시 생각하려니와, 경들도 의정부 및 육조와 함께 충분히 의논하여 아뢰라. 하고,

분에게 이르기를,

"배로 곡식 실어 나르는 일을 항상 걱정하되, 아직껏 요령을 얻지 못하였는데, 전 년 평안도에 곡식을 나를 때에 내가 매우 어렵게 여겼으나, 굶주린 백성을 진휼할 일이 급하기에 어쩔 수 없어서 하게 하였더니, 그만 배가 뒤집히게 되었고, 이번 윤득홍이 신고 간 것은 10월 상순 전이었는데 배가 뒤집히는 실패는 없었다. 그러나, 혹 배가 뒤집히게 되는 때가 있는 것은 사람 기술의 잘못에 있다고 나는 생각한다." 하기에,

정분이 대답하기를,

"배가 뒤집힌 상황을 아직 다 보고받지 못하였으므로, 신이 그 상세한 것을 알지 못하오나, 신도 가만히 생각해 보온 즉, 무릇 파선하는 것이 큰 바다 한가운데 같으면 실로 사람의 재주로 어찌할 수 없는 것이나, 대개 포구浦口에 닿아서 실패하는 것은 진실로 성상의 하교와 같이 사람 기술의 잘못에 있사옵니다." 하니,

임금이 말하기를,

"지금부터는 배로 나르는 데에 관한 일은 경이 다 보살펴 맡아서 조치하라." 하였다.

길동이 태어난 지 4살쯤 세종 26년(1444년) 10월 기사에

영의정 황희, 우의정 신개, 좌찬성 하연 등이 도둑을 없애는 방책을 의논하였다.

영의정 황희를 비롯한 많은 판서 참판 등이 도둑을 없앨 방책을 의논하기를

"지금 도둑이 많이 퍼져서 양민을 도둑에게 해를 입고 있으니, 마땅히 중형을 써야 하겠습니다. 청하옵건대, 지금부터는 장물이 1관(貫) 이상이 되는 자와 2인 이상으로 불순한 무리를 지은 자와 소나 말 도둑질한 자는 초범일 때는 법률에 따르면 죄인에게 곤장을 치는 형벌을 집행하거나 자면刺面[25]에 처하게 하고, 재범일 때는 힘줄을 끊는 형에 처하고, 3범일 때에는 법에 따라 사형에 처하며, 그중에 도당을 짓지 아니하고 장물이 1관이 되지 못한 자는 자면과 단근은 하지 아니하고 다만 법률에 따라 형벌을 시행할 것이며, 만일 나라에 경사가 있을 때 죄가 가벼운 죄인을 석방하던 일이 있을 때라도 절도범은 석방하지 않기로 하소서." 하였다.

우참찬 이숙치가 의논하기를,

"무릇 강도에 범한 자는 나라에 경사가 있을 때 죄가 가벼운 죄인을 석방하던 일을 관계할 것 없이, 또 불순한 사람의 무리가 있거나 없거나, 장물이 많거나 적거나 논할 것 없이, 또 두목이거나 졸개거나 가릴 것 없이 모두 다 처참해 왔으나, 아직 강도가 줄어졌다는 말을 듣지 못

---

25) 죄를 범한 사람들의 이마에 글자를 새겨 놓는 것

했사옵니다.

지금 절도죄는 아무리 다 법조문 이외 중한 형벌에 처벌한다고 할지라도, 저들은 다 주림과 추위가 몸에 절박한데 어떻게 마음을 고칠 수 있으리오? 한갓 형벌만 번거롭게 하는 명색뿐이고, 과연 그 효과는 기대할 수 있겠습니까? 이미 성립된 법으로도 족히 자상하고 세밀하게 할 수 있으니, 중앙과 지방의 관리들에게 명하여 더욱 밝히고 고찰하게 함이 좋을까 합니다. 다만 소나 말을 도둑질하여 죽인 자는 죄가 본디 가볍지 아니하니, 재범을 기다릴 것 없이 초범부터 우선 관노官奴에 속하게 함이 좋을 것입니다." 하였다.

황희 등의 의논에 따르게 하되, 다만 도둑질을 세 번 이상 범한 자에게 손의 힘줄을 끊던 형벌은 하지 말고 초범은 오른쪽 뺨 위에 '절도竊盜' 두 글자를 새겨 넣기로 하였다.

그해 열이틀 후 기사에

함길도 관찰사 정갑손이 징집에 관한 폐단을 보고하니 병조에서 의논하게 하였다.

함길도 관찰사 정갑손이 상부에 보고하였다.

"신이 5진鎭을 방어하고 수비하는 상황을 보니, 북청으로부터 부거에 이르기까지의 각 고을에 갑사甲士 294, 충보 갑사 88, 정군正軍 945로 합계 1327명이옵고, 홍원서 안변에 이르기까지의 각 고을에 갑사 137, 충보 갑사 71, 정군 1233으로 합계 1441명이옵는데, 그중 당령 갑사 100명을 사변事邊의 유무를 말할 것도 없으며 항상 국경을 지키던 일에 있었습니다. 그 외에는 북청에서 부거까지 사이의 각 고을 군사는 3월부터 5월까지, 또 8월부터 11월까지 다른 지방의 군대가 서북 변경을 방어하기 위하여 파견 근무하게 하는데, 사변이 없으면 소문의 완급을 헤아리어 소집하였습니다. 혹시 한 곳에 한패씩으로 하든지 한 곳에 두 패씩으로 하든지 하여 각진 나누어 방비하게 하고, 만약 부득이 징집할 일이 있으면 병조에 보고하여 지령받아서 시행합니다."

이런 법이 이미 세워져 있었다. 혹 사변이 있을지라도 함부로 자기 스스로 자발적 징집하는 것은 법을 세운 본의에 어긋나게 될지 모르는 일이었다. 지금 변방 장수가 도둑이 일으키는 변의 상황을 지방에서 역마를 달려 급히 중앙에 보고한 것을 보건대, 야인이 혹 와서 알현하면 먼저 도둑들이 일으키는 갑자기 생긴 재앙이나 괴이한 소식을 물어보았다. 그런데, 야인이 사변을 고하면 음식과 물건을 후하게 주고, 비록 보고가 사실과 같지 않아도 문책하는 일이 없으므로, 야인들이 서로 다투면서 사변을 고하였다.

변방 장수는 그 보고의 허실을 가리지 않고 즉시 역마를 달려 급히 중앙에 보고하고, 도 절제사도 역시 먼 곳에서 헤아리지 못하고 급히 서울로 보내었다. 남도의 군사에게 양식을 싸서 당직을 합쳐서 모두 서북 변방에 파견하였다. 군사들은 병기를 가지고 군량을 지고서 혹은 30일, 혹은 20일, 혹은 15일 동안이나 멀고 험한 길을 주 야 갑절로 겸행하였다. 말 짐승들이 살아서 돌아오는 것이 얼마 없는 형편이었다. 방수防戍[26]에 나가는 고생이 없는 해가 없이 징발이 잇달아서 갔다 오는 자가 제집까지 닿지도 못해서 뒤집어 곧 징발되기도 하여, 그 폐해가 끝이 없었다.

옛사람이 말하기를, '한 사내가 농사짓지 아니하면 굶는 자가 생겨나고, 한 여자가 베를 짜지 아니하면 추위에 떠는 자가 생긴다.' 했는데, 본도의 백성들은 본디 노비가 없고, 실속 없이 그럴듯하게 불리는 갑사甲士나 정군正軍이 된 자는 각자 몸으로 농사를 본업으로 하는 자들이었다. 다른 지방의 군대가 서북 변경을 방어하기 위하여 파견 근무할 때를 당하면 각기 데리고 가는 자가 거의 3, 4명씩 되므로 그 남아 있는 것은 다만 여자와 노인과 어린이뿐이었다.

이 때문에 산업이 날로 피폐해지고 도망가는 자가 서로 잇달게 되니, 참으로 염려되었다. 5진은 군졸이 용감하고 억세며, 병기가 정밀하고, 튼튼하니 장수들이 군사 쓸 줄을 알고 임기응변으로 적절하게 대응을 잘할 것 같으면, 그까짓 쥐새끼 같고 개 도둑 같은 것들은 남도에서 올라온 피곤한 군졸의 힘을 빌지 않아도 전투와 수비에 넉넉하다고 했다.

온성으로부터 종성 동관에 이르기까지는 비록 5진의 요충지이었다. 거기에는 이미 외지에 출정한 군사의 주둔지인 행영 일대에 성을 쌓았으니 막고 지키기가 좀 수월할 것이고, 북청 이북의 각 고을에서 뽑혀 서울의 수비를 맡던 의흥위義興衛의 군사인 당번 갑사 이외 그 나

---

26) 국경을 지킴

머지 군사들을 홍원 이남의 군사 전례에 의하여 3번으로 나누어서 사변이 없을 때는 1번만 서북 변경을 방어하기 위하여 파견 근무하게 하였다. 변방 장수가 요충지를 각각 나누어서 맡아 지키고, 5진의 읍성과 도둑이 일으키는 변의 걱정이 없도록 각 적의 침입을 막기 위하여 돌이나 콘크리트 따위로 튼튼하게 구축물을 쌓도록 했다.

그리고 반드시 나누어 지킬 것 없이, 도둑이 일으키는 변의 허실을 탐정해 보고, 만약 실지로 사변이라도 있을 때 병력을 얼마나 낼지 정보의 완급을 헤아려서 징집할 것이 바람직하다고 생각했다. 홍원 이남의 각 고을은 당번 감사를 제한 이외에는 상시로 다른 지방의 군대가 서북 변경을 방어하기 위하여 파견 근무하지 말게 하고, 만약 크게 일어난 도적이 있을 때는 적군의 병력을 요량해서 병조에 보고하여 지령받아서 시행하는 것이 옳다고 여겼다.

그리고, 도 절제사 군관의 마소 먹이는 심부름 졸병을 '수영군'이라 하여 이성, 단천, 경성, 길주 등지의 사람을 가져다가 충당하는데 그 수효가 2백여 명으로서 번갈아 쉬면서 양식을 싸서 교대하여 내왕하니, 그 폐가 적지 아니합니다. 지금 보건대, 도 절제사 군영의 경내에 있는 노비가 3백여 명이나 되니, 이것으로 수영군이 하는 일을 대신하게 할 것입니다.

또 그리고 관찰사는 한 지방 전체를 환하게 내다볼 뿐만 아니라 병마를 다스리는 직책을 띠었는데, 특례의 군사를 징집할 때 전연 간섭하지 아니함은 모두 거느려서 다스리는 본의에 어긋납니다. 지금부터 만약 별례의 군사를 징집할 때를 당하면 도 절제사가 감사에 받은 통첩을 다른 부서로 다시 보내어 알리는 것으로, 정하여진 형식이나 법식을 삼게 하소서." 하였다.

이것을 병조에 내려서 의논하게 하였다.

병조에서 이르기를,

"북청 이북의 갑사, 충보 갑사, 장정으로 군역에 복무하던 사람은 도 관찰사의 아뢴 대로 3번으로 나누어서 돌아가는 차례대로 다른 지방의 군대가 서북 변경을 방어하기 위하여 파견 근무하게 하고, 홍원 이남의 순번이 아래인 갑사, 부족한 것을 보태어 채운 갑사, 정군은 6번으로 나누어서 3월부터 5월까지와 8월부터 10월까지 한 달마다 교대로 쉬고 다른 지방의 군대가 서북 변경을 방어하기 위하여 파견 근무하게 하면 한 번番에 서는 것이 북청 이북과 홍원 이남의 군사가 6백여 명이 될 것입니다. 비록 사변이 있을지라도 5진의 우수하고 강한 군사들과 더불어 힘을 함께 하면 넉넉히 적을 대응할 것이니, 평상시에는 계획이 없을 때 군사를 징집하지 말게 하고, 만약 크게 일어나는 사변이 있을 때는 본조에 급보하여 뒤에 아뢰어서 시행하게 하였다.

수영군 같은 것은 마땅히 혁파하여 없앨 것입니다. 감영이나 병영에 속한 관노비는 거의 새로 소속되어 옮겨온 무리여서 졸지에 많아질 동안을 기다려서 수영군을 적당히 줄이어 정원을 만들어서 그런대로 번을 짜서 교대로 세우게 할 것이며, 또 병졸을 징집하는 데 관계되는 바가 매우 중대하므로 도 절제사가 자기 마음대로 징발함이 불가하오니, 지금부터는 반드시 감사에게 이첩 한 연후에 징발하도록 하소서." 하니, 그대로 따랐다.

길동이 5세 되던 해 세종 27년(1445년) 2월 기사에는

예조 판서 김종서 등과 도둑 잡을 방법을 의논하였다.

도둑이 내시 별감 이종인 집으로 들어가서 불을 질러서 어린아이 둘이 죽고, 종인은 겨우 화를 피하였다. 임금이 불쌍히 여기어 집 지을 재목과 환자 쌀을 주게 하고, 승정원에 명하여 예조 판서 김종서 등과 더불어 도둑 잡는 방법을 의논하게 하니,

종서 등이 아뢰기를,

"도둑을 잡으면 포상하는 법이 이미 정해져 있다. 이 도둑은 임금이 거동할 때 머물던 별궁의 옆에서 고의로 인가에 불을 질렀으므로 다른 도둑과의 비교가 안 될 정도로 백성들 모두에 미운털이 박히니, 능히 잡는 사람이 있으면, 벼슬이나 베와 비단으로 상을 내려, 마땅히 등급도 더하게 하옵고, 또 입직한 도총관에게 군사를 통솔케 하여 근처의 인가를 수색하여 잡도록 하소서." 하였다.

그대로 받아들였다.

같은 해 4월 기사에

성안에 도둑이 숨어 있을 만한 의심스러운 곳을 수색하여 잡게 하였다.

한성부 관아에서 서로 똑같은 계통의 관아로 올리는 공문에 이르기를,

"도둑을 막는 것을 꺼리는 데에는 그 조건이 지극히 자세하고 세밀하기 때문이다. 도둑이 성안의 빈집과 한적하고 외진 곳에 숨거나 혹

은 일반 백성이 많이 모여 사는 동네 사이에 섞여 있다. 이로 말미암아 거의 도둑맞는 집이 매일 있었습니다. 한성부와 형조에서 이웃 사람들에게 시켜 도둑을 잡고 고발하게 하였다. 임금과 여러 신하가 모여 조회하고 행정상의 사무를 보던 날을 기하여 관련 부서가 각 지역을 도맡아 다스리게 하였다. 그러나, 도둑이 원수로 여겨 범죄를 저지른 사실이 있으리라는 의심을 받을까 두려워하였다. 알고서도 고발하지 못하였다. 따라서, 도둑이 날마다 일어났으되 더욱 꺼리는 바가 되었다.

지난날을 돌이켜 보건대,

갑인년 3월 사헌부의 임금이 내리던 명령안에,

"집에서 마소를 잡는 황당한 사람을 어김없이 수색하라고 하였다. 바라건대, 이 뜻에 따라 무릇 도둑이 숨을 만한 의심스러운 곳은 반드시 수색하여 잡으시오." 하니, 그대로 시행했다.

당시 도둑에 관한 사회적 문제는 심각하였다. 뛰어나게 아이디어가 좋은 생각은 많이 나왔으나 근원을 뿌리째 없애 버리기 위하여 세운 방책은 되지 못하였다. 가족들이 떠도는 것을 막기 위해 땅도 나누어 주었다. 그러나 그들이 정착할 수 있는 실제적 효과가 없었다.

길동이 7세쯤 되던 세종 29년(1447) 기사에

임금이 평안도에 주로 전곡의 손실을 조사하고 민정을 살피는 경차관 이인손을 책임자로 임명했다. 대성산 도적의 탈옥 사유를 죄인 자취를 더듬어 심문하고 탄핵하도록 하였다.

평양 토관 사옥 서령 김 간이 와서 승정원에 고하기를,

"지난해에 체포한 대성산의 도적 사십여 명을 여러 고을에 나누어 가두었다. 평양의 죄수 이십여 명의 도적이 지난 이월 스무날 해가 지기 전에 옥을 지키는 군졸을 위협하여 때리기도 했다. 더구나, 떼를 지어서 옥을 벗어나 아홉 명이 도망하였습니다. 신이 감사의 명을 받아 뒤쫓아 영서 역에 이르렀을 때, 갑자기 도적이 화살을 쏘며 항거하였습니다. 신이 두 명을 쏘아 죽이고 또 도적 한 명과 관비 한 명을 사로잡았습니다. 그러나 나머지는 도망쳤습니다." 고하였다.

임금의 특명에 따라 승정원에서 이르니, 즉시 형조에 명하여 도적의 무리를 의금부에서 중죄인을 신문하게 하였다. 이어 평안도 경차관 이인손에게 글을 내렸다.

"대성산의 도적은 다른 강도와 절도의 비교가 되지 않을 정도입니다. 실로 이 사건은 농민반란으로 폭동군 수준이오. 지금 김 간의 말을 들으니, 당초 이들을 잡을 때 사람을 몇 사람을 보내어 속이는 계책으로 이들을 요행으로 잡으려고 하였습니다. 이것은 준비 안 된 위태한 방법이오.

비록 도적무리가 매우 많을지라도 눈과 귀를 널리 늘어놓아 관청의 동정을 살폈습니다. 이를 체포하기가 어렵다고 한숨을 짓고 있었소. 군사를 많이 출두시켜 대성산을 두서너 겹을 포위하여 오래 버틴다면, 작은 도둑놈이 모두 굶주려서 수고하지 않고도 저절로 지쳐서 항복하게 될 것입니다. 어찌 이같이 일을 도모하지 않았는가?

또 이 도적이 대낮에 공공연히 옥을 벗어나 도망칠 수 있단 말인가?

평소에 감옥의 금 법이 허술한 것이 아주 틀림없습니다. 이와 같은 큰 도적을 체포하여 가두어 둔 것이 몇 해가 되었는데도, 지금까지 판결하지 않아서 그들이 도망가게 하였습니다. 이는 매우 한탄할 만한 일이로다. 위 항목의 사유를 관리하는 죄인을 심문하고 탄핵하여 아뢰시오." 하였다.

당시 갇힌 대성산 도적 죄상도 모두 추국하여 속히 판결하여 그 악습을 징계하고자 했다. 김간은 그 공로로써 두 단계를 뛰어 서울 벼슬자리에 제수하였다. 이때부터 해마다 흉년이 드니 좀도둑 떼가 무리지어서 대성산을 차지하여 도둑의 소굴로 삼았다. 무리를 나누어 대오를 지어 갑옷을 입고 칼을 차고 활과 화살을 가지고서 백성의 가옥을 불사르고 주민을 살해했다. 재산을 약탈하는데, 마을 벼슬아치와 관노와 더불어 결탁하여 뒤에서 도와주는 상황에, 관청에서 이들을 잡고자 하였으나 헛일이 십상이었다.

이러하니 즉시 서로 비밀리 통보해 주었으나 잡힌 자가 적었다. 임금이 두 번이나 교서를 내리어 수색하여 사십여 명을 잡게 되었다. 그 무리가 또 개성부의 청석 동에 있으면서 가끔 몰래 출현했다. 지벽동 군사로 임명된 사람이 근무지로 가다가 길이 청석 동 수리를 지날 무렵, 또 서너 명이 역마를 타고 그 뒤를 따라갔다. 도중에 무리의 출현으로 도적 수십 명이 무기를 가지고 말을 빼앗고자 하였다. 그러자 역리가 지 군사에 상황을 알렸다. 지 군사는 황급히 활을 당겨 이를 쏘고자 했다.

놀란 도적이 산에 올라 멀리 달아나면서 말하기를,

"우리의 화살이 너에게 미치지 못한다고 믿지 말라. 우리가 너를 어찌 욕보이겠는가." 하였다.

'지 군사'는 적은 인원으로 많은 도적을 대적할 수가 없었다. 마침내 적은 수로 많은 수를 맞서지 못하고 지나쳐 버렸다. 마침내 도적의 무리가 조직적으로 대항하여 관군을 조롱하며 사회 질서를 농락하였다. 조선 초기 도적무리에 관군이 조롱당하고 사회 질서 혼란을 겪는 실상이었다.

엄격한 신분제의 적용 시대

현재 대구, 울산, 단성 등지의 호적자료가 남아 있다. 이 자료를 근거로 조선시대의 호구 통계와 인구 치를 제시하면 다음과 같이 추정된다. 선초 1393년(태조 2년)에 호구 자료 통계는 301,300명이고 이에 따른 인구 추정치는 5,572,000명이다. 길동이 태어난 해 1440년(세종 22)에 호구 자료 통계는 692,475명이고 이에 따른 인구 추정치는 6,724,000명이다. 1551년(중종 6)에는 호구 자료 통계가 없었고 인구 추정치는 10,010,000명이다. 호적자료를 통해 신분제 변동 과정을 알 수 있었다. 길동이 태어났던 시기의 양반이라고 하는 사람이 692,475호 전체 인구의 약 10분의 1 정도였다.

조선시대 호구 통계의 기초자료가 되는 호적은 국가 차원에서 신분제의 동요를 막고, 양반층에 의한 지배체제를 확고히 하고자 하는 의도까지도 지닌 자료이므로 호적에는 개개인의 직업 영역이나 범위가 등재되어 있었다. 따로 신분을 기록하지 않더라도 호적에 등재된 직역을 통해 그 사람의 신분을 확인할 수 있게 하였다. 예컨대 관직을 역임한 양반일 경우 유학이라고 기록하였다. 평민 경우에는 군역을 기록하였는데, 예를 들면 보병, 기병, 포보[27] 등의 예가 그것이었다. 또한 노비 경우 노모, 비 모라고 명백히 기록되어 있었다. 또한 조선시대 호적에는 자신의 사조(부, 조부, 증조부, 외조부)를 기록함으로써 신분적 혼란을 막는 장치를 마련되어 있었다. 호적 등재 양식이 이와 같았으므로, 3년마다 작성된 호적을 분석하면 신분제의 변동 과정을 밝힐 수 있게 되었다.

신분은 전통사회의 사회적 불평등을 규정하는 제도적 장치이었다. 조선의 신분은 법적으로는 양인과 천민, 이렇게 둘로 나뉘어 있지만 사회적으로는 양인이 양반, 중인, 상민으로 나뉘었다. 조선 초기의 양인에는 다양한 계층이 포괄되어 있었다. 주축을 이루는 평민만이 아니라 위로는 문무 관료로부터 아래로는 양인 신분으로서 천역에 종사하던 무리에 이르는 사람이 모두 양인으로 여겼기 때문이다.

그러나 법제적으로는 같은 양인이라고 하더라도, 양반과 신량역천인[28]의 실제 사회생활에는 당연히 엄청난 신분적 차별이 존재하였다. '신량역천인'은 법적으로는 양인 신분이었으나, 천한 역을 지고 있어서 사회 내부에서 천인에 가까운 대우를 받으며 살아가던 계층이었다. 이들이 지는 역은 각양각색이었다.

조선시대 초기에 '신량역천인'은 주로 '간'이나 '척'으로 불렸는데, 시대가 내려가면서 의금부의 나장, 각 지방 관청의 일수, 관아의 조예,

---

27) 베를 바치던 군보. 3명이 1보가 되어 2명은 베를 바치고 1명은 군보
28) 양인 신분으로 천역에 종사하던 무리

조운창의 조졸, 역참의 역보, 수영에 소속된 수군, 봉화대의 봉군 등이른바 '칠반천역'이 이들이 지는 대표적인 역으로 되었다. 하지만 '칠반천역'의 역은 삶은 고되었으나 국가의 신역체제 내에 포함된 어엿한 국가의 역이었다.

이는 고려 때부터 내려오던 사회적 전통이 바탕이 되었다. 고려와 조선시대 신분제도에서 크게 다른 점은 조선시대에 들어와 적서의 차별이 엄격해졌다. 신분에 따라 생활 모습이 달랐는데 양반은 주로 나랏일을 맡았고, 중인은 양반을 도와 관청에서 일을 했다. 상민은 주로 농사를 짓거나 어업, 상업 등을 하는 이들로 군대에 갈 의무와 세금을 내야 할 의무가 있었다.

법적으로는 양천제, 즉 양인과 천민으로 구분되던 조선시대 초기의 신분제도는 점차 반상제, 즉 양반과 상민으로 구분되었다. 그러다 양반 중심의 엄격한 신분제 사회가 되었다. 엄격한 신분제도를 바탕으로 운영됐다. 양반이 아니면 과거를 볼 수 없어 관직에 나갈 수 없었다. 그런 처지 때문에 아무리 뛰어난 능력을 지녔다고 해도 대우를 받지 못했다. 얼자로 차별받는 길동은 관기 출신의 어머니 밑에서 운명적으로 태어났다. 그의 출생 시기에는 신분이 엄격하였다. 어쩌면 의지와 노력과는 상관없는 시대 비운의 사내로 태어났다.

서 얼자란 호칭, 제사 참여, 재산상속 과거 등의 제한이 있었다. 이렇듯 조선시대는 어머니의 신분에 따라 '적자'와 '서얼'로 구별이 엄격했다. 이것이 적서 차별이었다. 서얼은 '서자'와 '얼자'를 말하는 것으로 첩의 자식 중 '서자'는 어머니가 양민인 경우이고, 관기 출신인 천민의 자손은 '얼자'였다. 양반 자손이면서도 차별 대우를 받았다.

차별받은 조선의 노비는 공노비와 사노비로 나뉘어 있었으나 개인의 신상이나 신분이 구속받는 상태에 놓였다. 한편 재산은 열심히 모을 수는 있었으나 타인으로부터 억지로 빼앗기어 자신이 스스로 지키기가 힘들었다. 결혼은 조선의 노비는 허용되었다. 조선 초기에 직업은 수공업자로 다양한 분야에서 장인이나 상인이 되기도 했으나 초기에는 수익을 창출하는 전문 기술인으로서 기능을 담당하기보다는 국내의 수요에 충족하는 수준이었다. 때로는 관원이 되기도 한 형태였다. 신분 상승이 실현될 현실성은 낮았으나, 나라를 위해 군공을 세워 신분이 달라지거나 큰돈을 내면 군역을 면제받기도 하였다. 주인이 허용해 주거나 돈을 주면 양인으로 신분이 상승할 기회도 열려 있었다. 그러나 그는 생존에 내몰리는 사회의 틀 속에서 최소한의 가족도 구성할 수 없는 몸 붙일 곳이 없는 외로운 처지였다.

적서 차별은 태종 때부터 시작되었다.
1415년 태종 방원 때는
"서자들은 관직 임용을 금한다."고 못을 박았다.
1471년 성종은 "서자는 대대로 벼슬을 할 수 없다."라는
규정을 조선시대 기본 법전인 '경국대전'에 수록하게 했다.

서·얼자는 과거에 응시하지 못하도록 대못을 쳤다. 관료로서 출세할 수 있었던 유일한 길도 막혔다. 양반사대부가 천시하던 기술직에

만 진출할 수 있었다. 피는 양반의 피를 받았으나 신분 상승 기회를 박탈당했다. 썩 영리하고 재주가 있는 길동이지만 한계를 느끼는 순간이었다. 조선 사회는 평등한 기회가 주어지는 사회가 아니었다. 그는 총명하고 남달리 뛰어나고 훌륭하였으나 당시 부정적 현실이 불합리함을 인식하게 되는 계기가 되었다. 주변의 질투와 위험에서 벗어나 철이 들 무렵 아버님께 하직하고 출가를 결정했다.

어찌 그의 처지가 가련치 않겠는가?

'평등'은 자연적인 천부인권이 아니라 인간들의 인위적인 결정에 따라 연결되어, 자연적인 천부인권이 아닌 위정자들의 인위적 판단으로 결정하였다. 차별적 사회라 하지만 천부인권이란 초국가적이고 모든 법률적 행위를 뛰어넘는 불가침의 권리다, 아무리 국가권력이라 하더라도 생존을 위한 몸부림은 침해할 수 없는 저항권의 하나였다. 인간의 생존권을 위해 어쩔 수 없이 선택하는 길이었다.

인간이라면 부귀영화를 누렸음 직한 조상들의 삶을 동경하기도 한다. 훌륭한 조상을 두었다는 긍지와 자부심에 우쭐해하기도 한다. 상당수 사람은 이 같은 사실을 조금도 의심할 여지가 없는 것으로 받아들인다. 족보가 본격적으로 출현한 것은 조선시대였다. 홍씨 일가도 길동의 형 일동에 의해 만들어졌다. 귀족, 공신, 고급 관원의 내외 자손은 선조나 친척이 국가에 큰 공을 세웠거나 고관직을 얻으면 후손이 일정한 벼슬을 얻는 승계나, 또는 과거와 벼슬살이를 위해 자신의 가계와 신분을 증명하는 근거로 이를 작성하였다.

조선 초에 들어와 유교가 점차 보편화되면서 족보다운 족보가 필요하게 되었다. 체계적인 족보는 사가보다 왕실에서 먼저 편찬하기 시작하였다. 즉 태종 연간의 '선원록', '종친록', 세종 때의 '당대 선원록' 등이 그것이었다. 민간에서는 1476년 '안동 권씨 성화보'가 인쇄 반포된 이후 16, 17세기를 거치면서 족보의 편찬이 활발하게 전개되었다.

당시 왕실에는 많은 처첩과 이들의 자녀들이 혼재되어 있었다. 이들은 특권의 분배를 둘러싸고 자주 충돌하기도 하였다. 왕자의 난을 거쳤다. 태종으로서는 왕실의 위계질서를 확립하는 것이 무엇보다 중요한 문제였다. 이것이 왕실에서 족보를 편찬한 이유였다.

족보는 누가 처며, 누가 첩인지, 누가 적손이고, 누가 서손인지 명확히 구분해 주기 때문이었다. 이 같은 사정은 정도의 차이가 있을 뿐 양반사대부가도 마찬가지였다. 물론 족보는 조상을 숭배하기 위한 것이기도 하였다. 양반사대부가의 조상 숭배는 정치, 사회적인 이해관계와도 관련이 있었다. 양반은 족보를 통해 혈연적인 결속력을 강화하는 한편, 하층민과의 차별성을 과시할 수 있었다.

조선시대에 족보를 가진다는 것은 그 자체가 양반임을 의미했다. 알고 있듯이 양반은 사회적인 여러 특권을 누렸고, 상민과 천민들에게는 사회적인 천대와 경제적인 부담이 가중되었다. 따라서 이들 상민과 천민들은 누구나 양반이 되고자 하였다. 이들이 양반이 되는 방법의 하나가 바로 족보를 가지는 것이었다.

이러한 사정에서 족보는 조선 후기에 양반의 지지기반이 송두리째 무너지면서 더욱 광범하게 보급되어 나갔다. 족보에는 시조에서부터 세대 순으로 이름과 자, 시호, 과거와 관직, 저술과 문집, 특기할 만한 업적, 그리고 출생과 사망 연월일, 묘지의 위치 등 개인의 모든 경력과 이력이 기재되었다. 이뿐만 아니라 후손이 있는지 없는지, 양자를 들인 것인지 아들을 양자로 보낸 것인지, 또는 적자와 서자, 아들과 사위를 구별하여 기록하였다.

족보는 철저히 남자 중심의 기록물이었다. 조선시대의 여자들에게는 이름이 없었다. 딸은 사위의 이름으로 올려지고, 부인의 경우에는 친정의 성과 본관으로 부친 및 가문의 이름난 조상이 기록될 뿐이다. 조선 전기의 족보는 성리학적 유교 사회로 전환하고 있었다. 이제 아버지의 혈통을 중심으로 하는 친족제도가 확립되었다. 다만 엄격한 신분제 사회에서 지배계층 양반들에 의해 주도되었다.

조선시대에는 양반을 흔히 사족이라 불렀다. 사족이란 고위 문무 관원을 배출하는 가문과 그 구성원을 나타내는 말이다. 특히 지방에서 강력한 영향력을 행사한 지배계층을 재지 사족이라고 일컫는다. 사족은 지방에서 그들 중심의 각종 조직과 규약을 만들어 일반 백성들을 지배하였다.

때로는 군역을 면제받는 등 온갖 특권을 누리기도 하였다. 조선시대 명망 있는 양반 가문 가운데 상당수는 그 뿌리가 향리 가문과 일치하는 경우가 많았다. 사족은 이러한 관행에 따라 친가의 연고지 또는 토지, 노비를 상속받는 외가나 처가의 연고지 등지로 이동하여 새로운 촌락을 형성해 나갔다. 이들의 촌락은 대부분 군현의 외곽지역에 형성이 되었다.

그 반면 향리들은 종전과 마찬가지로 주로 관아가 있는 읍 주변에 거주하였으므로, 거주 지역에서도 사족과 분리되어 갔다. 사족들은 먼저 그들의 위세를 과시하고 이익을 지켜나가기 위한 조직을 만들어 나갔다. 그들은 스스로 갖춘 조직을 통해 중앙정부가 집권체제 강화를 위해 군현에 파견한 수령을 견제하는 한편 향리 세력에 대한 우위를 확보하고자 하였다.

이와 아울러 향촌민 통제를 원활히 하려는 방편으로 만든 것이 '유향소'였다. 유향소는 사족의 자치 기구였다. 유향소에 의한 자치는 수령의 일방적인 권한 행사를 견제하는 긍정적인 기능도 가지고 있었지만, 특권층이라 할 수 있는 사족들에 의한 향촌 지배 보장과 그들의 이익을 대변하였다는 점에서 오늘날의 지방자치와는 달랐다.

유향소는 조선 초기에 특히 수령과 잦은 마찰을 빚었다. 자질이 떨어지고 품계도 낮은 수령들이 파견되어 문제나 사건 등을 끌어 일으킨 경우가 있었다. 그렇지만, 유향소의 사족이 과도하게 권익을 추구하다가 수령을 업신여겨 깔보는 사건이 자주 일어났기 때문이기도 했다. 이러한 현상은 수령을 통해 중앙집권체제를 강화하려는 국가의 정책에 반하는 것이었다. 그러므로 태종대에 유향소는 일단 혁파의 대상이 되었다.

그러나 유향소가 혁파되자 수령과 향리의 비리와 탐학이 늘어나는 부작용이 발생하였다. 이에 중앙정부는 유향소의 폐단을 막기 위한 규정을 마련하고 서울에 경재소란 통제 기구를 정비한 뒤 유향소를 부활시켰다. 그런데 이번에는 유향소의 사족들이 수령과 결탁하여 백성들을 괴롭히는 일이 늘어났다. 세조는 이를 구실로 유향소를 다시 혁파하였다.

사족들에 의한 자치 기구는 이처럼 관권과의 조화를 적절히 이루지 못한 가운데 제대로 역할을 하지 못하고 설치와 폐지를 반복하였다. 유향소는 사림파가 중앙 정계에 진출하는 성종 대에 또다시 설치되었다. 이때의 유향소는 성격이 다소 변화되어 자치 기구로서 성격이 줄어들고 향촌 예절인 향사례나 향음주례를 실시하는 기구로 기능하였다. 사족들은 유향소를 통해 불효 등으로 향촌 질서를 깨뜨리는 자들을 규제하고 교화하는 데에 중점을 두었다. 사림파의 의도는 향촌을 성리학적인 질서로 재편시켜 백성들에 대한 통제와 영향력을 강화하고, 이를 바탕으로 당시의 집권 세력인 훈구파에 대항하려는 것이었다.

성리학적 가치 속에서 향촌민은 상하 간의 명분, 곧 신분 질서에 따라 생활에 엄격한 통제를 받게 되었다. 하지만 사림파의 의도가 관철된 곳은 사림세력이 강한 영남의 일부 지역뿐이었다. 대부분 지역에서 유향소는 훈구파에 의해 좌지우지되었다. 훈구파가 유향소의 임원에 대한 인사권을 가진 경재소를 대부분 장악하였기 때문이었다.

향촌 자치는 중앙의 정치 논리에 의해 쉽게 제약당할 수 있었다. 이렇게 되자 사림들은 그들의 세력 기반으로 삼으려 했던 유향소를 혁파하자고 주장하였다. 그 대신 향약 보급을 통해 향촌 질서를 재편하고자 도모하였다. 조선시대 사족은 향촌 자치와 질서를 유지하기 위한 명분으로, 일반 백성들에게는 일상생활을 직접적으로 규제 받는 원칙으로 작용하였다. 그 당시 백성들에게 가족과 이웃이 있지만 일상생활을 직접적 제한으로 생계는 고달팠다.

사람은 반드시 사형선고를 받고 태어난다. 그러나 집행일은 모르니 죽음에 대한 두려움은 갖고 살지 않는다. 그들은 병들어 죽든, 굶어 죽든, 지배층에 항거하다 맞아 죽든, 군역 및 세금에 어려움으로 시달려 죽든, 도망하다 잡혀 죽든 여러 사정으로 죽음에 이르게 되면, 그들의 삶의 희생은 원통함과 슬픔에 휩싸이게 될 수밖에 없을 것이다.

'죽음'이란 '삶의 전부를 마무리'하는 과정으로 새로운 단계로 옮겨가는 준비하는 과정이다. 벽이나 단절이 있는 소멸이 아니라 열림의 생성이었다. 누구나 죽음의 길에서 양반 지배층이거나 소외된 천 역이라 할지라도 모두 장례 절차는 필요했다. 지배층에 비해 소외된 비천한 자들에겐 그 절차를 치를 비용도 많이 들었다. 이웃의 도움이 없이 장사 지내는 격식을 감당할 수 없었다. 그런 취지에서 출발한 천역들은 그 비용을 충당하기 위해 '향도계'를 결성하여 상부상조하게 되었다. 이 조직들은 비밀조직의 형태로 계를 결성하였다.

이런 조직은 갈등 관계에 따라 여러 양태로 나타났다. 원래는 장례 비용을 충당할 목적으로 결성한 향도계香徒契에서 비롯한 비밀조직이었다. 사람을 죽이고 재물을 빼앗는 살략계殺掠契 또는 흉동계閧動契 등으로도 불렸다. 노비가 주인을 죽이려고 맺은 조직인 살주계殺主契와 비슷한 시기에 나타난 반反사회 조직이 함께 거론되기도 하는 때였다.

서로 다른 조직 양태가 있었다. 폭력 조직이라 할 수 있는 '검계' 형태가 나타나게 되었다. 무리를 모을 때 사람이 착하고 악함을 보지 않왔다. 어느 때 형세에 의지하여 상여를 멜 때 소란을 피우고 폭력을 행사하다 보면, 자연히 계를 맡는 집 같은 장사를 하는 상인들이 모인 계(契)나 장사에 대한 의논하는 집에서는 그들을 숨겨주는 역할을 하게 되었고, 그렇게 도가를 중심으로 이루어진 무리가 바로 칼을 차고 다니는 모임 '검계'라고 하였다.

그 무리가 모여 한밤중에 군사를 모으는 것같이 행동하였다. 어떤 때는 일정한 장소에 모여 진을 치는 법을 익히는 것 같이도 하였다. 그에 따라 무뢰배가 결성한 무리는 진을 치는 법을 익혔다. 군사 훈련처럼 행동하여 백성들에게 공포감을 조성하기도 했다. 마치 장영기의 무리가 마소와 무기 및 장비를 동원하여 여러 무리에게 두려움을 조장하기도 하였다. 이런 사실들이 백성들에게 널리 알려져 조정의 논의를 거쳐 토벌의 대상이 되기도 하였다. 길동의 활동은 이들에 비해 보잘것없이 아주 작았다.

토호와 향족이 집강[29]에 임명되어 스스로 약장이나 헌장이라 칭하

---

29) 1. 조선시대 향약(鄕約)에서 주현(州縣) 밑에 있었던 면(面)·방(坊)·사(社)의 소규모 동약(洞約)·동계(洞稧)의 장(長). 풍헌(風憲)·약정1(約正)·면임(面任)·사장(社長)·검독(檢督)·방장(坊長)·방수(坊首)·도평(都平) 등이라고도 불렀으며, 주로 주현의 행정 명령을 백성들에게 알리고 조세의 납부를 지휘하는 구실을 하였음.
2. 조선시대 성균관(成均館) 유생들의 자치 활동을 위해 뽑은 유생 대표. 동·서재(東西齋)에서 전체 대표인 장의(掌議) 각 1인씩을 비롯하여 상색장(上色掌) 2인, 하색장(下色掌) 2인 등이 있어서 자치 활동과 기숙사 운영의 일부 사무를 담당하였음.
3. 동학(東學)의 기본 교단 조직으로 각 고을마다 설치한 접(接)의 장인 접주(接主)를 일컫는 말.
집강 [執綱] (한국고전용어사전, 2001. 3. 30., 세종대왕기념사업회)

고 그 아래 유사나 직월 등 명목을 두어서 향권을 제 마음대로 휘둘러 백성을 위협, 공갈하여 술, 돈이나 물건을 달라고 억지로 요구하고 곡식을 징수하였다. 그들의 요구는 끝이 없었다. 백성들의 드러나지 않은 허물을 적발하여 뇌물을 받고 보답을 요구하기도 했다. 나가서는 이르는 곳마다 술과 고기가 질펀하였으며 집에서는 백성끼리의 분쟁이 있을 때, 관부에 호소하여 판결을 처리한다고 소란스러웠다.

무역은 어리석은 백성에게 떠맡겼다. 농사는 그들을 끌어다 지었다. 수령은 또 고소장을 향약에 위임하여 그에게 조사, 보고하게 하였다. 세력을 믿고 간악한 꾀를 부리는 것이 끝이 없었다. 곧 상부상조와 자치를 위한 향약이 실제 운영에서는 백성들을 억압하는 굴레로 작용하고 있었다.

길동의 실제 활동 시기는 세종조 이후 연산조 때까지이다. 그의 실제 활동기의 주요 인물로는 양천 허씨 허종이 있었다. 그는 1434(세종 16)부터 1494(성종 25)까지 살았던 인물로 길동보다 6살 정도 일찍 태어났다. 많은 사대부는 길동의 재능과 지혜뿐만이 아니라 인격마저 함부로 짓밟히게 되었다.

그러나, 그의 지모와 용맹에 필적할 수 있는 사대부였다. 길동이 유배되기 6년 전에 세상을 떠났다. 당시 관찰사, 병마절도사, 병조판서를 역임하면서 한 시대를 함께 했다. 도적으로 활동하는 무리와 맞서는 보직으로 한 시대를 함께 길을 같이 가게 만들었다.

중종 조에 홍길동의 후예들이 해상 무역 활동 중에 태풍을 만나 바다에 떠서 흘러가다가 충청도 해안에 상륙했다. 그러나 조정에서는 이들이 이미 조선인이 아니라 하여 본국으로 돌려보냈다. 이는 명의 영향권 놓여 있는 팔중산 지역으로 향화하였기 때문이었다. 그러나, 유구의 통일 이후 무역 활동 중 조난으로 피난처를 찾아 조선으로 향했으나 다시 되돌려 보내졌다.

실록에 100여 년 후에 홍길동의 후예들이 고국인 조선으로 돌아오기 위해 탈출 망명을 시도하여 배를 타고 경상도 앞바다에 도착했다. 그런데 조정에서는 이들을 왜구의 재침공으로 오인하여 한양(서울) 일대에 비상계엄령을 선포하고 대부분 벼슬아치가 피난길에 올라 서울 장안이 텅 비는 충격적 사건이 생겼다. 이런 충격적 난리 후에 홍길동의 이야기는 정보가 부족한 시대에 사대부의 기록에 의존하여 백성의 입을 통하여 세상 사람 입에 자주 오르내리게 되는 것이 아닌가?

소설 속의 인물 '길동'은 허구적 인물이 아니라 세종 조에 활동했던 실존 인물이었다. 당시 얼자로 살았던 인물 삶의 개척으로 새로운 삶의 변신을 알리는 계기가 된 것이 아니었는지? 신분사회의 변화를 알리는 신호탄이었다. 당시에는 경국대전의 근거에 따라 과거시험이 신분에 따라 구분되어 서얼은 응시할 수 없었다. 조선 초 시행되었던 서얼 과거시험 금지에 희망을 잃고 방황하며 좌절했던 인물들이었다. 그의 삶의 과정은 도둑이 되어 동원된 소탕령으로 삶이 뒤얽혀 복잡한 사정에 따라 우여곡절을 겪었다. 오히려 '팔중산'서 괴로움과 어려움이나 질서 어기거나 지키지 않음, 또는 이익에 반대되는 활동이 갈등을 풀어주는 탈출구가 되었다.

조선은 신분제도의 올가미에 갇혔다.

조선은 건국 당시 경제성장에 가장 부정적이고 폐쇄적 체계를 운영하던 명나라의 제도를 도입했다. 조선 율문의 기초인 '경국대전'이 영향을 받았다. 명나라의 상공업에 대한 멸시와 폐쇄적인 경제정책이 당시 막 건국한 조선에 직접적인 영향을 미친 것이다.

조선은 건국 초기부터 성리학 이념에 따라 작은 정부를 유지하면서 백성의 부담을 최소화하는 국가를 지향했다. 조선은 작은 나라이므로 중국과의 조공 체제라는 안보 우산 밑에 안주하며 도덕적인 나라를 세우면 그것이 더 유교 이념에 부합한다고 생각했다.

상공업이 발달하면 도덕적인 유교 사회의 질서를 위협할 것이라고 우려했다. 부국강병이란 정책은 유학 이념에 맞지 않는다고 배제해 버린 것이다. 사회적 푸대접을 무릅쓰지 않는 한 양반 계층이 상공업에 종사하는 것은 거의 불가능했다. 상공업을 경시하는 사상은 양반에게만 한정되지 않고 사회 전반, 백성들에게도 전파되어 사회의식, 문화로 형성되었다. 그래서 장사치, 갖바치, 대장장이 등의 용어가 해당 직업을 홀대하는 표현으로 사용되었다.

무력을 가진 무인 세력, 거부를 쌓을 부농과 상공업자 등 부국강병책을 시행할 때 예상되는 새로운 세력의 성장은 문관 중심의 사대부

집단이나 임금 처지에서 경계할 만한 사안이었다. 신분 질서를 위협하고 권력 체제의 변경을 초래할 우려가 있었다. 도덕과 철학만을 내세우며 유교 정치만을 중시하는 성리학적 이념에 매몰되어 있었다.

유교적 이념을 근거로 한 학문적, 문화적 우월감에 빠져 있었다. 성리학 지식이 자기보다 낮은 사람은 모두 열등하게 보면서, 상공업을 통한 경제의 발달도 성리학의 취지에서 벗어난 퇴보라고 평가를 박하게 했다.

백성을 배불리 먹이지 못하고 국가 안보도 보장하지 못하면서 윤리, 도덕 강조 이념 중시와 시문 실력만 자랑하는 것을 올바른 관료의 자세로 볼 수 있을까? 조선의 관료들은 오히려 경제성장에서 파생되는 문제점, 특히 상공업 발달이 도리어 사치와 나태, 음란 풍조를 조장한다는 부정적인 측면만 보았던 것은 아니었을까?.

정치 체제는 왕조를 유지할 정도의 저력을 갖고 있었지만, 경제체제는 폐쇄적이고 착취적인 성격이 강해 경제를 성장시키지 못했다. 이것이 조선 빈부의 격차를 초래했고 결국 왕조의 기반을 흔들었다. 조선은 건국 초부터 시장 개설을 금지하고 상인에게 통행증을 발행하며 상업 활동을 억제했다. 도로 등 경제 활동의 기반이 되는 S.O.C 사업인 기간시설이 열악했다. 지역 간의 생산물 유통이 힘들고 거래비용이 많이 들어 시장이 발달하거나 산업 활동이 촉진되기가 어려웠다.

세종은 중국에 다녀온 관리의 건의가 있었다. 태종 때에도 수레를 제작해 사용한 바 있었다. 당시 경제 활동의 기반이 되는 기간시설이 열악했지만, 의정부의 으뜸 벼슬을 비롯한 여러 관료가 말리고 반대하는 바람에 중단했다. 조선의 영향력 있는 고위 관리들이 기존의 사고 틀에서 벗어나기 싫어했다. 옛것을 지키려는 태도의 고위 관리들의 눈에는 반대할 논리만 찾고 변화의 필요성은 보이지 않았다. 절대 권력자인 세종도 관료들의 집요한 반대에 부딪히자, 수레 사용 계획을 포기하고 말았다.

상공업을 천시하는 문화는 곧 기술자의 개인의 사회적 지위의 저하, 살아 나갈 방도의 불안 등으로 연결되어 기술 개발을 기대하기가 어려웠다. 기술자들은 중앙과 지방의 관청에 소속되어 최소한의 대가만을 받으면서 천대받았다. 또 노동의 가치를 잃고 생산물의 이익을 빼앗겼다. 관리와 양반 계층의 착취와 견제로 상인의 성장이나 자본 축적을 기대하기는 더욱 어려웠다. 부를 축적했다고 소문이 날 경우, 자칫하면 재산을 뺏길 위험이 있었다. 백성들은 모험을 무릅쓰고 재산을 축적할 유인책이 없었다.

지배층은 가난한 선비가 될지언정 천한 장사치나 장인은 되지 않겠다는 것이 그들의 생각이었다. 배 불리는 실용적이고 창조적 생산 활동은 외면했다. 경제성장을 이룩한 집단들은 오랜 기간에 걸쳐 이익집단 간 권력의 분산이 이루어졌기 때문이라고 지적했다. 이들 나라에서는 농민과 지주, 제조업자와 상인 등 여러 이익집단 간의 흥정과 타협을 통해 시장의 기본이 되는 규칙이나 법칙, 정부 관료제, 세제 등의 제도가 형성되어 왔다. 조선은 관료 집단을 제외한 상공업자나 농민 등 이익집단 간 권력의 분산이나 견제, 균형은 제대로 이루어지지 못했다.

만들어진 명나라의 제도의 본바탕을 제대로 파악하지 못한 채였다. 단순히 기본 제도만 경국대전에 옮겨서 심어서, 문화가 다른 조선에서는 매우 다른 결과를 초래했다. 명나라를 따른 폐쇄적 태도는 좁은 국내 시장을 보완할 해외시장의 활용 여지를 막아버렸다. 관료 지배층이 성리학에만 매몰되어 경제에 대한 이해가 기준에 미치지 못했다. 그것 때문에 하층민들이 담당하는 상공업이 발달하지 못했고 전반적인 경제력의 저하가 초래된 것이다.

조선은 이상적 유교 국가를 꿈꾸었다. 이상적 유교 국가는 도학자, 성리학자나 위정자에게는 추구할 만한 가치가 있는 목표였다. 그러나 배고픈 백성들에게는 관심도 현실성도 없는 목표였다. 정치인이나 사대부 등 지배층은 비록 생활은 가난하더라도 즐거이 지내는 삶을 추구했다. 근검과 청빈의 이념은 물질적 풍족함의 추구를 금기시했다. 상공업의 발달이나 경제 활동 촉진에 매우 부정적인 영향을 미쳤다.

성리학에 매몰된 조선 사회를 실천이 따르지 않는 헛된 이론에 치우친 사회, 실질적 논의를 전혀 하지 못하는 무능한 사회라고 규정했다. 자기가 가지고 있는 제한된 서책만을 통해서 공부한 것을, 독단적 신념이 무 비판적으로 숭상되고, 다른 사상에는 귀를 닫고 외부와 통하거나 교류하지 않는 학문풍토가 존재했었다.

조선 관리들의 녹봉 수준이 낮았다. 조선 정부는 그것도 제대로 지급하지 못할 정도로 경제력이나 재정이 빈약했다. 바로 향리들에게 녹봉을 주지 않는 문제와 지방 관서의 운영비를 책정하지 않는 문제였다. 정부가 법령대로 녹봉을 지급하지 않으면 관료들이 희생을 받아들이는 것이 아니라, 부정부패 등 다른 생활을 해 나갈 방법을 찾게 된다. 그 폐해는 그대로 지방 아전과 백성에게 전파되었다. 특히 지방 관리들로부터 선물 형식의 금품을 받는 관행이 생겨났다.

침체하고 타락한 문예가 다시 흥성하게 되는 일을 위해 유능한 젊은 관료들에게 독서에 전념하도록 휴가를 주던 제도를 시행했다.

중종 때 미암은 고백하기를,

"10년간 월평균 42회 총 2855회에 걸쳐 선물을 받았다고 기록했다. 선물을 준 사람들은 지방 관리, 동료 관리, 친인척, 제자, 지인 등이었다. 선물에는 곡물, 면포, 의류, 생활용품, 문방구, 꿩, 닭, 어패류, 견과, 약재 등 온갖 것들이 포함되어 있었다."다고 말했다. 특히 선물의 종류가 다양할뿐더러 그 양도 상당히 많아 이것만으로도 생활을 영위할 정도였고, 남은 부분을 재산 증식에 쓰기도 했다.

지방관들은 선물을 자신의 자산으로 조달하는 것이 아니라, 관청 자금으로 구매하거나 향리들에게 조달하라고 지시했다. 이런 규정 때문에 이러한 선물을 받더라도 미암 유희춘은 뇌물이라고 생각하지 않고 대체로 흔쾌히 받았다고 일기에 기록했다. 당시의 관료 중심 사회에서 이러한 선물이 상례적이었고 비용처리에서도 공사 구분이 애매했다는 점을 보여줬다. 미암 '유희춘'의 경우 자기가 다른 사람에게 선물을 주어야 하는 경우 인근의 지방관에게 부탁해 선물을 대신 보내도록 하는 때도 있었다.

조선은 작은 정부를 지향해 조직과 관리의 수를 적게 편성했다. 과거제도 식년시에서는 3년 한번 시행됐다. 식년시란 식년, 곧 간지가 자子·묘卯·오午·유酉로 끝나는 해에 시행하는 시험이란 뜻이다. 식년시는 모두 165회가 시행되었다. 초시를 시행한 후 240명을 선발하고, 초시初試에 급제한 사람이 두 번째로 보던 2차 시험인 복시에서 33명을 선발하였다 특별시험은 처음에는 모두 '별시'로 일컬었으나 시간이 흐르면서 증광시, 별시, 알성시, 나라에 경사가 있을 때 대궐 안에서 보이던 과거인 정시庭試, 춘당대시, 외방별과 등으로 구분되었다.

특별시험도 조선 초기부터 시행되었는데, 물론 별시로 채용되는 경우가 있었다. 정부는 관료들에 대한 인건비, 행정 예산 등을 적게 책정함으로써 형식적으로는 국민에 대한 부담을 줄이려 했다. 그러나 이것은 이상에 불과했을 뿐 실제 운영 과정에서는 오히려 관리, 향리들이 백성에게 착취적으로 지대를 추구할 기회와 명분을 제공했다.

조선의 관리들은 관존민비 사상에 젖어 백성들에게 군림하며 온갖 횡포를 부려도 큰 탈이 없다고 생각했다. 지방 향리와 포교들이 고을을 휘젓고 다니면서 횡포를 부렸다. 받을 수 없는 자의 전세는 마을 사람과 이웃에게 대신 징수했다. 송아지나 돼지를 빼앗거나 방을 수색하고 목을 매달아 결박하기도 했다. 이들이 지나가면 농민들이 앞다퉈 도주해 열 집에 아홉은 비게 되며, 추녀와 벽이 무너졌다. 이렇게 악착같이 빼앗아 간 것도 아전들이 사사로이 챙길 뿐이었다. 관청에는 한 톨도 들어가지 않았다.

조선의 노비제도는 다른 어느 나라와도 다른 특징을 가지고 있었다. 노예제도는 매우 오랜 역사를 가진 제도이다. 대부분 경우 중범죄자나 전쟁 포로가 노예로 됐는데 그것도 대개 본인에 한정되었다. 자손에게 세습되는 경우는 드물었다. 그런데 조선에서는 전쟁포로나 외국인이 아니고 범죄자도 아닌 백성이 세습에 따라 노비로 규정되었다. 자손들은 아무 죄도 없이 부모가 노비라는 이유로 태어나면서 신분을 대대로 물려받게 되었다.

인의의 예절을 존중하는 양반 계층이지만 자신들의 기득권을 지키는 문제는 달랐다. 그것이 반인륜적인 행위라 하더라도 결코 양보할 수 없는 것이었다. 아버지가 같고 어머니가 다를 뿐이지만 한 자식은 주인이고 다른 자식은 노비로서 주종관계가 되는 지극히 반인륜적인 일이었다. 유교 국가인 조선에서는 흔하게 일어났다.

길동도 '아버지'를 '대감'이라 부르고, 자신을 '소자'라 하지 못하고 '소인'이라 불렀다. 유학은 현재보다는 과거를 중시했다. 혁신보다는 기존에 얻은 권위를 더 존중하고 지키는 보수적인 사상이었다. 성리학은 우주와 인간의 근본 문제를 탐구하는 철학이다. 모든 관료가 한결같이 거창한 형이상학적 철학으로 무장하고 있으니, 이론은 강했다. 그러나 제도의 실무적인 내용, 사례, 운용 방법 등에 대해서는 잘 알지도 못하고 크게 관심을 보이지 않았다. 그러니 길동이 같이 신분이 낮은 사람들은 자연히 세세한 부분에까지 미치는 것은 취약할 수밖에 없었다.

대외무역은 조선이 명나라에서 해상 교통이나 무역·어업 따위에 두던 제한 정책을 그대로 수용하는 바람에 고려보다 쇠퇴했다. 명나라는 초기부터 주변국과의 대외무역을 공적인 조공무역 중심으로 일원화했다. 사적인 대외무역을 금지하고 자기 나라 해안에 외국 선박이 들어오거나 그곳에서 고기잡이하는 것을 금지하는 정책을 견지했다. 그런데 조선은 때맞추어 예물을 바치던 조공무역에서도 해상 조난사고를 우려해 육로로만 이용하도록 더욱 제한했다. 결국 중국과 해상 무역하는 길마저 봉쇄해 버렸다. 왜와 무역에는 해마다 40여 척의 무역선이 왕래했다. 일본과의 공무역에서는 은, 동, 유황 등을 수입하고 무명과 쌀을 지급했다. 사무역에서는 인삼과 중국산 비단과 명주실을 왜에 수출하고 은과 구리를 수입했다.

조선의 장인, 수공업자 관리제도는 관청에 장인들을 모두 등록시키고 순번 따라 1년에 몇 달 동안 관청에서 의무적으로 복무하면서 관에서 필요한 물품을 제작하는 닫힌 노동력 활용하였다. 이 기간에 약간의 보수를 받았다. 국가의 수공업자 관리제도는 오래 계속하는 가능하지 않은 생산력 따위가 낮아지게 하는 제도였다. 손으로 물건 만드는 것을 업으로 하는 사람 장인을 의무적으로 복무시키고 신분을 낮추면서 이들의 사기도 저하되었다. 해당 직종에서 떠나려는 현상이 널리 번지게 되었다.

조선은 토지소유권을 법적으로는 보호했다. 조세제도는 탈법적으로 운영되어 재산권이 실제로는 보장받지 못하는 결과를 초래했다. 대부분 백성의 피부에 와 닿는 제도가 아니었다.

세종 30년(1448년) 한편 길동이 8세 시절 기사에 병조는 소나무에 관한 감독 관리에 대해 의정부에 의견이나 사정 등을 말이나 글로 보고하였다. 병선兵船은 국가의 도둑을 막는 싸움배 이었다. 배를 짓는 소나무를 사사로 베지 못하도록 이미 일찍이 입법 하였으니, 무례하고 무식한 무리가 몰래 서로 나무를 찍어서 베어 내거나 혹은 개인적으로 배를 짓고, 혹은 집 재목 등으로 사용하여 소나무가 거의 없어졌으니 실로 염려된다고 하였다.

의정부는 지금부터 소나무 관리를 위해 연해주 현의 여러 섬과 각바다로 뻗어 나온 모양을 한, 바다 쪽으로 좁고 길게 뻗어있는 육지인 곳(串)의 소나무가 잘 자라는 땅을 방문하여 빠짐없이 장부에다 기록하라고 명하였다. 각도와 섬에 있는 소나무를 함부로 베지 말라는 것이었다. 위기에 처했을 때 배를 만드는 나무가 걱정되었다.

그리하여 위 항목 주현의 섬과 곶串에 전부터 소나무가 있는 곳에는 나무하는 것을 엄금하고, 나무가 없는 곳에는 그 섬 감사에게 관원을 보내어 심게 했다. 옆 근처에 있는 수령 만호에게 감독 관리하고 잘 길러 쓰이는 용도가 있을 때 대비하게 하였다.

그뿐만 아니라 도둑의 극성으로 불당에 안치된 금불 등의 보호책을 논의하였다. 불당에 금으로 만든 인왕불, 아미타삼존과 옥 부처, 부처님의 치아와 뼈, 사리, 그리고 깊고 오묘한 불교의 진리를 적은 불경이 모두 있었으나, 예전에 담 안에 있어서 진실로 도둑의 근심이 없었다. 지금은 불당은 궁성 밖에 있어서 도둑이 염려스러웠다.

지난날에는 금으로 죽은 사람의 위패 만들었다. 그런데, 만약 불당의 금부처를 도둑에게 도둑맞는다면 정말로 황당하고 온당치 못한 일이었다.

정분이 제안하였다.

옆이나 곁에 지킴이를 두고 주위에 가시나무를 심어서 방책을 세워 도둑을 방지하든지, 혹은 녹각성鹿角城[30]

을 설치하여 방호벽을 쌓거나, 또는 사람에게 밤에 도둑이나 화재 따위를 경계하기 위하여 순찰을 강화하여 돌도록 했다.

이미 정분의 말에 좇아 장차 경계하여 지키려고 했다. 사람에게 밤에 도둑이나 화재 따위를 경계하기 위해 돌아다니게 하는 것은 영구히 행하기 어려웠다. 녹각성도 역시 장구할 수 없으니, 이제 비구니 스님들의 수행처 노비를 불당에 붙이고자 했다.

그러나, 소생이 많이 늘어나 후세에 갑자기 고치기 어려운데, 영구히 불당의 노비가 되게 하면, 폐단이 장차 적지 아니할 것이었다. 방안들은 실효성이 없는 대책들이었다. 결국 여러 가지 방법이 무효이었다. 아무리 수 없는 안을 내어도 도둑은 사라지지 않았다. 사회의 구조적 문제가 모든 재앙과 모질고 사나운 운수를 불렀다. 신분사회가 만들어져도 그들의 생존을 보장해 줄 일을 해 나갈 방법이 마련되지 못했다. 살아가기 위해 하는 일을 위한 산업화가 이루어지지 못하였다. 천인들의 과도한 부담이 생존의 문제를 불러오니 자연 세상 밖으로 나오게 되었다. 무엇이 두려웠는가? 윤리와 도덕이 두려웠는가? 생존

---

30) 임금이 거동하여 임시로 묵는 곳에 사슴뿔 모양의 방어물 녹각鹿角을 설치하여 임금을 보호하도록 만든 성城.

이 위협받으니, 거리로 나올 수밖에 없었다.

예전에 절의 노비를 혁파하여 양종파에게만 적당히 주고, 사내종을 '방자房子'라고 하였으니, 이제 이 예例에 의하여 "'조라치'라고 일컬어 6명에 지나지 않게 불당에 붙이고, 번을 나누어 당번을 서게 함이 어떨까? 너희들은 일찍이 의정부와 더불어 불당을 번을 마치거나 그만두기를 청하였으나, 이미 지어서 이루었으니, 어찌 남의 집 일처럼 보고 보호할 수 있는 꾀나 방법을 안 세울 수 있으랴? 상의하여 시행하라 하였다.

좌승지 조서안이 방안을 제시하였다.

좌우에 경계하여 지킴이를 두고 주위에 가시나무를 심으며, 또 각 절의 종으로서 부실한 자 여섯 사람을 택하여 '조라치[31]'로 정하여, 세 번番으로 나누어 숙직하게 하며, 궐내의 각 식당의 검찰을 주 임무로 하였던 성균관 유생 자치회의 간부의 예例에 의하여 하인들에게 급료로 주던 곡식을 주게 하는 어떠한가? 제안하였다.

드디어 형조에 전달하기를,

문소전 불당의 '조라치' 여덟 사람을 서울에 사는 종으로서 부실한 자로 골라서 사무가 맡겨지되, 만약 결원이 생기면 다시 정밀하게 골라서 보충하라고 하였다. 조선의 사회는 도덕적 윤리적 가치를 내세워 힘차게 출발하였지만, 백성의 10분의 1정도 지배 세력으로 살았다. 나머지 90%의 백성은 길거리를 떠돌며 춥고 배고픈 삶이 영위되었

---

31) 왕실이나 나라에서 세운 절이나 불당의 뜰을 청소하던 하인

다. 조선을 이끌 만한 사회가 열악하여 취약한 구조적 문제로 계층 간 외부와 통하거나 교류되지 않는 사회이었다. 다양한 분야의 진출을 돕는 열린사회가 아니라 도둑이 많은 사회를 양산하였다.

'시경'에 이르기를,

나라의 정사를 고르게 하려면 사방이 그 표준이다. 천자가 이렇듯 애호하여 백성에게 정신이 헷갈려서 갈팡질팡 헤매지 않게 하라 하였다. 백성의 부모로 되어 많은 국민을 사랑해서 기르는데 어찌 경중과 원근이라는 차별이 있겠는가? 그런 까닭에 백성에게 부역시키는 것을 고르게 하는 것이 마땅하다, 진실로 하나는 고달프게 하고 하나는 편하게 한다면 비록 제 아비와 여러 자식 사이라도 원망하는 것을 막을 수 없다고 하였다. 하물며 그 많은 백성을 그렇게 할 수 있겠는가? 고르게 하려면 먼저 명분이 번거롭지 않아야 한다. 명분이 같으면 부역이 고르게 되고, 폐단이 없어지게 될 것이다.

국법이 문벌을 중하게 여기니 그 많은 폐단은 증조와 고조까지 벼슬한 사람이 없고, 학문과 무예도 모르면서 앉아서 안락함을 누리는 것이 모든 백성과 차별된다. 이런 것을 본받아서 세력이 크고 강한 백성과 재물이 있는 자는 두루마기를 입고 갓을 쓰고는 '유사儒士'라 일컬으며 종신토록 예속됨이 없으니 과연 고른 세상이라 할 수 있겠는가?

조선 초기에 실시된 신분제도는 생각할 수도, 알지도 못하는 사이에 많은 피해자를 양산했다. 길동도 예외는 아니었다. 국법의 기초를 지키는 것은 조선 백성 모두의 의무였다. 그러나 굶주림은 양심도 제도도 모두를 파괴했다. 겉으로 드러나지 않고 숨은 상태로 존재하는 범죄자를 많이 만들어 내었다. 부정적 연결 고리를 끊어야 했다. 혼자의 힘으로는 불가능했다. 세력을 얻어야 했다. 1차 적 목표는 내가 살아남아야 백성을 구할 수 있다고 생각했다. 다음은 나와 함께할 자들도 배고픔은 면해야 했다. 그런 모순의 뿌리는 '경국대전'이라 믿고 있었다.

'아! 조선의 국법을 따라야 하느냐? 그렇다면 해결할 방법은 있는가?' 길동의 고민은 깊어 갔다. 철저히 계획된 유교 사회는 사회적 불평등을 초래하는 올가미였다.

쇄환 정책과 험지 근무

기회의 섬이요, 피난의 섬이라 불리던 공도空島는 길동에게는 산업 경영의 활동 무대가 되기도 했다. 일정한 거처 없이 떠돌아다니는 자들은 모두 그 고향 마을을 피신하여 떠나갈 것이다. 변경의 바다에서 국방과 치안을 맡아보던 군대는 이미 채워진 뒤 여러 섬도 점차 충실해질 것이었다. 전함은 많아지고 수군은 훈련되어 왜구와 해적들이 도망가고 변방 고을이 안정될 것이며, 조운은 편리해지고 창고는 채워져 갔다. 외침 방어를 목적으로 설치된 만호부의 관직으로 본래 그가 통솔하여 다스리는 민가의 수에 따라 만호, 천호, 백호 등으로 불리었다.

차차 민호의 수와 관계없이 진영의 으뜸 벼슬로 주로 바닷가 지역을 통제하였다. 품계와 직책에 따라 수군만호(水軍萬戶)와 여러 첨사로 능히 주둔 병의 군량을 자급하기 위하여 마련되었던 둔전을 두고 전함을 수리하면서 인심을 결속하고 호령하였다. 또 적을 섬멸하고 변방을 편안하게 할 수 있는 자에게 맡겼다. 섬의 토지를 하사하여 대대로 그 수입을 얻어 자손에게 전하여 주게 하는 등, 외적을 막기 위해, 임시로 쌓은 작은 산성을 잃거나 한 바다에서 국방과 치안을 맡아 관할 했다.

군대를 결딴낸 자는 군법으로 엄벌하여 가볍게 용서하지 않도록 징계하여 다스리게 했다. 쫓기는 자 누구에게나 기회의 섬이요, 어떤 이에게는 피난의 섬이 되기도 했다. 산업경영은 자신의 직위와 직권을 이용하여 사사로운 이익을 꾀하는 자들이 자리를 메웠다.

조선 초에는 섬을 비워두는 공도정책空島政策이 섬 거주민들을 본토로 이주시키는 정책이 적용되었다. 이러한 쇄환 정책으로 인해 울릉 지역이나 남도의 도서 지역의 거주민들은 한반도 본토로 대량 이주하게 되는 경우가 있었다. 고려 말기에 시작되어 조선시대에 걸쳐 시행되었다. 고려 말기 우리나라 연안을 무대로 약탈과 해악을 일삼던 일본 해적이나 왜구의 침탈로부터 섬 주민을 보호하기 위해서였다. 섬 주민을 육지로 이주시켰다고 하는 '신증동국여지승람'이라는 지리지 기록에 근거를 두고 있었다.

'공도정책'은 해양 정책 전반으로까지 확대하여 적용되던 것이다. 당시 '공도정책' 하에서 섬은 원칙적으로 국왕의 지배와 보호가 미치는 통치의 대상이 아니었고, 행정 편제의 대상에서도 배제되었다.

그러나 15세기 이래 바다와 섬은 부를 축적하는 곳으로 인식되어 섬으로 사람들이 몰렸다. 지리지에는 지금까지 기록되지 않은 섬들이 기재되었다. 기록된 섬 둘레와 넓이에 따른 크기, 인구, 특산물, 유적, 유물, 본 읍과의 거리 등의 다양한 내용이 실렸다.

이 공도정책이란 의미와는 달리 중앙정부 차원에서 대대적인 섬에 대한 조사가 시행되었음을 뜻하기도 했다. 당시는 섬이 부를 낳을 수 있는 땅으로 간주 될 만큼 섬이 개발되어 이용되기에 이르렀다. 따라서 이에 대한 조사는 노비가 역役을 피하여 도망하던 문제와 군사의 비용 및 흉년을 대비하기 위한 나라 재정 마련이 목적이 있었다. 이에 따라 읍을 설치하거나 진을 설치하자는 논의가 따랐다. 조선 초 '죄인들이 섬으로 도망쳐서 숨어버리기도 했다. 섬 주민들이 세금을 내놓지 않는다.'라는 원인을 들어 공도정책을 시행하였다. 이는 조선 초기 중앙집권을 강화하기 위한 하나의 방편이 되었다. 그 결과는 조선은 바다를 멀리하게 되었다.

조선은 건국 초부터 오랫동안 동, 남, 서해안 연안과 먼바다에 있는 섬에서 사람들이 살지 못하도록 하는 정책을 폈다. 이를 공도정책空島政策 혹은 쇄환정책刷還政策이라 불렀다. 일부에서는 공도정책이라는 표현에는 조선 섬을 버리고 영토로 관리를 하지 않았다는 측면이 내포된 문제점을 지적받을 수 있지 않겠는가? 공도정책은 전제 개념이 '국가권력이 미치는 통치 대상 지역이 아니다.'라는 지적이 있을 수 있었다.

그러나 조선이 방치했기 때문, 본국에 귀속해 관리해야 한다는 논리 문제를 불러오는 것이 아닌가? 결국 조선 초기에 우리 연안의 섬들은 알게 모르게 버려지고 말았다. 이런 이유로 바다의 취약지역과 섬들은 버려졌다. 점차 생존을 위해 바다로 향하는 자가 점차 생겨났다.

공도정책은 섬을 비워두고 아예 관리하지 않는 것이지만 쇄환 정책은 섬을 비워두되 관리의 순찰을 통해 영유권을 행사한다는 차이가 있었다. 따라서 공도정책은 일본도 아니고 연안 인근에 왜구라 불리는 자들 활동무대가 되기 일쑤였다.

조선의 애국주의 입장에서는 쇄환 정책이 더 적절한 표현이었다. 그러나 공도정책이라는 표현이 '영토로서의 섬에 대한 포기' 인가하는 의문이 생겼다. 조선 조정은 연안의 섬들을 군사력과 행정력이 미치지 못하는 곳이기에 방치했을 뿐이었다. 우리 땅으로서의 개념은 확실히 가지고 있었다.

조선이 섬에서 사람이 살지 못하도록 하는 이유는 무엇인가?

첫 번째는 섬에 들어와 사람들을 죽이고 재물을 약탈해 가는 왜구로부터 백성들을 지키기 위해서였다.

두 번째 이유는 도망친 노비나 세금이나 군역을 피하려는 범죄자들이 숨어 들어가 사는 것을 막기 위해서였다. 즉 너무 멀고 넓어 조정의 통제력이 미치지 못하는 것을 두고 보느니, 아예 육지에서부터 사람이 섬으로 들어가는 것을 막아버리겠다는 것이었다.

세 번째는 고려시대에서 보듯 물자와 교통이 편한 섬에서 해상 세력이 크게 일어나는 것을 우려했기 때문이다.

고려 건국 과정에서 태조 왕건에게 우호적이거나 혹은 적대적이었던 해상세력은 나주 회진포 오다련과 영암 상대포의 최지몽, 신안 능창 등이었다. 모두 강력한 해상 세력이었다. 고려는 해상 세력은 받아들였으나, 조선은 멀리하지 않았는가?.

조선 조정은 군사력과 행정력을 동원해 섬을 지키기보다는 포기하는 정책을 폈다. 조선은 모든 지역을 모조리 지키고 감당하는 것은 힘에 부쳤다. 섬을 버린 것은 결국 바다를 버리는 것이었다. 이후 조선의 역사는 육지만의 역사가 돼 버렸다. 땅으로 연결되는 중국만을 선진 문명과 사상을 받아들이는 통로로 여겼다. 땅만을 바라보던 조선 초기 집권 세력의 사고방식은 종국적으로는 '바다로부터의 접근'을 막는 정책이 아니었던가?.

아마, 제한된 국력으로 효율적으로 국가를 관리하려는 노력이 밀접한 관계가 있는 것 가운데 일부분이 아니었던가?

영암 상대포는 전남 내륙 사람이 영산강을 거쳐 중국과 일본으로 가는 해상교통로 중심지였다. 길동의 출생과 활동의 중심 지역이 이 지역이었다. 우리가 흔히 쇄국으로 일컫는 조선의 폐쇄주의 정책이 아닌가? 조선의 해로는, 국가 차원에서는 주로 세곡을 운송하는 해운로로, 그리고 민간 차원에서는 어업활동과 소규모 국내 물자 유통의 통로로, 극히 한정적으로 이용되었을 뿐이었다. 그나마도 이에 관계하는 사람들에겐 국가적 통제와 사회적 천대가 덧씌워졌다. '뱃놈' 은 배에서 기르는 개는 도둑을 지킬 필요가 없다는 뜻에서, 하는 일 없이 놀고먹는 사람의 비유하는 말이었다. '섬 놈', '갯것' 등 낮추어 일컫는 말이 이를 반영한다. 해로는 외국과 문물을 교류하는 국제적 통로로서 기능도 거의 상실하였다. 가끔 제주도, 왜국, 유구국 등에서 일기불순으로 조난되어 표류하는 경우가 교류의 물꼬를 트는 경우가 있기는 하였다. 당연히 해로에 대한 국가나 사회적 관심도 극도로 작아졌다.

오랫동안 지속해 온 조선시대 '쇄환 정책'은, 해양 활동이 왕성한 것보다 소극적으로 우리의 인식을 제약했다. 우리가 부지불식간에 해로를 낯선 길로 간주하고 멀리하는 이유였다.

왜구를 막기 위해 세워진 강진 병영성은 길동이 15세에 '을묘왜변' 때 왜구들 침범으로 함락되는 비운을 겪었다. 이에 따라 자위 세력을 상실한 도서 연안 지역은 왜구의 침탈을 받아 버림받은 황폐의 공간으로 전락해 갔다. 역사에 기록된 왜구의 노략질은 상상을 초월했다. 치안이 위태로운 주민들을 보호하기 위한 노력으로 조선은 강제 이주할 수밖에 없지 않을까?.

영산강이라는 이름은 고려 때 '공도정책'으로 강제로 이주당한 영산 현(현 흑산도) 사람들이 고향 이름을 따서 강 이름을 부른 데서 비롯됐다. 고려 조정은 왜구의 침략으로부터 영산 현 백성들을 보호하기 위한 그곳 사람들을 모두 내륙으로 강제 이주시켰다. 영산 현 사람들이 정착한 곳이 지금의 영산강 변 일대이다. 영산 현 사람들은 서해안 바다로 이어지는 강을 거슬러 올라와 지금의 나주 근처 강변에 터전을 잡았다.

이때 이 지역 출신으로 최 부는 달아난 죄인을 잡는 추쇄경차관으로 임명되어 제주濟州에 부임하였다. 그런데 이듬해 정월 부친상을 당해 고향인 나주로 급히 돌아오다가 풍랑을 만나 16일간 바다에서 표류하였으며, 해상 강도를 만났다. 목숨이 위태로운 상황으로 몰려 수난을 겪었다. 숱한 날 조난으로 시련을 겪었으나 유구에서 표류했던 길을 밟아 고향으로 돌아오는 것이 아니었다. 류큐국으로부터 위험한 항로라는 이유로 중국으로 보내졌다. 마침내 중국 남송의 수도 항주가 위치해 절강성(저장성:浙江省) 영파부(닝보부:寧波府)로 인도되어 어떤 곳에 다다랐다가 결국 조선으로 귀환한 일이 있었다.

무안에는 사납고 행동이 몹시 거칠어 두려워하는 큰 도둑 장영기가 있었다. 또한 장성에는 홍길동이 있었다. 나이 차이는 좀 있었으나 동시대를 산 인물들이었다. 그들의 인연은 최부가 달아난 죄인을 잡아 들이기 위해 추쇄경차관推刷敬差官으로 임명되어 도둑과 서로 쫓고 쫓기는 상호 대립적 입장의 관계였다. 장영기와 홍길동은 죄인으로 뜻하지 않게 서로 만나게 되는 기회가 열려 있었다. 길동은 피신하면서 인근 섬 주변을 염전과 고기잡이 해적선 등으로 삶을 떠돌다 풍랑을 만났다. 우연히도 이들은 서로 힘겨운 고난 길을 밟고 있었다. 그는 쫓기고 있는 신세였다. 또한 오웅과 변포가 이들을 쫓는 전라도 경차관으로 임명되었다. 그들도 임무를 수행하기 위해 도망하는 사람의 뒤를 밟아 쫓는 관계였다.

전남 해남군 문내면에 지난날 전라 우수영이 있는 요충지였다. '전라우도 수군 절제사가 주재하는 병영'이 있는 데서 붙여진 이름이다. 본래 무안의 대굴포大掘浦에 세워졌던 것을 세종 22년(1440년)에 전라 우수영이 해남으로 옮겨왔다.

그해 길동이 태어났다. 일찍이 바다와 가까운 곳에 생활 근거지를 두고 태어나 뱃사람들과 인연은 필연적이었다. 토벌군의 추적을 받을 때 이곳을 피하고 싶은 곳이기도 했다. 여러 지역을 전전하며 숨어들어 때론 도피 루트가 되기도 했다. 우수영이 해남으로 옮기기 이전, 당시 무안 대굴포에 병선 24척 선군 1,895명, 목포와 다경포(영광 법성포) 만호에게 제각기 전함 8척과 선군船軍 490명이 주둔하였다. 세조 10년에 절제사가 주둔하는 승격의 국면을 맞게 되었다.

세종실록 지리지에 (1454년) 함평 현의 우도 만호는 목포 만호와 다경포 만호를 모두 거느려서 다스렸다. 또한 (1481년) 동국여지승람에는 함평 현 관방조 그리고 다경포는 해제의 임치진 관할에 두었다.

'다경진 성'은 무안의 변방의 방어 요새인 관방 유적지 중 해제의 임치진과 함께 "영산강 → 목포진 → 다경진 → 임치진 → 영광" 이어지는 항로의 검문소가 있었다. 오래전 고려 말(1391년) 해안지역에 방어 영이 설치되었다. 조선시대 해제 방어 영은 1425년 '임치진'으로 승격되었고, 다경 방어영도 다경포多慶浦가 되면서 훗날 종 4품 수군 만호水軍萬戶가 재축성하기에 이르렀다.

길동은 1469년 11월 중순쯤 '도둑 토벌령'이 내려져 관군으로부터 쫓기던 무리가 되어 쫓겨 영광 다경포 현 영광 법성포 근처 영평곶으로 도망하여 몸을 피했다. 그들은 배를 타고 나주 압해도 곧 신안군 압해도 쪽으로 활동 근거지를 옮겨갔다. 이로써 그의 활동무대가 육지에서 섬 지역으로 바뀌게 되었다.

그때 다경포 만호 조중희가 역마를 달려 급히 중앙에 보고하였다. 허종이 그 내용을 임금께 아뢰었다. 사노私奴 순이順伊가 와서 말하기를, '종적이 수상한 자 10여 인이 영평곶에 출현했습니다.' 하므로, 곧 군사를 거느리고 달려갔다. 도둑들이 이미 백성 김득계 소유의 작은 배를 타고 나주의 압해도로 떠나가 버렸다. 그도 또한 배를 타고 본도의 보리 곶에 추적해 이르니, 도적이 그 무리 2~3인으로 하여금 다른 배에 갈아타게 하고, 서너 사람에게 명하여 활을 쏘아 대항하게 하였다. 때마침 조수가 썰물로 수위가 떨어지자, 물이 얕아서 전함이 나아갈 수도 물러서기도 어려워졌다. 어느덧 시간이 흘러 또 해가 저물어 어쩔 수 없이 결국 퇴군하고 말았다.

이 사실에 근거하여 수군절도사와 여러 포구의 만호에게 포고문을 붙여 바다 가운데 있는 섬들을 수색하여서 체포하라 명하였다. 또 해안을 끼고 따라가는 언저리 일대의 모든 고을에 명하여 배에서 육지로 내릴 만한 곳에 병사를 매복시키어 살피게 하였다. 다만 조중희가 관리하던 배를 미처 점검이 끝나기 직전이었다. 아직 다 갖추지 못한 상태였으나 그 사이 도둑에게 배를 빼앗기고 말았다. 거기에다가 또 도둑의 간 곳조차 알지 못하였다. 그 이후로 이미 중요한 임무를 위하여 파견하던 임시 벼슬인 차사원에게 책임을 물어 국문하게 하였다. 도둑 무리를 체포하려는 노력의 결과는 허사였다.

달아난 길동의 무리는 훗날 뱃길로 3천 리나 떨어진 유구국으로 떠나는 예행연습을 미리 하는 중이라는 사실도 모른 채였다. 이 뱃길로 더 간다면 오히려 조선보다 배고픈 아픔이 없고 자유로운 세상이 있지 않을까? 무리는 꿈을 꿨다. 저 바다 멀리 류쿠에 인접하여 명의 영향권 아래 있는 '팔중산'이라는 섬이 있다는 소문을 들은 바가 있었다. 곧 8개의 섬이 둘러싸여 있는 지역으로 서로 균등한 기회가 있는 '율도국'을 상상하였다. 그 꿈으로 말미암아 앞으로 해상왕국을 건설하려는 계기가 마련되었다. 특히, 그들은 현재 어렵고 삭막한 시련의 시기에 놓여 있었다. 집단공동체 생활을 하면서 직접 농사도 짓고 염전을 경작하고 어업활동 등 산업 경영했다. 그러나 활성화되지 못했으나 시장에서, 장사하는 상업 활동까지 영위하면서 부패한 정부와 관료에 맞서 그 사회를 상대로 생존을 위한 투쟁을 벌이는 중이었다.

성종 원년(1470년) 포도 부대가 편성되어 활동 조직을 만들었다. 관군의 토벌이 끊임없이 계속되었다. 그들의 작전을 피해 가짜 홍길동을 내세워 체포당하는 위험을 피하는 계략을 꾸몄다. 홍길동 집단은 남서해안의 여러 섬을 중심으로 여기저기 각종 생업에 종사하며 억척스럽게 살아갔다.

선군이라 하는 것은 배를 타고 바다에서 싸우는 군대를 말한다. 오늘에 비유하면 해군기지에 소속한 군인에 해당이 된다. 기지는 한 도에 왼쪽과 오른쪽으로 양분하고 두었다. 전라도의 경우 동쪽이 좌수영이고 서쪽이 우수영이다. 전라도 서쪽으로 위치한 곳이 해남이어서, 조선 반도 북쪽을 기준으로 오른쪽이 곧 서쪽이 우수영이 된다.

당시의 성 둘레는 2,448척이며 네 개의 성문을 지키기 위해 성문 밖에 쌓은 작은 성과 두 개의 우물로 구성되어 있었다. 화산 반도에서 진도로 이어지는 울돌목 가까이에 우수영은 자리를 차지하고 있었다. 망해 산을 진산으로 삼고, 남서 방향으로 자리한 우수영은 행정구역으로, 서상리와 동외리로 분화되어 있었다. 이들 마을의 통합 지명이 우수영이었다. 사슴 섬이라는 뜻을 안은 녹도도 우수영의 땅 이름에 쏠려 있다.

그리고 영산강과 바닷길을 되짚어 흑산도 근처까지 다시 나가 고기잡이를 한 뒤 영산강으로 돌아오곤 했다. 이런 과정에서 삭힌 홍어가 생겨나기 시작했다는 설이 전해지고 있었다. 영산포 사람들이 흑산도 일대에서 홍어를 잡아 영산포로 돌아오는 보름 정도 지나면 홍어가 자연 발효되면서 코를 톡 쏘는 홍어가 생겨났고 이후 사람들이 이를 즐겨 먹는 계기가 되었다.

한편 조선 개국 초기 조정 대신들은 버려져 있는 섬을 적극적으로 복구시켜 부국의 기반으로 삼았다. 조선 개국에 공이 큰 조준은 고려 우왕에게 상소문을 올려 도서 연안 복구의 당위성을 밝혀서 말했다.

오늘날에 압록강으로부터 남쪽은 대개 모두 산이고 비옥한 땅은 바닷가에 있었다. 비옥한 들판의 수천 리 논밭이 왜노에게 함락되었다. 갈대만이 하늘로 무성하게 덮고 있었기 때문에 나라가 이미 생선과 소금, 목축의 이익을 상실하였다. 또 비옥한 들판과 괜찮은 땅의 수입도 잃게 되었다.

한 옛날 일에서 백성을 모집하여 변방을 채우고 흉노를 막았던 이야기가 남아 있었다. 쇠퇴하여 망한 고을의 황무지를 개간한 자에게는 이십 년을 기한으로 그 땅의 조세를 받지 말라고 했다. 그 백성에게 역을 맡아 의무나 책임 지우지 말기를 바랐다.

모두 수군 만호부에 소속시켜 요새가 헐린 곳을 고쳐 짓거나 보수해서 노약한 자들을 모여 살게 하였습니다. 정찰하고 탐색하는 임무를 맡은 병사를 멀리 보내고 봉화烽火를 신중히 하며, 평소 일이 없을 때는 농사짓고 고기를 잡거나 술을 빚어 만들게 해달라고 청하였다.

또 광석에서 쇠붙이를 골라내거나 합금을 만드는 일을 하여 먹고 살게 하였다. 때때로 배 만들게 해 달라는 하소연도 있었다. 그들의 기대 사항은 한둘이 아니었다. 만약 적이 이르면 들판을 비우고 임시로 쌓은 작은 산성인 성보 안으로 들어가 수군이 공격하게 하도록 하였다.

합포에서 의주까지 모두 이같이 한다면 몇 해 안 되어서 떠돌아다니는 자들은 모두 그 고향 마을로 돌아올 것으로 예상했다. 변경의 주·군이 이미 채워진 뒤 여러 섬도 점차 충실해졌다. 전함은 많아지고 수군은 훈련되어 강성해졌다. 해적이 도망가고 변방 고을이 아무 탈 없이 편안해졌다. 또한 조운은 편리해지고 창고는 날로 채워졌다.

수군만호와 여러 도道의 원수元帥로서 능히 둔전을 두었다. 전함을 수리하면서 인심을 결속하고 지휘하여 명령을 시행하여 적을 섬멸하고 변방을 편안하게 할 수 있는 자에게는 섬의 토지를 하사하였다. 대대로 그 수입을 얻어 자손에게 전수될 수 있게 하여 주게 빌었다. 대략 임시로 쌓은 작은 산성을 잃거나 어느 지방을 망친 자는 군법으로 처단하여 가볍게 용서하지 않음으로써 권장하고 징벌함을 보여 달라 당부하였다.

그런데 왜노에게 섬이 함락되어 황폐되어 있었다. 군사를 보내 섬을 지키고 백성에게 농사를 짓게 하고, 고기잡이까지 하도록 하였다. 세금을 거두지 않는다면 섬에 사람들이 들어가 살 것이라며 그 구체적인 섬 복구 방안이 제시되었다.

그러나 조선 개국 초기 복구 방안 기간까지 이 도서 연안 복구는 실천되지 않았다. 그러다가 15세기 후반 부분적으로 육지 사람(당초에 섬사람으로 육지로 강제로 이주시킨 사람)들의 섬 이주가 이뤄졌다.

조선 초에 왜구들이 진도에 자주 출몰하였다. 중앙정부는 진도 주민들을 육지 땅 해남으로 이주하도록 했다. '해진군'이라 칭하였다. 그러다가 진도 주민들이 해남에서 다시 섬으로 이주하여 진도군을 없앴던 걸 다시 은혜를 받게 되었다. 이때 공을 세운 성씨가 창녕 조씨, 밀양 박씨, 김해 김씨 등이었다.

세종 28(1446)년 1월 압해도 바다목장 기사에

병조에서 상급 관아 의정부로 올리는 공문에 따르면,

각도의 바다목장은 부근 수령이나 만호로서 조선 때, 목장을 감독하던 종육품 무관 벼슬이 있었다. 그에게 감목을 겸임하게 했다. 길동이 살던 시절 압해도는 산업 경영이 이루어질 수 있는 환경이었다. 이런 곳에 길동이 찾아들어 은신하면서 몸을 숨기며 한숨을 돌리기도 한 곳이었다. 현재 전라남도 신안군 압해 읍 섬이 있었다. 지명으로는 드물게 누를 압壓 자에 바다 해海 자를 쓰고 있다. 읍사무소가 있는 곳을 중심으로 낙지다리가 세 방향으로 뻗어나가면서 바다와 갯벌을 누르고 있는 형상이라 압해도라 부르게 됐다는 이야기가 전해져 오고 있다.

"각도의 수산 자원을 집약적으로 증식하거나 양식하는 곳인 바다목장牧場은 각기 부근의 수령과 종사품 무관 만호萬戶였다. 종육품의 무관 벼슬인 역시 감목을 겸임하게 하였다. 전라도 다경곶은 무안 현감이, 영광군 진하산 목장은 함평 현감으로 겸임하게 했다. 나주 압해도의 목장은 나주 판관이 이를 겸임하게 했다. 아주 큰 목장으로 진도의 남면 여귀산곶 목장은 제1, 2, 3소所로 나눠 제1 소는 진도 군사로, 제2 소는 금갑도 만호로, 제3 소는 남도포 만호萬戶로 나누어 관장하게 했다. 서면西面 부지산 곶, 북면北面, 해원 곶, 목장도, 진도 군사로 이를 겸임하게 하였다.

성종 15년(1484) 병신년에 새로 십 도를 정하였다. 나주 진 해군 절도사를 임명하여 다스리게 하였다. 영산榮山은 본래 흑산도이었다. 육지로 나와 주州의 남쪽 십 리 되는 남포 강가로 옮겼다. 가구 수가 천팔십구 호이고, 인구가 사천이십육 명이었다. 군적에 있는 지방의 장정은 시위 군이 오십구 명이고, 이도 요새지를 지키던 군인의 수가 백오십오 명이요, 수군이 육백칠십 명이었다. 구조적으로 취약한 곳이었다.

토성土姓이 아홉이고 속성은 하나로 윤尹씨였다. 압해押海의 성이 다섯이었다. 땅이 기름진 것이 3분의 1쯤 됐다. 개간하여 밭을 만든 밭이 만 오천삼백삼십구 결이고, 논이 조금 더 많았다. 땅의 성질이 사람이 살거나 식물을 가꾸기에 알맞은 땅이었다. 작물로 오곡과 뽕나무, 삼, 왕골, 닥나무, 등을 심었다. 지방의 토산물을 바치는 것으로는 표범 가죽, 삵괭이 가죽, 여우 가죽, 검은담비의 털가죽, 족제비 털, 표범 꼬리 등이 있었다. 나무상자, 목화, 왕골자리, 찻잎이 참새의 혓바닥 크기만 할 때 어린 새싹을 따서 만든 차인 작설차, 생강, 죽순, 대추, 감, 배, 석류, 약제는 연밥, 덜 익은 푸른 매실과 간을 알맞게 맞춘 매실 겨우살이 뿌리, 패랭이꽃 이삭, 잉어 쓸개, 녹용 등이었다. 토산품은 절인 생선과 굴이다. 소금 캐는 염소鹽所가 35곳이나 되었다.

서쪽 여러 섬에 흩어져 있는데, 소금가마는 주 남쪽 9리쯤에 있었다. 신분은 양인이나 천인의 일에 종사하는 계층이 역할로 소금을 제조하는 염전에서 생산을 담당하는 사람이 이백오십구 명이었다. 봄과 가을에 지방의 특산물을 조정에 바치는 소금이 이천오백구십 석이다. 한 명당 십 석 정도를 담당해야 했다. 나주 판관이 주장하여 민간의 무명실로 짠 피륙과 무역해서 얻은 성과로 나라에 이바지했다. 중품인 자기를 굽는 곳이 하나 있었다. 주의 서쪽 대각 동쪽에 있었다. 하품인 도자기 굽는 곳이 또 하나가 주의 남쪽 금마리에 있었다.

읍 석성石城은 둘레가 천백육십이 보步 남짓했다. 금성산 석성石城은 둘레가 천구십오 걸음걸이가 되고, 샘이 다섯 개가 있었다. 그 우물이 겨울이나 여름에도 마르지 아니하였다. 또 못이 있고 군대의 창고가 있었다. 역驛이 청엄과 신안에 있었고, 장산도에는 목장에 암·수 말 오십칠 필을 방목했다.

경계선을 넘은 해남의 북촌北村 월량지 땅이 종남리 설정 지대를 넘어 들어왔다. 관할 군은 해진, 영암, 영광으로. 소속 현은 여덟이니, 강진, 무장, 함평, 남평, 무안, 고창, 흥덕, 장성이었다. 바다 섬이 넷으로 자은도, 압해도, 암태도, 흑산도가 편입되어 있었다.

보길도에 만호를 설치하는 일을 논의하게 하였다. 그 섬에 만호萬戶를 설치하여, 추자도를 겸하여 관장하게 하는 것이 편한지 불편한지를 의논하도록 하였다. 보길도는 제주에 왕래하는 사람이 바람을 피하는 곳이었다. 또한 왜적의 소굴이 되기도 하였다. 진을 설치하면 도적을 방어할 수도 있을 뿐만 아니었다. 제주에 왕래하는 사람이 노략질당할 염려를 덜 수 있었다.

그러나 그 섬이 큰 바다 복판에 있으므로, 단출하고 외로워 구원받을 곳이 없었다. 국경을 지키던 군졸이 천여 명은 되어야만 지킬 수가 있다. 그런데, 수졸을 여럿 가운데 아무나 뽑아 정할 길이 없는 것이 첫 번째의 어려움이었다.

만약 각 포의 수졸을 뽑아낸다면 피차간에 전력이 모두 약화될 것이 뻔했다. 이것이 두 번째의 어려움이었다.

수졸이 번을 서거나 휴식할 때는 항상 큰 바다로 다녀야 하니, 위험에 노출되어 빠져 죽을 염려가 있는 것으로 세 번째의 어려움이었다. 조선을 제대로 운영할 사회적 구조의 한계성으로 딱한 형편이 언짢고 가여웠다.

보길도와 추자도는 거리가 멀어서 겸하여 관할 하는 것이 어려운 것은 네 번째 어려움이었다. 바로 나라를 지키고 보호할 수 있는 사람의 힘이 염려되었다.

병사들 가운데에는 그곳을 가본 적이 없으므로, 멀리서 상황을 헤아리기가 어려웠다. 본도의 절도사에게 살펴보고 아뢰게 하는 것이 어떻겠습니까? 하고 의견을 낸 적이 있었다.

이극균이 의논하기를,

보길도와 추자도 등의 지형은 신 등이 자세히 알 수가 없습니다. 그러나 들은 바로 헤아리면 해남 관두에서 보길도까지와 보길도에서 추자도까지는 바닷길이 아득히 멀어 서로 바라볼 수가 없다고 했다. 비록 보길도에 진을 설치한다고 하더라도 추자도의 도적 피해는 구제할 수가 없습니다. 더구나 국경을 지키는 군졸이 왕래할 때 노략질을 당하기도 할 것이고 만일 도둑이 일으키는 변이 있다고 한다면 서로 상대할 수가 없을 것이니, 진을 설치함은 적당하지 않다고 딱한 사정 등을 간곡히 호소하기도 하였다.

또한 보길도는 바닷길이 아주 멀리서 막아서 지키는 군졸이 왕래하기가 어려웠다. 뿐만이 아니라, 군량을 수송하기도 어려웠다. 또 도둑이 일으키는 변이 있게 되더라도 곁에서 구원하지 못할 것이 뻔했다. 마침내 도적의 미끼가 되지 않을까 염려가 되었다. 조종조에서 진을 설치하지 않았던 것은 그러한 우려 때문이었다고 분명하게 드러냈다.

한때 홍길동 소굴 와주 귀손은 이 지역을 관리하는 책임자로 활동했었다. 이 험지의 어려움을 다음과 같이 토로하며 덧붙였다.

"보길도는 해남 강진과의 거리가 비록 멀지 않다고 하나 물길이 모두 몇십 리가 넘으며 출입出入할 적에는 반드시 바람을 기다려야 한다. 그런데, 바람이 만약 순조롭지 못하면 10여 일씩 지체하여도 끝내 드나들 수가 없습니다. 또 육지와 모든 섬과는 아주 멀어서 비록 급한 일이 있더라도 서로 구제할 형편이 못 되었다."

지금 만약 진鎭을 설치한다면 국경을 지키는 군졸戍卒이 반드시 수백 명은 되어야 편성할 수 있었다. 섬의 형편은 수백 명의 수졸은 진실로 충당하기가 어려웠다. 군졸이 출입하는 것을 제때 할 수 없다면 지키는 자는 식량이 떨어지는 괴로움을 겪어야 하고 교대하는 자는 풍파를 무릅써야 하는 재앙과 뜻하지 않은 불행한 변고를 당하게 될 것이 뻔했다.

진을 설치할 수 없음은 의심할 여지가 없었다. 더구나 추자도는 보길도와 제주도의 중간 서쪽의 맨 끝 쪽에 있으므로 물길이 험악하여 순풍을 만나야 하루에 도달할 수 있었다. 봉화도 통할 수가 없으니, 비록 도적으로 세상이 바뀌는 경우가 있더라도 어떻게 서로 구원할 수 있겠는가?

조종조에서 진을 설치하지 않았던 것은 깊은 뜻이 있는 것입니다. 다만 공 선이나 사 선을 혼자서 하는 함부로 행동하게 할 수는 없었다. 그점에 대한 대책은 세워야 할 것이라 깊이 생각하여 헤아려봐야 한다고 하였다. 조정은 공도정책을 펼 것인지 쇄환정책을 시행해야 할지 국력의 한계를 시험받고 있었다. 도둑과 왜구로부터 주민을 보호할 수도, 포기할 수 없는 처지였다.

문종 원년(1451년) 길동 11살 때 4월 기사에

무과 출신자, 내금위 출신자, 별시위 서울 수비 갑사로서 벼슬살이 하는 자 등의 재주와 품격을 결정하여 채용하게 하는 고지문이 붙었다. 길동의 나이 11살이 되는 때이었다.

병조에서 각도 고을에 사회적으로 인정받고 유명해지는 것을 꿈꾸는 자 등이 볼 수 있도록 알림 글에 이르기를

"각도 각 고을에 흩어져 사는 무과 출신자 36인과 내금위 출신자 삼 인과 별시위, 갑사甲士로서 벼슬아치가 임기가 차서 다른 벼슬자리로 옮기는 자 57인은, 청컨대 병조와 이조에서 재주와 품격의 높음과

낮음을 결정하여 임금에게 물어서 채용하게 하소서. 지방의 각 군영이나 진鎭에 소속한 거주지 소속 군과 조선조 때 염전에서 소금을 굽던 양인良人의 신분으로 천인의 일을 하던 사람, 그리고 수군, 백정白丁 중에서 재주와 능력이 있어서 쓸 만한 자 이백구십팔 인과 활 잘 쏘는 자 백오십 인과 용맹한 향리 천칠백십 인은 본조 및 각도 감사와 절제사가 있는 관가에 이름을 적어 기록하도록 하였다. 11살 나이로 이 기록에 길동의 이름은 없었다. 아직 그는 이런 일을 감당할 나이가 아니었다. 아마 감당할 수 있는 나이라면 이런 광경에 눈을 돌려 봐 두었을 것이다.

만일 급한 일이 있다면 징집하여 파견 근무시킬 것이며, 만약 특별히 전쟁에서 세운 공적을 쌓은 자가 있으면 그 신분과 지위의 높음과 낮음을 등급을 매겨서 관직에 맞는 상을 주거나, 또는 향리의 군역이나 노역에 이바지하는 것을 면제할 것이다. 특별한 공功을 세우거나 세 장정丁 가운데 아들 한 명일 경우 국한하여 향 역을 면제받게 될 것이라 했다.

길동에게는 귀가 쫑긋해지는 글이었다. 어린 나이였지만 기회였다. 아직 적서의 차별이 있기는 하였으나 얼자에게 기회가 열려 있었다. 그는 '차별'이라는 것을 인정하려 들지 않았다. 황당하게도 누구나 차별 없이 당상관의 자리에 오를 수 있는 세상이 열리길 꿈꾸고 있었다.

그해 한 달 뒤 기사에 최 유가 공신 자손의 죄를 지어 관직에서 물러나게 되었던 사람을 다시 등용하던 일, 참 리의 개정, 본영을 옮기는 일 등에 대한 글이 올랐다.

함길도는 대대로 여러 이씨 육조(목조, 익조, 도조, 환조, 태조, 태종) 임금께서 탄생하신 땅이고, 조상 무덤 계신 곳으로, 그 원래 시중을 들던 족 파 그리고 삼 공신 등이 태조를 도와서 백전백승하고 가문을 바꾸어 나라로 열었고, 태종께서 즉위하시어 본도의 자제를 많이 임명하여 친군위라 칭하여 봉급을 주었다. 전직은 별군이라 칭하여 급료를 주었다. 또 본궁에는 '가별치패'라³²⁾하여 향화向化한 여진 추장酋長의 '관하 백성管下百姓'으로써 편성된 패牌³³⁾. 가별치加別赤는 여진 추장들의 '관하 백성'들을 소속시켜 군사를 뽑아서 호위하게 하였다.

그래서 군사 및 조정의 동행에 진을 친 자가 무릇 수백 인이므로 민간의 이해가 곧 모두 이름이 세상에 널리 알려는 계기가 되었다. 고려 말에 길동의 가계는 이씨 왕가와 원래 수종한 족파가 아니어서 서로 갈려서 가는 일이 있었다.

그런 사연을 안고 길동의 아버지도 함길도 절제사로 근무한 적이었다. 그 당시 실수로 남쪽 고향 있는 장성 쪽으로 귀양을 온 적이 있다. 그때는 오진을 새로 설치하여 궁궐 안은 임금을 모셔 호위 군사에게 죄다 국경을 지키는 데에 나아가게 하였다,

길동의 아비도 예외가 아닌 듯했다. 그러나 중요하다 혹은 중요하지 않음을 판단함으로써 호감과 반감을 드러내는 자는 있었다. 상직

---

32) 향화(向化)한 여진 추장(酋長)의 '관하 백성(管下百姓)'으로써 편성된 패(牌). 가별치(加別赤)는 여진 추장들의 '관하 백성'들을 의미함.
33) 이름·성분 등을 알리기 위해, 그림이나 글씨를 그리거나 쓰거나 새긴 자그마한 종이나 나뭇조각.

이 여러 대의 임금께서 대우하신 예에 따라 태조, 태종, 세종조의 원래 그를 따르는 사람이나 삼 공신 등의 자손 중에서 문·무의 재주와 솜씨가 있는 자를 수백 인을 뽑았다. 임금을 모실 호위 병사가 제대로 지킬 수 있게 하라는 안위를 염려함이었다.

또 도 절제사가 있는 병영의 문은 예전에는 경성에 두었던 것을 근래에 옛 종성으로 옮겼다. 길주 이북 무산이고 이남은 적이 들어오는 길이 하나뿐이 아니고 문이 열려 있었다. 대장으로서 병사를 거느리고서 한 구석에 치우쳐 있게 하면 안을 비우고 밖을 채우는 꼴이니, 온당치 못합니다. 만약에 적이 뜻밖에 생기는 사고가 북방 어느 한구석에 있음을 알고서 무산으로부터 빈틈을 타고 와 남으로 길주의 서북동, 사말동을 향하고, 동으로 경성의 주온동, 오촌동, 어유간동, 송동 등지로 돌입하여 재앙을 일으킨다면, 누가 때맞추어 구원할 수 있겠습니까?

오진은 재물이 넉넉하고 힘이 강하므로 규모가 크다. 작은 변방의 장수는 각각 흙 돌로 쌓은 작은 성을 지키더라도 넉넉히 적을 막을 만했다. 본래 옛 종성도 변두리의 땅이었다. 열악한 환경에서 반드시 우두머리 장수가 중병을 얻을 경우가 있었다. 이런 상황이라도 항상 장수가 주둔이 필요가 없을 것이라 여겼다.

한편 각도의 도 절제사가 주재하여 있는 진영을 돌아다니며 실제의 사정을 살피게 했다. 아래 구실아치가 모두 경성과 길주에 있으니, 한 주 일 길을 식량을 지고 왕래했다. 혹 사람과 말이 모두 피곤할까 염려했다.

또 옛 종성은 전답田土이 부족하고 해산물의 이득도 없어서 군영의 경내에 속한 노비奴婢가 살아갈 수 없었다. 경성 사람은 농사를 그르쳤을지라도 양식을 매매하여 구하여 오히려 살만했다. 또 군대가 길주, 경성은 변경이나 군사 요지에 주둔하니, 군량을 마련하기 위하여 설치한 땅에서 나는 것 그리고 매년 봄과 가을에 배를 부리는 사람에게 물리던 세금, 해산물과 염전에서 나는 것을 모두 총지휘자가 있는 군영으로 날라다 썼다.

경성에는 모두 부근에 구할 수 있으니 어려움이 없었다. 그러나 종성은 험하고 먼 길을 나르니 폐단이 작지 않았다. 또 본영의 여러 가지의 특별한 사무를 나누어 맡아 처리하였다. 임시로 임명하는 사람은 모두 부근 각진 군민軍民으로 보충하였다.

본진은 방어를 돌보지 않고 식량을 싸서 왕래하니 언짢았다. 더구나 여러 종족의 야인이 잇달아 왕래하니 생선과 소금, 쌀과 베 따위 물건을 장만하여 주기도 어려웠다. 또 봄과 가을로 남도의 전투 병사를 징집할 때, 병영문의 군대나 병기 따위의 군사에 관한 준비가 오히려 넉넉하여 볼만 하였다. 그들을 귀양살이하는 사람처럼 집으로 돌려보내면 각 군영에 소속된 병사가 외롭고 쓸쓸해져 성곽이 마치 빈 듯했다.

야인이 자주 왕래하여 반드시 넘보는 마음이 생겨나는 것이 분명하였다. 그러니 이를 염려하지 않을 수 없었다. 또 경성은 각 관과 각진 가운데에 있어서 적이 들어오는 길의 요충지에 해당하여 안팎이 서로 맞서는 경우가 있었다. 따라서 국가에서 의논을 정하여, 부유한 사람이 사는 곳을 이곳 병영의 문 가까이 옮겨, 우두머리가 되는 장수가 군사를 이끌고, 도 절제사가 있던 큰 진의 병영 문으로 들어가 머물러 살게 했다.

국경을 지키기도 하고 여러 진을 순행하기도 하여, 외부로부터 적의 침입을 막아 살피는 까닭에 적이 두려워서 복종하기에 이르렀다. 지금 별로 큰 피해가 없는데도 가벼이 옛 병영을 옮기니 백성이 큰 폐해를 받을까 우려했다. 긴 성을 다 쌓은 뒤에 피차의 이해를 다시 의논하되, 아직은 예전대로 경성에 영을 배치하도록 했다. 섬 지역과 함길도 지역은 왕조의 선조가 왕성하게 활동했던 험난한 취약지역으로 알려졌다.

섬은 왜구와 해적에 노출되어 관리가 어려웠다. 이도는 왕조의 선조들이 살아오던 곳이며 오랑캐의 시달림이 있는 곳이었다. 고려에서 조선으로 양위되어 올 때 왕조의 지지보다 고려의 유신으로 남고자 하는 세력이 있었다. 그 중에는 껄끄러운 세력도 존재했었다. 북쪽의 어려운 험지에 한 번쯤 여러 문, 무인들이 근무한 바가 있었다. 길동의 아버지 홍상직도 이 지역에 근무한 적이 있었다.

길주吉州의 서북 무산 쪽으로는 예로부터 적의 무리의 통행로였는데, 근래는 사신이 그 실정을 몰라서 방어도 소홀하여 위험했다. 이제 범찰과 동창이 도망해 숨어서 도적이 되어 산이 어딘지? 강이 어딘지? 길이 어딘지? 모르는 것도 아닌데, 길주에는 적을 막으려고 해도 창고와 지방의 아전과 백성이 장차 떼를 지어 돌아다니며 사람을 해치거나 재물을 빼앗아 가는 것이 염려되었다, 이곳은 바로 성 밖에 임시라도 만든 작은 요새 같은 것이 없기 때문입니다.

그 부근 서북 구자는 무산의 예를 따라 만호萬戶에게 사무를 맡기고 있었다. 길주의 정군 백오십 명과 생원, 진사, 향리, 교생, 장인·공사천 따위를 모아 형식적으로 조직한 예비역 군인 삼백 명을 주어 번을 나누어 국경을 지키게 했다. 또 길주는 한 도의 큰 진인데, 지난날 병을 주로 맡아서 치료하는 곳을 옮겼으나, 홍수를 걱정하여 곧 집 따위를 짓거나 물건을 만들지 않아 대비하지 못했다.

풍수지리상으로 보면 성황봉을 주산主山으로 삼아서, 앞에 큰 들이 있고 산천이 돌아앉아 있었다. 오래도록 절제사와 첨절제사를 두어 지휘할 수 있는 군사적 거점이 되어 군대가 위엄이 있어 보였고 또한 태도가 점잖고 예의가 있을 것으로 여겼다. 또 지난 세종 조에 험지 도내道內로 들어가 살 향의 민호를 뽑았다. 그때 도망하여 죄를 범한 충청도, 전라도, 경상도 지방의 향리들이었다. 그들 모두 경성 주촌 이북의 새로 설치한 각 참站[34]의 말단 행정 요원에 소속시켰다.

그 뒤로 죽을 죄인도 다 죄인에 대하여 형을 사면받았다. 홀로 이들만이 부형 때문에 자손이 영구히 천 역이 되어 억울한 사정도 있었다. 십여 년 동안 힘든 천역에 종사하게 하여 이미 넉넉히 징계받은 사람도 있었다. 모두 용서하여 방면하여 정군으로 정하여 군인의 수를 보충하고, 도내의 각 관아의 노비로 공무로 역참으로 통하는 길을 가다

---

34) 중앙 관아의 공문을 지방 관아에 전달하며 외국 사신의 왕래, 벼슬아치의 여행과 부임 때 마필(馬匹)을 공급하던 곳. 주요 도로에 대개 25리마다 하나씩 두었다

가 쉴 수 있는 곳 참(站)의 관리에 소속시켜 주길 바라는 대로 행하기도 하였다. 만약 모자라면 하삼도 큰길에서 갈라져 나간 길의 각 역의 살림살이가 넉넉한 역에서 일을 볼 수 있게 뽑아주는 경우 열심히 살 수 있게 될 것이라며 다짐하고 선처를 기대하였다.

병조에 명하여 이점에 대해 의논하게 하였다.

병조에서 덧붙여 이르기를,

민호 자손과 및 공신 자손이 죄를 지어 관리의 직책에서 물러나게 되었던 사람을 다시 벼슬자리에 등용함은 이미 입법하여 그들을 구제했다. 서북 구자 만호의 사무를 맡기는 것은 '아무개'의 진언에 따라 관리들의 행적을 조사하여 성적을 공평하게 매겼다. 중앙 관아의 공문을 지방 관아에 전달하며 외국 사신의 왕래, 벼슬아치의 여행과 부임 때 마필을 공급하던 관리의 생각을 바람직하게 바꾸는 것이 지극히 중한 일이었다.

그러므로 일을 가벼이 시행할 수 없었다. 다만 경성의 본영을 예전대로 둘까 말까 가부 결정이 오히려 일찍이 종성 백성이 폐해에 대해 알리는 꼴이었다. 그 도를 찾아가 알아보고서 보고하게 하였으니, 가부를 결정하라고 덧붙였다.

험난한 땅은 열악한 지역으로 아픔이 있고 괴로움과 어려움의 땅이요, 한편 피난의 땅이었으며, 기회의 땅이기도 했다.

청년기를 음지에서 지내다가,
학조대사를 만난 후 세상에 눈뜨다.

길동은 유년기는 서얼의 관리 등용을 금지하는 경국대전의 반포로 과거시험이란 것을 엄두도 내지도 못했다. 집을 떠나 태어난 곳 인근 나주목 관할 장성 현, 갈재 지역을 중심으로 활동하였다. 아버지 홍상직은 공직에 있어 이곳 저곳을 옮겨 다녔다. 함길도 땅 어려운 지역에 부임했을 때 어머니도 함께 떠났다. 길동은 성장해서 아버지를 따라 동행할 수가 없었다. 출생은 한 뿌리를 갖고 있으나 형들과 다른 삶을 살고 있었다. 형들도 공직에 나가 가정을 꾸리고 나라의 부름에 따라 이곳저곳으로 옮겨 살았다. 아버지를 아버지라 부를 수 없고 형이라도 형이라 부를 수 없는 사실을 깨닫게 되었다.

순간 그는 출가를 결심하면서부터 홀로 남겨졌다. 양반의 자제들은 학문에 힘을 썼다. 그리고 군역이 면제되었다. 그러나 그는 일반 양민이 아니라 얼자로 천역에 편입되어 군역이나 세금을 부담해야 하는 계층으로 전락해 있었다. 군역은 16세부터 60세까지 복무기간이 길었다. 당시는 1년에 2~6개월 정도를 근무한 후 교체되었다.

그 이후의 삶은 생계를 위해 백방으로 노력해야 연명할 수 있었다.

봉급이 없는 일반 군인으로 편입되어 급료는 없었다. 군역을 같은 처지에 있는 자들 끼리 상호 간 부조에 의존하였다. 거기에다가 무기와 복장도 스스로 마련해야 했다. 보병의 경우 군포는 한 달에 일고여덟 정도였다. 흉년이라도 계속 들게 되면 곡식이 귀하고 군포의 가치가 떨어져 전에 비해 10배까지 요구했다. 그로 인하여 부담을 감당할 수 없어 보증인과 장정으로 군역에 복무하던 사람도 도망을 갔다. 그러면 친척의 친척에게, 이웃의 이웃까지 군포를 부담시켰다. 그 결과 도망이 계속되어 온 마을이 텅 비어 있었다.

수령은 군역담당자를 책정된 대로 확보하지 못해 처벌이 두려워 허위 문서를 작성하는 자가 많았다. 도망자의 친족과 이웃에게 군역의 책임을 물어 족징[35], 인징[36]을 부담시켰으며 심지어 어린아이, 죽은 사람, 군역 면제자까지도 부담시키는 폐단으로 담당자의 몰락은 한층 심해졌다.

폐단의 문제점을 보완하기 위해 대응책이 마련되었다. 결국 호패법이 마련되어 군역 기피자 색출에 나섰다. 한편 승려가 되는 것을 억제하기 위해 도첩제를 시행하고, 군역을 피해 향교의 학생이 된 자도, 토호 통제를 위해 역이 없는 장정을 군역에 편성했다. 이런 폐단으로 일

---

35) 조선 때, 지방 고을의 이속(吏屬)들이 공금이나 관곡(官穀)을 사사로이 썼거나, 군정(軍丁)이 도망·사망하여 군포세(軍布稅)가 모자랄 때, 그 일가붙이에 대신 물리던 일

36) 조선시대, 군정軍丁이 죽거나 도망하여 군포軍布를 받지 못하게 되었을 경우 이를 그 이웃에게 물리던 일.

반 백성의 몰락과 항쟁을 끌어 일으키는 주요한 원인이 되었다.

길동의 삶도 이들과 별반 다르지 않았다. 먹고 살려는 몸부림은 비켜 갈 수 없었다. 도망자가 많아지면 질수록 도둑과 범죄가 늘어날 수밖에 없었다. 가족과 이웃이 무리를 이루어 모이면 도적이 되고 흩어지면 백성이 되었다. 그들이 무장하고 떼를 지어 다니면서 사람들을 해치는 도둑으로 성장하였다. 이상적인 한 팀원은 20명 이내였다. 고향 인근에서 활동하다가 점차 지역을 넓혀 인원은 몇 개의 소부대를 두고 활동하면서 세를 넓혀갔다.

길동은 태어난 장성 인근 지역에서 성장했다. 철들면서부터 이곳은 중국이나 대마도 유구로 외부 세계로 통하는 뱃길이 열려 있는 곳이라는 사실을 알게 됐다. 때로는 유구국에서 표류해 온 사람 수십 명이 영암의 이진梨津에 이르러 상륙하였다는 소문도 들었다. 눈뜨면 배고프고 고달픈 하루하루가 열리는 힘든 환경이었다. 생존을 위해 무엇이든 해야 했다. 그러다가 광주 무등산과 영암 월출산 본거지를 정하고 주로 탐관오리와 토호의 재산을 빼앗아 가난한 백성에게 나눠주는 의적 활빈당 활동을 하였다. 그 후 지리산 근처의 경상도 하동군 화계현 보리 암자에 지휘부를 두고 관군과 대항하였다.

화개장터 습격 사건이 있었다.

'설'의 노사장(별유사)이 조직원을 모두 불러 모으는 것을 '장 부른다.'라고 하였다. 만약 목단설과 추설이 공동으로 장을 부르면 '큰 장 부른다.'라고 하였다. 각 설이 단독으로 조직원을 불러 모으면 그냥 '장 부른다.'라고 했다. 큰 장을 부르는 것은 원래 설의 공사公事를 처리하기 위한 것인데, 그때 큰 시위 삼아 도적질 한 차례 실시했다. 큰 장을 부르는 통지에 각 지방 책임자에게 부하 누구누구 몇 명을 파송하라 하면 어김없이 시행되었다. 흔히 큰 시장이나 사찰로 불렀다. 이때 각지의 도둑들이 모이는데, 모두 형형색색으로 변장했다. 이리저리 돌아다니며 물건을 파는 돌림장수로, 중으로, 상제로, 양반 행차로, 등짐장수 따위로 몸을 변장했다.

어느 날 하동 화개장을 친 일이 있었다. 야외 대공연이 펼쳐지는 흥미진진한 장면을 연출했다. 어느 가수의 화개장터라는 대중가요 가사처럼 경상도와 전라도가 만나는 지점이었다. 장을 보러 오는 사람들 속 도둑 무리가 함께 섞였다. 중장中場이 되면 상여를 비단으로 꾸민 호사스러운 행상行喪이 장에 들어섰다. 상주가 삼 형제고 뒤에 복상 제와 호상 하는[37] 사람들도 많았다. 상여를 큰 술집 앞에 내려놓고 상주들이 곡을 하는 시늉을 했다. 상여꾼들은 술을 먹으며 바람을 잡았다. 이때 호상 객 한 명이 '갯국' 즉 요즘 말로 '보신탕' 혹은 '영양탕'이었다. 예전 말로는 '개장'이나 '개장국'을 사서 상주에게 권했다. 상주에게 개장국이라니, 이건 있을 수가 없는 망발 중의 망측한 망발이었다.

속담에,

"흰쥐가 나와 춤을 추고 초상상제가 나와 웃을 노릇이었다."라는 말이 있다.

밝은 데를 싫어하는 흰쥐조차 기뻐서 뛰어나와 춤을 추고 슬픔에

---

37) 초상 치르는 데에 관한 온갖 일을 책임지고 맡아 보살피다.

잠겨 있는 초상집의 상제들이 나와서 웃지 않을 수 없는 노릇이라 하는 짓이 너무 우습고 망측스러운 상황극이 펼쳐졌다.

하지만 삼가 상중인 상주가 아닌가? 비록 해괴한 행동을 하나 부드러운 말투로 사정하듯 거절하며,

"무슨 희롱을 하다못해 상제에게 갯 국을 권하는가? 그리 하지 마시오." 했다. 호상 객은 들은 척도 않고 계속 권했다. 그리하여 상주와 일대 전쟁이 벌어지게 되었다.

"아무리 무식한 놈이기로 초상난 상제에게 갯 국을 먹으라는 놈이 어디 있느냐?" 상주가 소리쳤다.

"친구가 권하는 갯 국을 좀 먹으면 못쓰느냐?" 어깃장을 놨다.

다른 호상인[38] 들도 싸움을 말리느라고 야단을 치고, 이래서 장터의 장꾼들은 모두 싸움판에 집중되고 웃음이 여기저기 흩어져 어지러워졌다. 이때 상주가 죽장을 들어 상여를 부수고 널판을 깨어 널의 뚜껑을 잡아 제쳤다. 시체는 없고 흉측한 무기가 가득 차 있었다. 이때는 이미 무장이 상용화된 때라 무리는 무기를 들고 위협했다. 상주, 호상꾼, 상여꾼들이 활과 군도 등 무기를 들고 사방 길목을 지키고 서 있었다. 시장에 놓인 돈과 집에 쌓아둔 부상富商의 돈을 잽싸게 모두 낚아챘다. 장물을 인근 쌍계사로 이동하여 분배하였다.

군도들은 이런 행동을 대담하게 하면서 관군과 맞섰다. 한바탕의 노천 연극판은 이렇게 끝났다.

---

38) 장례에 참석하여 상여 뒤를 따라가는 인원

손자병법 시계始計 편에 '亂而取之(난이취지)'란 말이 있다. 상대를 마음이나 상황 따위를 뒤흔들어 어지럽게 하는 것으로, 그 약점을 집중적으로 공격하든지 또는 공작대란工作隊亂 명칭을 갖고 특별한 임무를 위해 특별하게 교육받아 상대가 미처 응전 태세를 정비하기 전에 배후를 뒤흔들어 어지럽게 해서 돌격을 개시하는 전문적으로 행위였다. 일종의 교란 전술에 힘을 잃고 이들의 계략에 말려들었다.

길동 무리는 도둑질을 자주 하지 않았다. 1년에 한 번, 많아야 두 차례 정도였다. 장물을 나누는 것도 정한 규칙에 따라서 했다. 백분의 몇은 '노사장' 별유사에게, 그다음 각 지방의 공용, 몇 분은 조난된 유족의 구제비, 이렇게 몇 분을 제한 후 극단의 모험을 감수한 자에게 장려금까지 주고 나서 균등하게 분배했다. 따라서 장물을 두고 벌어지는 싸움은 있을 리 없었다. 멀리 경상도 진주까지 세력을 펼쳤다.

'홍길동' 무리의 수괴가 되고 세상에 이름이 널리 알려진 탓으로 숨어 사는 신세가 되었다. 길동 무리에 가해지는 해상 봉쇄령이 내려지고 체포 명령이 떨어졌다. 결국 운신하기가 불편해진 길동의 무리는 피신한 한 후에 낯선 먼 섬으로 떠나기로 마음먹었다. 예전에 먼 곳에서 출항하여 표류하다가 이진 포구로 낯선 섬사람들이 들어온 것이 기억났다.

표류한 사람들의 이야기에 의하면

"제주 사람 이정 등 세 사람이 유구국에서 조선으로 돌아왔다." 했다. 듣도 보도 못한 낯선 곳의 이야기였다. 그들이 지나온바 여러 섬의 풍속을 말하는 것이 매우 기이하면서도 호기심을 자극했다. 임금이 홍문관에 명하여 그 말을 써서 아뢰라고 하였다. 보고한 기록이 팔중 산과 유구국, 살마국, 박다 등에 관한 이야기가 많았다고 들었다. 은근 히 바깥 세계에 동경의 마음이 생겼다.

지난날의 숨 가쁜 기억이 떠올랐다. 길동 무리는 추적에 대한 피로 를 견디지 못했다. 결국 쫓기는 그들은 종적을 감추기로 맘을 먹었다. 언어가 다른 먼 어느 섬일지라도 휴식이 필요했다. 이 섬 저 섬으로 배 로 이동하며 쫓기는 왜구들과 대화하던 중 팔중산 지역 섬에서 온 낯 선 유구인을 만났다. 그들은 왜구의 방해로 조선과 직접 교역을 하지 못하는 처지였다. 간접 무역을 위해 왜구들에 '사령서'를 준비하여 주 고받으며 조선 조정과 조공무역을 했다. 조선에서는 왜구의 수작인지 진짜 유구인의 사령서인지 구분하기가 어려웠다.

조선 조정에서조차 진위에 대한 논의가 벌어졌다. 이때를 염두에 두었다가 무역하려 조선 인근에 나타난 유구 인을 수소문하였다. 길 동의 무리는 낯선 언어를 쓰는 사람을 따라나섰다. 그 무리는 결국 유 구 인을 만났다. 그는 멀고 먼 섬으로 도피처를 정하고 유구 사람에 몸 을 맡겨 탈출을 계획하였다. 계획이 쉽게 실현되지 못하였다.

예종의 즉위 무렵 왕권 강화 차원에서 길동과 도둑들에게 여러 차 례 해상 봉쇄령이 내려진 바가 있었다. 그 이후 포도대장 혹은 경차관 이라는 직무상 책임자가 생겨났다. 그러자 도둑을 옥죄는 벼슬 등장 으로 그들도 불안해하는 마음도 생겨났다. 그것이 오래도록 성종 때 까지 이어져 도둑의 피해를 막으려는 노력이 강화되었다. 그들의 시선을 피해 남쪽 바다 인근 섬과 염전 등으로 도피처로 삼고 이리저리 숨어 살기도 했다. 그들은 피난처가 되고 생계유지에 도움 되는 곳이라면 어떤 경우도 상관없었다.

일기가 불순한 어느날 지친 몸으로 비바람으로 풍랑이 몹시 이는 날이었다. 관군의 추적으로 급히 남해의 섬 등을 도망하다가 해풍에 표류하는 신세가 되었다.

운 좋게도 제주에서 서울로 조정에 진상할 배가 기후가 고르지 못한 일로 운명을 함께 하는 계기가 되었다. 갑자기 크게 불어오는 동풍東風을 만나 서쪽으로 향하여 표류하였다. 처음 출발한 날로부터 며칠은 바다가 혼탁하였다. 또 서풍西風을 만나서 남쪽을 향하여 표류해 가니 바닷물이 맑고 푸른 쪽빛이 되었다. 2주째에 한 작은 섬을 만나게 되었다. 미처 기슭에 대이지 못하여 돛대도 부러지고 키가 망가지고 배가 파손되어 남은 사람은 모두 다 물에 빠져 죽고, 여러 가지 일부 식량과 장비도 물에 빠져 잃어버렸다. 살아남은 일행들이 한 판자에 타고 앉아 표류하고 있었다. 정처 없이 헤매어 떠도는 배 두 척을 만났다. 해적선인지 무역선인지 두려운 생각이 들었다. 손발을 써가며 그들에게 도움을 요청했다. 다행히 언어가 같은 사람들이었다. 우리를 발견하고는 거두어 싣고 어디론가 떠났다. 며칠이 지나서야 어느 섬 기슭에 이르렀다. 비로소 두렵기는 했지만, 안도감을 찾아갔다.

제주도는 산물이 풍부하여 임금에 진상할 물품들을 한양으로 종종 실어 날랐다. 이곳은 도둑들의 도피처가 되어 가끔 경차관들이 파견되어 그들을 잡아가기도 한다. 이곳은 절대로 죄수들은 유배되지도 않았다. 말하자면 이곳을 나라에서 위험 요소가 없도록 관리되도록 했다. 그렇지만 도둑들의 도피처가 되기도 하였다. 그 섬 사이를 오가는 배들의 경우 육지와 섬 사이 항로에서 재난으로 표류하기도 했다.

서남해안으로 도피 중에 해난 사고가 일어나 표류된 이후 얼마 지나지 않은 때였다. 우여곡절 속에 오랜 표류 끝에 해류를 따라 머문 곳이 팔중산 제도 근처의 어느 섬이었다. 그들은 낯선 섬 주민에 의해 구조되었다. 여러 섬을 거쳐 여나국도与那国島라는 섬에 도착했다. 섬 주민으로부터 후한 대접을 받으며 꽤 오랜 기간 체류했다. 이후 서표도西表島로 보내져 그곳에서 몇 개월을 머물렀다. 그곳은 류쿠의 2번째로 큰 섬이었다. 유인도이나 밀림 지역으로 사람들이 살기에는 적합하지 않았다. 힘들기는 하였으나 먹는 문제는 해결이 쉬운 섬이었다. 활동하기는 불편했다. 또다시 최남단 파조간도波照間島부터 석원도를 비롯하여 궁고도宮古島에 이르기까지 순차적으로 그들이 보내졌다.

그곳에는 새하얀 모래사장이 펼쳐진 해변이 있었다. 푸르게 빛나는 쪽빛 바다가 있었다. 한가롭고 자유로운 섬의 풍경이 기다리고 있었다. 밤이면 수많은 별이 섬 전체를 감싸 흘러내리는 것 같았다. 아, 이런 세상도 있구나! 자연이 늘 푸르고 망고와 파인애플 같은 열대과일이 주린 맘을 풍요롭게 만들었다. 물소가 수레를 이끌고 석양을 맞으며 사라지는 모습과 느긋하게 휴식을 취하는 안식이 길동의 마음을 가라앉혔다. 그들이 묵을 거처 같은 자연적으로 형성된 동굴이 그들의 안식처가 되었다. 기온과 습도도 적당하였다. 정말 봉래섬과 같은 환상적인 지상낙원이었다. 그런 삶이 꽤 지속되었다. 옛날에 들었던 사람이 거의 살지 않는 사람 사는 섬을 상상했다. 예상과는 달리 사람들이 드문드문 살고 있는 곳이었다. 다행히 길동의 무리를 경계하지 않았다. 그곳은 타인에 대해 두려움의 눈으로 바라보는 것이 아니라 환대를 해줬다. 춥고 배고픈 삶과 대비되는 따뜻하고 넉넉한 곳이었다. 살아볼 만한 세상이었다. 작지만 열린사회였다. 어떤 사정을 품고 있든지 상관하지 않는 곳이었다. 백성이 서로 차별이 없이 노력 여하에 따라 꿈을 이루어 갈 수 있는 평등한 사회처럼 여겨지는 기회의 땅이었다.

점차 그곳에 매력을 느끼며 점차 주민들 속으로 들어갔다. 어느덧 그곳 생활에 익숙해 갔다. 이름 모를 중산으로 섬을 옮겨 다니며 그 섬마다 애정을 느끼며 머물러 살았다. 한편으로는 그 섬에서 주민의 지지를 얻으며 살았으나, 현지화에 어려움을 겪던 중이었다. 그에게 액운이 닥쳤다. 당시 길동의 무리가 살던 지역은 본도 슈리의 통치나 간섭을 덜 받는 곳이었다. 그들은 백성들 중심 문화가 형성되어 있었다. 인근 궁고도 섬에서는 '나카소네(중종근)'를 내세워 중앙집권으로 본섬의 영향 속에 놓여 있었다. 어떤 일을 도모하기 위한 발판인 교두보가 형성되어 있었다.

길동 일행들이 살아가는 '석원도'는 민중 중심의 상부상조하는 '계' 문화가 형성되어 있었다. 본도의 요구사항은 그들의 문화를 '음사'로 규정하여, 체제를 위협하는 반역을 하는 것으로 간주하였다. 결국 1486년 오키나와 본도 중산 왕조 상진왕上眞王 사신을 야에야마八重山 지역으로 파견하였다. 그들이 살아가는 섬에 이리키야아마리 축제를 음사사교陰祀邪敎로 규정하여 정치적 간섭으로 섬의 민속을 금지하였다. 이 신앙 탄압에 대하여 주민들은 심하게 격분하였다.

이 당시 본도 왕조에는 공적인 신관인 신녀 조직이 있었다. 그녀가 '노로'였다. 제정일치의 모습을 보여주는 왕국의 제사 운영에도 관여했다. 축제는 본도 왕조의 규율에 반기를 드는 꼴이 되었다. 주민의 뜻을 받들어 길동 무리는 섬 주민들과 함께 반기를 들기에 이르렀다. 그는 꿈이 현실에 부딪힐 때마다 반항적 기질은 나타났다. 마침내 그는 본섬에 대한 조공을 중단하였다. 왕조 반응을 기다리며 남의 주장에 따르거나 보조를 맞추기도 했다.

그러나 상진왕尙眞王은 대리 왕자를 대장으로 삼아 구미도 신녀 군남풍과 함께 정예부대 3,000명 그리고 병선兵船 46척을 보내 반란 진압에 나섰다. 아카하치 길동은 방어 전투에 힘을 다하여 싸웠다. 방어 전투는 공격수보다 방어 수가 적으면 승패는 이미 결정되어 있었다. 그러나 주민의 뜻에 따라 전투를 치렀다. 그러나 힘과 전략의 부족으로 패하고 지형이 낮은 벌판 구릉지 쪽으로 종적을 감추었다. 표류하여 정착하려는 삶이 한순간 깨어져 버렸다.

아카하치는 봉건제도에 대해 반항하여 인간으로서 자유 민권을 주장하고 섬 주민들과 자신을 위해 용맹하게 싸웠다. 전투에서는 지고 말았다. 주민 뜻을 사랑하는 그의 정신과 행동은 대대로 그 땅에서 사는 백성에게 깊은 인상을 남겼다. 그리고 얼마 후 전쟁 실패의 아픔을 안고 다시 조선으로 잠입했다. 그때 길동의 아픔이 깊고 컸다. 그 상처가 겉에서 속까지의 거리가 멀어질수록 더 성숙해졌다.

세상이 뭔지도 분별하지 못한 채 열린 세상으로 나온 이후 숱한 어려움과 경험으로 세상을 살아왔다. 인간의 삶의 양식 중 또 다른 하나인 자신 능력을 적극적 능동적으로 발휘하여 삶의 영광을 스스로 확신할 수 있는 때가 다가왔다. 요컨대 지난날 권위적인 구조의 사회에서 적응하지 못하고 수많은 죄에 불복종하며 약탈, 은신, 도피를 일삼았다. 그것은 회오, 징벌, 굴복 등으로 흐트러진 여러 삶이 점처럼 서로 이어지게 되었다. 비권위적인 구조에서는 인간과 인간이 분리되며, 이성과 사랑이 넘쳐나거나 남과 어우러져 하나로 되는 감정에 의해 극복될 것이라 믿었다. 한때 자신들이 획득한 소유물을 잃을지 모른다. 그에 대한 두려움은 어느덧 소유물에 대한 안도감을 불러왔다. 이는 자신에 대한 변화의 한 부분이었다. 이제 삶 자체에 대한 두려움, 죽음에 대한 두려움은 과연 어떠할 것인가? 이것이 노인이나 병자들만의 공포인가? 이제는 무엇이든 적극적이고 능동적인 삶 한계를 넘어서, 무리는 기후보다 억세고 강하게 의식적으로 스스로 강인하게 단련시키고 있었다.

그는 끝내 굴복하고 낮은 구릉으로 사라졌다.

잠잠했던 길동은 조선으로 탈출 후 김천 직지사 인근 황악산에 나타났다. 그때 학조가 직지사 주지로 있을 때 모습이었다.

황악산은 험준하고 높은 봉우리라는 뜻에서 '큰 산악(岳)을 쓰는 높은 산임에도 석산石山이 아닌 토산土山이어서 흙의 의미를 담은 누를 황黃을 써서 황악산黃岳山이라 했다. 토산은 어느 전투에서라도 문제가 있다. 만약 관군에게 쫓긴다면 특성에 따라 대항이 어렵지 않는 산이 될 것'이라 생각했다. '큰 산악嶽'자를 쓰는 높은 산이라면 토산보다 석산이 어울리는 산이라 생각했다. '수비군의 저항을 생각한다면 아무리 압도적 인원이라 하더라도 토산의 견고함이나, 완성도는 당연히 딱 소기의 목적(?)을 이루기 위한 용도밖에는 만들지 못할 것'이라는 엉뚱한 생각을 했다. 어떤 자는 옛날에 학이 많이 서식하는 지역이라 해서 황학산黃鶴山이라고도 했다. 김천시 대항면 운수리와 충청북도 영동군 매곡면 어촌리와 상촌면 궁촌리에 걸쳐 있다. 추풍령에서 삼도봉三道峰으로 이어지는 백두대간 산줄기 중간에 있는 산으로 이 일대에서 가장 높은 산으로 느껴졌다.

이중환의 '택리지'에는 태백산은 하늘에 펼쳐진 봉우리가 굽은 수성의 모양이라고 했다. 동으로 나온 한 지맥은 동해로 내려와서 동래 바닷가에서 그치고, 서쪽으로 나온 한 지맥은 소백, 적성, 주흘, 회양, 청화, 속리, 황악, 덕유, 지리산으로 이루고 남해 가에서 그쳤다. 두 지맥 사이에 천 리의 기름진 들과 산이 펼치어 있었다.

좌도 쪽 황악산의 기운도 좋다 했다. 황악산에서 북쪽으로 뻗은 산줄기는 여시골과 백원봉을 각각 만들면서 괘방령으로 이어지고, 남쪽으로 뻗은 산줄기는 형제봉, 바람재, 질매재로 이어진다. 황악산 동쪽 비탈면에서 발원한 하천은 동쪽으로 흘러 백운천白雲川을 이루어 직지천으로 흘러들었다.

가는 도중에 갈증이 났다. 마신 물은 깨끗하고 달콤하며 가슴까지 시원했다. 먼저 북쪽 비탈면을 돌아서니 이곳에서 발원한 하천은 어촌 천을 이루어 초강으로 흘러들었다. 길을 따라 남서쪽 비탈면을 돌아드니 그곳에서 발원한 하천은 북쪽이든 남쪽 비탈이든 모두 초강으로 흘러들었다.

일대의 지질은 선캄브리아기 편마암으로 이루어졌다. 편마암은 대체로 풍화와 침식 작용에 강하여 주변에 비해 높은 산지나 깊은 골짜기를 이루었다. 황악산은 산이 높고 경사가 가파른 편이지만 거의 정상부까지 지표에서 기반암을 이루는 암석이 넓게 드러나지 않은 토산이었다.

어느 정도 발달한 토양층을 토대로 식생이 매우 조밀하게 서식하고 있었다. 산기슭 상단은 침엽수와 하단은 상록활엽수가 혼재된 혼합림을 이루었다. 상록수 경우 숲의 경관에 중후하고 변화 있는 느낌을 주었다. 낙엽수 경우 경쾌하고 명랑한 느낌을 줬다. 정상으로 갈수록 활엽수가 급격히 줄어 가문비나무, 전나무 등 침엽수가 많았다. 정상에 이르러서는 아고산대[39] 기후의 특징을 보였다. 줄기가 곧고 굵으며 높이가 전나무 잣나무 정도를 넘는 나무보다는 머루, 다래. 진달래 나무, 철쭉, 딸기나무 같은 키가 작고 원줄기와 가지의 구별이 분명하지 않은 나무였다. 밑동에서 가지를 많이 치는 나무와 한약과 식용의 원료가 되는 약초가 주로 분포된 지역이었다.

한참 동안 흙산을 고비 고비마다 넘으니, 어느덧 직지사에 도착했다. 이곳에서 품성, 학식, 재질 인격 따위가 높고 빼어난 학승 학조대사가 머무는 곳이었다. 그에게 자신을 수양할 기회를 얻은 것은 행운

---

39) 온대의 산악을 기준으로 하여 이루어진 식물의 수직 분포대

일 거로 생각했다. 길동은 학조를 찾아갔다 그러나 쉽게 만날 수가 없었다. 불경 사업에 바쁜 생활을 하는 중이라 접근이 쉽지 않았다.

어느 날 법당 참선을 하는 중에 어렵게 가까이서 접견했다. 그러나 말 한마디 제대로 나누지 못했다. 며칠 동안 산사 가까이 머물면서 그를 만나 이야기를 나눌 기회를 엿봤다. 길동은 학조 일상을 관찰했다. 그의 수행은 '문자'가 아니라 묵언하면서 '화두'에 따라 진리를 찾아가는 수행 법을 목격했다. 가르침이 있는 교육보다는 스스로 깨달음을 찾아가는 과정이었다. 무예와 병법을 배우며 지식을 습득하는 과정은 아니었다. 문자를 세우지 않고 이심전심으로 마음과 마음을 통하여 서로 마음을 확인하는 길이었다. 그 시절 수련이란 것이 무예와 병법 학문보다는 참선과 수행을 하며 산중생활을 했다. 길동의 나이 장년기 후반쯤이었다.

여기서 수행 과정이 꿈의 수련기였다. 훗날 실습기를 거쳐 꿈의 완성인 율도국 건설이라는 큰 그림을 그리고 있었다.

그의 스승 학조대사는 본관은 안동安東 김으로 호는 등곡燈谷 또는 '황악산인'으로 불리었다. 아버지는 김계권金係權이었다. 등곡은 선종의 승려로서 불경을 국어 번역에 관심이 많은 세조의 두터운 신임을 받았다. 세조 때 여러 고승과 함께 불경을 한글로 다시 옮겨 간행하였다.

등곡은 세조 때부터 연산 조에 이르기까지 활동하였다. 세조 10년 (1464년) 속리산 복천암에서 왕을 모시고 대법회를 열기도 했다. 이 당시 김천 직지사의 주지를 역임하였다. 길동에게 학문과 무예를 전수하기보다 참선과 수행을 하도록 도움을 줬다. 해인사 대장경 출판물을 인쇄·간행하고 그 발문을 쓴 일도 있었다.

그의 부친 계권은 안동 풍산 소산리 출신으로 한성 판윤을 지낸 분이었다. 아버지 계권은 사대부가의 만이 등곡이었다.

만아들 학조 앞날을 염려하여 불가에 입문시킨 기막힌 사연을 알고 있는 분이셨다.

세상을 거스르는 꿈

등곡이 학문에 뜻을 두는 지학[40] 때였다.

어느 날 마을을 지나가던 노승이 그의 관상을 보고 그의 아버지 계권에게 다짜고짜로 말했다.

"이 아이를 제게 주시어 절로 보내어야 할 것 같습니다" 하였다. 깜짝 놀란 판관 공이

"어찌 그리 말하십니까?" 하며 그 까닭을 물으니

대사는 '등곡'을 가리키며,

"이 아이를 이대로 속세에 두면 이 아이뿐이 아닌 온 집안이 큰 화를 면치 못할 것이요. 제 말이 미심쩍으면 이 아이의 족상(발바닥 금)을 한번 보십시오." 하였다.

이에 판관 공이 노승의 말대로 그의 발바닥을 살펴보았다. 과연 임금 왕王 자가 선명하게 드러나 있었다. 공이 매우 놀라 근심하였다. 그는 첫아들이었다. 애지중지하던 중에 공을 결국 '등곡'이라는 법명을 얻어 출가시키기로 마음속으로 결정했다. 처음 출가한 곳은 고향 인근 '애련사'였다. 나중에 돌고 돌아온 곳이 김천 직지사였다. 그는 아

---

40) 15세

들 다섯 명 중 애틋한 맏이였다. '화가 미칠 거라'는 청천벽력 같은 한마디에 판관공 마음이 오죽했으랴? 이후 학조(등곡)는 안동 학가산 입구 '애련사'에도 머물렀다. 이 절에서 등곡은 수도하다가 문득 깨달음을 얻고 기뻐서 춤을 췄다. 이때 마당 건너편 연못에 연꽃 세 송이가 피어났다. 계절이 초겨울인데도 연꽃이 핀 것이 좋은 징조라 여겼다. 이로부터 이 절을 애련사라고 불렀다. 이후 열심히 도를 닦고 수양하여 후세에도 그의 업적이 남겼다. 그리고 만년에 그는 고매한 학승으로 고향 인근 절에 입적하였다.

'정음'이 널리 환영받지 못하는 상황 속에서 언해 사업에 몰두했다. 신미信眉와 학열學悅 등과 함께 선종의 승려로서 세조의 두터운 신임을 받았다. 여러 학덕이 높은 승려들과 함께 많은 불경을 국어로 번역, 간행하였다. 한글 언해 사업과 불경 연구에도 이름을 올렸던 학조였다. 한때 그의 고향 안동 학가산 '애련사'에 머무르기도 했다. 학조는 세속적 욕망을 버리고 한글과 불경에 심혈을 기울이었다. 그때의 흔적이 아주 가까운 산 '광흥사'에서 훈민정음 원본이 발견되어 간송 전형필에 의해 박물관에 수장되었다. 그는 태어난 이후 이른 나이에 속세에서 느끼는 좌절과 반역의 흔적으로 두려움은 접고 출가를 결심했다.

그는 학덕이 뛰어난 당대의 명승이었으며 생각이 깊고 기개가 뛰어난 글을 쓰는 문호로 칭송되었다. 왕실의 귀의를 받아 세조 이후 중종조에 이르기까지 수많은 불사를 일으켰다. 1464년(세조 10) 속리산 복천사福泉寺에서 임금을 모시고 고승들과 함께 대법회에 참여했다.

1488년 성종의 모 인수대비의 명으로 해인사 중수 및 대장경판당을 중창하였다. 1500년(연산군 6) 왕비의 명으로 해인사의 대장경 3부를 인쇄·간행하고 그 발문을 지었다. 이해는 길동이 강상죄를 짓고 의금부에 유치되는 때였다. 또한 중종 때 왕명으로 다시 해인사 대장경 1부를 간인 하였다.

그가 국역한 불전佛典 '지장경언해'가 초기에 언해 하였다. 수양대군에 의하여 완성된 '금강경삼가해언해'를 자성 대비의 명에 의하여 교정, 인출 하였다. 그는 선종에 심취해 있었다.

'복천암 학조 등곡 화상 탑'은 충북 보물 1418호로 보은군 내속리면 사내리에 자리 잡고 있다. 이 부도는 기단 중대석 측면에 명문이 음각되어 있어 주인공 학조대사의 부도로서 조선 중종 9년에 건립되어 공적이 입증되었다.

학조의 이런 열정은 반역의 기운을 스스로 정화하는 방법이었다.

오히려 길동은 좌절과 분노를 상대하며 세상을 향해 거슬러 가는 꿈을 꿨다. 분노는 꿈을 실현할 원동력이었다. 길동은 훗날 꿈을 실현할 초석을 깔고 있었다.

당대에 유망한 승려 학조를 찾아갔다. 그곳은 황악산이었다. 그는 수행은 문자보다 스스로 선문답을 통해 학조에 다가가고 있었다. 왜 학조여야 하는가? 그들은 공통점이 있었다. 반역적인 운명이었다. 학조의 출가도 반역적 운명을 벗어나려는 방편으로 세속을 벗어나 승려가 되었다. 반면 길동은 태어나 과거제도의 불합리한 사회적 현실에 분노와 한계를 느꼈다. 분노는 세상을 바꿀 창조적 힘이었다. 서얼의 차별이 없는 다른 세상에 대한 꿈을 꾸기 시작했다. 운명적으로 학조 문하에 들어갔다.

길동은 변화와 다양성을 선호하고 자유로우며 타인에게 영향을 발휘하는 일에 흥미를 느꼈다. 그의 기질은 무리를 다스리거나 이끌어 가는 지도자로서의 책임 의식을 갖고 도전하는 의식이 있었다. 일에 임하여서는 자신감 가지고 야심적으로 능력을 발휘했다. 조직의 목적과 경제적 이익을 추구하기 위해 계획적으로 관리하였다. 그 결과로 얻어지는 명예, 인정, 권위 등에 관심을 보였다.

그가 추구하는 가치는 도전적 성취였다.

길동은 당대에 걸출한 인물 '학조' 밑에서 수학하며 음지에서 성숙한 분노의 에너지를 키웠다. '등곡'은 불경 연구, 언해 사업 등에 열정을 쏟으며. '족금'의 두려움을 지워갔다. 길동은 학조(등곡)로부터 학문, 천문, 역학, 병법 등을 '문자'로 읽고 배우는 환경이 되지 않았다. 학조는 선종의 대가였다. 길동의 삶은 쫓기며 숨어 사는 삶이었다. 자연 문자를 접하기보다는 세속적 삶 속에서 '스스로 체험한 삶'이 바탕이 되어 자신을 깨달아 가는 과정이었다. 그는 세속적 삶에 더욱 익숙해져 있었다. 그가 학조를 찾은 것도 천명의 나이가 훌쩍 넘은 나이었다. 부조리한 현실 세상에 대한 존재를 인정하고 세상을 거스르는 꿈을 담고 살았다. 학조를 만난 후로는 백성 속에서 기생하는 것이 아니라 백성의 힘을 빌려 함께 살아가는 꿈을 꿨다. 언젠가는 재능과 수행의 결과가 새로운 세계를 여는 밑거름이 될지도 모르는 일이었다.

'하루 일하지 않으면 하루 먹지 말라.'
一日不作 一日不食

'묵조선默照禪'은 망상과 잡념을 없애고 고요히 앉아서 진리를 깨닫고자 하는 선禪이었다. 불교의 여러 종파 중 하나로 대승 불교의 한 조류였다.

선종은 '노동'을 중시했다. 노동을 수행의 일종이라고 여겼다. 수행자가 직접 일해서 필요한 것을 자기가 생산하여 충당하는 것을 중시했다. 이러한 뜻을 담은 선종의 문구가 있는데 당나라의 고승 백장百丈이 '일일부작 일일불식一日不作 一日不食', 즉 '하루 일하지 않으면 하루 먹지 않는다.'라고 일깨웠다.

선종은 대승 불교와 같이 '불성'을 중요시했다. 초기에는 불성을 찾는 것이 절대적인 목표가 아니었다. 그나마 불성에 가장 가까운 개념은 '열반으로 가는 데 필요한 순수한 마음' 정도가 전부라고 생각했다. 이런 생각을 널리 확산시킨 것도 법화경 때문이었다. '누구나 성불하면 부처님이 될 수 있다는 가능성'을 표현한 경전의 가르침이었다. 특정한 부처님이 있는 개념을 상정한 것이 아니었다.

선종 수행법은 마음을 들여다보는 수행을 기반으로 하는 것을 공유하고 있었다. 경전의 근본을 금강경으로 삼았다. 그 가르침은 미소로 마음을 전하는, 문자를 세우지 않고서도 마음과 마음을 통하여 모든 망념과 미혹을 버리고 자기 본래의 성품인 자성을 깨달아 부처의 세계에 들어갈 수 있는 길을 찾아가는 것을 중심으로 여겼다. 그래서 참선과 수행을 중심으로 실천해 갔다. 사실 수행과 직관을 중시하였다.

수행 방법에 따라 '묵조선(默照禪)'과 '간화선(看話禪)'으로 구분되기도 한다. '묵조선'은 좌선을 중심으로 하며, 당장 깨달음을 추구하기보다는 자기 마음속에 내재한 자성에 모든 걸 의지하는 방식이었다. 반면 '간화선'은 특정한 하나의 화두(話頭)에 대한 강한 의심을 통해 한순간에 깨달음을 얻는 것을 목표로 하며, 임제종[41]의 방식이었다. 길동은 화두에 대한 강한 의심을 통해 한순간에 깨달음을 얻는 방법이었다. 이런 깨달음의 영향을 받아 화두 수행을 하는 경우가 많았다. 남의 눈을 피해 살아가는 길동으로서는 '문자'를 통해 학문과 경전을 접하며 한곳에 머무르면서 정기적으로 접하길 기대했다. 그러나 그것보다는 세속에서 부단히 고단한 삶을 살며 그 속에서 노동의 의미를 느끼며 수행하는 생활이 적합할 거로 생각했다. 그의 삶의 방식은 참선과 수행이 자연스러웠다.

선종의 출현은 사회적 혼란이 가중될수록 수요가 많았다. 길동이 살았던 시대에도 혼란은 있었다. 신분제 변화의 과정이 있었다. 어려운 형세가 매우 절박하도록 바싹 닥쳐오면 인간은 운명을 신에게나

---

41) 중국 불교 선종(禪宗) 5가(家)의 한 파. 선종 제6조(祖) 혜능(慧能)으로부터 남악(南嶽)·마조(馬祖)·백장(百丈)·황벽(黃檗)을 거쳐 임제(臨濟) 의현(義玄)에 이르러 일가(一家)를 이룬 종파이다

절대적 대상에게 맡기는 것이 보통이다. 그 역시 천역이었다. 천민이라는 신분 차별 정책에 반발하여 관료 사회에 대한 악감정으로 누구나 부처가 될 수 있다는 교리를 쉽게 따르게 되었다. 여기서 말하는 부처는 우리가 흔히 말하는 석가모니 부처가 아니었다. 수행을 통해 깨달음을 터득한 자 곧 성불한 자를 뜻했다.

조선 세종 때에는 선종이 일어났다. 태종비 원경왕후와 세종 비 소헌왕후 때 조선의 국시가 유교였던 사회였으나 불사가 성하였다. 세종과 수양대군, 신미, 학조 등이 불경언해 사업에 관여하던 이들이 선종에 심취되어 있었다. 그가 접한 인연들이 그런 분위기에 놓여 있었다. 천역으로 생계의 형세가 매우 절박하도록 바싹 닥쳐왔다. 눈앞에 죽음을 접한 사람의 힘으로는 더 이상 어찌할 수 없는 막다른 고난을 스스로 악조건이나 고생을 이겨내야 했다.

성리학 입장에서 교리를 어지럽히고 사상에 어긋나는 언행을 하는 사람이라고 지적했다. 그러나 조선 초에 성리학을 국가이념으로 삼게 되면서 왕실의 불교 지원이 끊기게 되고 이로 정통 교종이 몰락하면서 오히려 선종만이 살아남게 되었다.

먼저 신행 대사가 단계적 깨달음을 중시하는 북종선을 들여온 것이 최초였다. 도의 선사는 우리가 잘 아는 '돈오'(즉각적 깨달음)을 강조하는 남종선을 들여왔다.

선종이 들어오던 이 시기(820년)는 한국사의 3대 반란으로 칭해질 만큼 기세가 대단했다. 그 유명한 '김헌창의 난'[42]이 일어났던 시기였다. 그 규모는 막강했으나 상당히 빨리 진압됐다. 일부 지역에는 반란에 가담하지 않은 공로로 7년간 면세의 혜택을 주었다. 그 정도로 이시기까지만 해도 지배계층의 여력이 충분하고 권위도 있었기 때문에 백성들 입장으로 권위에 의지하지 말라는 선종의 가르침이 눈에 들어올 리 없었다. 북종선은 말할 필요도 없이 더 주목받지 못했다. 지배계층은 선종과의 제휴를 시도했다. 이유는 선종을 통해서 떨어지는 권위를 다시 세우려 했다.

선종은 누구나 접근할 수 있다는 점에서 대중성에서 큰 인기를 끌었다. 어려운 라틴어 성경보다 대중성이 있는 독일어 성서에 폭발적으로 반응한 중세 루터의 종교개혁 때처럼 문자를 잘 접할 수 없었던 천한 소임에는 비슷한 처지였다. 다시 말해 불교 대중화에 힘쓴 원효의 정토종은 일체 만유는 모두 같은 법성을 지녔으며 모든 중생은 성불할 수 있다는 중심이 되는 가르침을 편 불교의 한 종파로서 보다도 더 큰 파격적인 효과를 불러왔다. 그 때문인지 '무지한 호족'과 '무인'

---

42) 822년(헌덕왕 14) 3월에 신라 웅천주(熊川州: 지금의 충청남도 공주)의 도독(都督) 김헌창이 일으킨 반란.

반란 세력은 신라 조정에 항거해 새로운 정부를 수립하고 국호를 '장안(長安)', 연호를 '경운(慶雲)'이라 하였다. 지금의 충청·전라·경상도 일부 지역이 반란 세력에게 장악된 전국적인 규모의 내란이었으나, 중앙에서 파견된 토벌군에게 반란의 중요 거점인 웅진성(熊津城)이 함락되고 김헌창이 자결함으로써 한 달이 못 되어 진압되었다.

김헌창의 난 [金憲昌一亂] (한국민족문화대백과, 한국학중앙연구원)

들에게 큰 인기를 끌었다. 호족에 인기가 있었던 이유는 선종을 지원할 때 백성들의 지지를 얻기 쉬웠기 때문이었다. "누구나 성불하면 부처가 될 수 있다."라는 일종의 활짝 열린 교리였다.

길동은 이를 "누구나 부처가 될 수 있다면 임금도 부처가 될 수 있지 않을까?"라는 일깨움을 마음에서 받아들이기 시작했다. 당연히 이는 자신들이 바라는 바가 목적이나 행동을 같이하는 무리뿐만 아니라 백성과 함께 양반층도 열린 종교상의 이치나 원리처럼 자연스럽게 받아들여야 하지 않겠는가? 세차게 일어나는 힘의 모습이 일깨움을 보여주어 누구나 부처가 될 수 있다면 의미가 있을 듯하였다.

반면 체제 안정화와 권위를 강조하는 경국대전의 법전은 신분제도를 정당화하는 경향이 커서 왕실과 귀족사회에서 인기를 끌 수밖에 없었다. 선종이란 정서적으로 조선 세종대왕 때에 와서야 원경과 소헌왕후들에 의해 수용됐다.

'점진적인 깨달음'인가? '순간적인 깨달음'인가?

선문답을 계속했다.

'화두 수행'은 '문자'로는 도를 설명할 수 없었다. 진리는 스스로 개인적인 심적 체험을 통해 '깨닫는 것'이었다. 물론 묵조선이라고 '화두 수행'을 아주 안 하는 건 아니었다. 이 단어를 강조하는 이유는 도둑 무리가 출현 이후에 일개 지방의 독립선언도 못 막는 상황과 너무 대비되기 때문이다. 이 표현은 조금 비약적이긴 했다. 선종과 대비되는 교종은 본래 문벌귀족 사회와 연결되어 있었다. 문벌귀족 사회가 무너지자, 이들을 지원했으며 심지어 반란을 일으키기도 했다. '이시애의 난'이 한 예였다.

제자 스님이 깨달았음을 인정하고 일종의 후계자로 삼는 행위를 '인가'라고도 한다. 학조와 길동 둘 사이는 우연이라도 서로 마주 보게 되는 기회를 만나지 못했다. 서로의 처지는 화두 수행으로 봐 느슨한 관계였다. 길동은 선에 대한 깊은 성찰과 자신의 화두에 마음을 가라앉혀서 깊이 생각하거나 몰입하는 경우가 잦았다. 깊은 뜻을 마음속에 깨달아서 체득하려 했다. 한편 불교의 교의를 풀어 밝힘으로써 이를 증명하고 비로소 '인가'하는 과정을 밟았다. 드디어 길동이 학조를 찾아 나선 후 여러 날 동안 인내의 과정을 거쳤다. 그의 인가로 그의 문하에 입문한 훗날의 일이었다. 주지승 학조가 짬 많은 길동과 화두를 서로 나누는데 마치 싸우듯 침묵 속에, 화두를 끄집어 내기에 이르렀다.

길동의 화두는 삶의 주인공으로 '백성'을 내세웠다. 당시 봉건사회 현실에 불만을 지니고 새로운 사회를 꿈꾸고 있었다. 그러나 당연히 지배층보다는 피지배층 민중에게 관심이 쏠렸다. 당시의 불합리한 신분제도 문제점을 인식한 길동은 서얼들과 즐겨 어울리고 민중의 존재에 대한 깊은 관심을 가졌다.

그를 훗날 허균이 지적했다. '유재론遺在論'에서 능력이 있는데도 불구하고 신분이 낮다 해서 그 사람을 쓰지 않는 당시 현실을 비판했다. 당시 잘못된 인재 등용의 문제점을 지적한 허균은 이런 것이 시정되지 않고 지배층이 계속 민중들을 억압 수탈하기만 한다면 압력에 굴하지 않고 맞서서 버틸 수밖에 없음을 그의 '호민론豪民論'에서 밝혔다.

그는 이 논리에서 민중을 억눌러도 참고 지내는 '항민恒民'은 변화에 저항하지 않고 체제에 안주하는 일반 백성을 일컬었다. 즉 우리 시대로 본다면 나 하나 잘 먹고, 잘 산다면 세상이야 어떻게 돌아가든 상관없다는 그런 사람들을 일컬었다.

원망만 하는 '원민怨民'은 불평이나 불만을 품고 있지만, 한숨 쉬고 욕하며 실제로는 아무런 구심점도 되지 못하는 드러난 존재들을 그렇게 규정했다.

크게 두려운 존재가 아니지만, 기회가 오면 세를 규합해서 일어나는 '호민豪民은 고기를 팔고, 장사를 하는 등 눈에 띄지 않는 곳에 자취를 숨겨놓고 그 다른 마음을 뒤로 쌓아 하늘 아래 후미진 곳에서 머물며 때가 무르익으면 그 뜻하는 바를 실현하려는 욕망을 품고 있는 자'로 나누고, 참으로 두려운 존재라고 하였다.

자기의 권리를 주장할 줄 아는 눈을 떠서 정신을 차린 민주인 호민은 불합리한 현실을 개혁할 수 있는 존재로 판단했다. 놀랍게도 15~16세기경에 역사상 등장했던 김막동, 김경의. 김일동이라는 여러 군도도 있지만 홍길동을 비롯한, 시대정신에 따라 변화를 꿈꾸려는 유사한 인물이 나타날 것으로 기대할 만했다. 그는 이러한 지혜와 재능이 뛰어나고 용맹하여 보통 사람이 하기 어려운 일을 해내는 사람들에게 각별한 관심을 가졌다.

홍길동은 현실개혁 사상, 그리고 역사상 실재했던 사회를 구성하는 일반 국민, 흔히, 피지배 계층으로서의 일반 백성에 관한 관심은 달랐다. 길동이 꾸는 꿈은 훗날 새로운 변화를 기대하는 꿈과 바람직한 의미가 있을 것이다. 봉건 체제에 순종하지 않고 맞서서 대항하는 사상은 비슷하였다. 제한된 환경이나 구속 따위에서 빠져나갈 수 있는 곳은 '해외'로, 대상은 '민중'에서 찾았다. 역사적으로 실재했던 홍길동을 민주 영웅으로 바꾸는 데 성공을 기약했다. 평소에 문제로 느꼈던 신분제의 모순을 정면으로 체험하면서도 그들의 길은 달랐다.

길동은 '호민론'에서 보여주었던 역사변혁의 주체로서의 피지배 계급으로서의 일반 대중의 모습을 유감없이 보여주려 했다. 그는 백성들의 생활과 감정을 구체적 현실성을 가지고 진정 백성의 맘을 훔치며 역사 발전의 주체로서의 일반 대중을 주인공으로 우뚝 세우려 했다. 백성을 내세움으로써 새로운 사회에 대한 전망을 제시하고 있다는 점에서 선구자적인 안목을 가졌다. 그는 단순히 먹고, 살며 손쉬운 해결책을 찾으려 한 것이 아니었다. 생계를 뛰어넘어 고민하고 갈등한 후의 에너지의 축적이 활동의 근원이라 믿었다.

신분의 차별과 천대는 지금은 고통이나, 삶의 원동력을 찾는 새로운 힘이 되리라 믿었다. 기회는 스스로 믿는 자에게 반드시 올 것이다. 평등한 기회의 사회는 인간이 꿈꾸는 최고의 선이기 때문에 기필코 실현된다고 믿고 있었다.

사회적 부조리 해소 방안 논의

사회적 부조리를 막기 위한 일시적인 수단과 방법으로 유향소가 생겼다. 지위를 이용하여 악행을 저지르는 지방 관서의 향리를 원악향리元惡鄕吏라 했다. 조선 초에 지방 수령의 정치를 돕고 백성들의 풍속을 교화하기 위해 설치된 유향소가 있었다. 나라 정치상의 법도와 규칙을 백성에게 전달하고, 향리의 횡포를 막고 조세의 부과와 징수를 도와주는 일을 하는 지방 자치기관이 있었다.

유향소가 제도는 좋으나 폐단이 발생했다. 향리 중 수령을 조종·농락하여 권력을 제 마음대로 부려 폐단을 일으키는 자, 뇌물을 받고 부역을 불공평하게 하는 자, 세금을 수납할 때 지나치게 징수하여 남용하는 자, 양민良民을 불법으로 끌어다 남몰래 부려 먹는 자 등이 생겨 사회적 불만이 심대했다. 이런 제도가 생겼으나 신분제도의 엄격한 규제로 생겨난 부조리가 균등한 기회를 잃고 사는 길동에게는 커다란 사회적 문제로 보였다.

선 초에 지방 수령의 정치를 돕고 백성들의 풍속을 교화하기 위해 '유향소'가 설치되었다. 나라 정치상의 법도와 규칙을 백성에게 전달하고, 향리의 횡포를 막고 조세의 부과와 징수를 도와주었기도 했다. 그렇지만 인간이 사는 세상에는 원악향리와 같은 사회적 균형을 깨는 무리가 있었다. 사회가 혼란해지면 도둑과 강도가 기승을 부린다. 자치적으로 하는 최고의 선을 추구하는 기관도 힘의 균형에 의해 질서가 무너지고 풍속이 타락하면서 폐단이 생겨났다. 천해서 굶주림과 차별이라는 불합리가 존재하는 곳에선 세상에서는 본능적으로 원망과 거슬러 살려는 맘이 샘처럼 솟아난다. 그는 계층이 있더라도 먹고 살아갈 기회를 보장받는 보다 나은 세상에 대한 꿈은 점점 커갔다.

장영기와 같은 인물이 나타나 사회적 반역 활동이 왕성해지면 공을 세워 승승장구하는 자가 있었다. 재령 군수 허손의 아들로 우의정에 오른 허종琮이었다. 종은 일찍이 세조 때 '이시애의 난亂'을 잠재웠다. 또한 도적 장영기張永奇의 난을 평정하는 데 공을 세웠다.

전라도 관찰사 오응 그리고 절도사 허종에게 장영기 등을 졸곡 후에 징벌하라고 명했다.

장영기 등 무리가 많은 도둑을 불러 모아서 치고 때리며 위협하는 짓을 자행하여 인물을 많이 죽이고, 마침내 관군에 순순히 복종하지 않고 서로 맞서서 겨루기에 이르렀다. 그의 행위가 반역과 다를 바가 없었다.

예종 원년 11월에 도둑들의 이동 상황과 그 대비책에 관한 전라도 절도사 허종이 보고서를 올렸다.

전라도 절도사 허종이 보고서를 올리기를,

"적당들은 군사를 일으켜 도둑을 체포한다는 말을 듣고 경상도로 도망하였다. 신이 경상우도 절도사에게 같은 급의 관아 사이에 공문서를 주고받았다. 또 경상도의 접경인 구례, 남원, 운봉, 광양 등의 고을에 군사를 모아서 체포하게 하였다. 또 도둑들이 본도로 향하여 돌아올까 염려하여 중요한 길마다 적을 기습하기 위하여 적이 지날 만한 길목에 군사를 숨겨 대비하였다.

그해 가을에 창평 현에서 보고하기를,

'어젯밤에 도둑 남녀 합하여 1백여 명이 옥과에 와서, 방호소의 갑사甲士 이진산 등 5인을 죽이고, 정이하 등 6인을 쏘아 맞히고, 곧 광주의 무등산으로 도주하였다.' 하므로,

신이 선전관 유오와 더불어 추궁하여 도적무리를 덮쳤다. 이때 나주 출신인 김대 등 6인을 잡았다.

김 대'가 죄인이 되어 범죄 사실을 진술하기를,

"도적무리는 무안 출신 장영기 등 25인이며, 처와 자녀를 합하여 총 42인이었다. 관군의 추궁으로 형세가 절박하여 처자들을 버리고 도망하여 흩어졌다." 했다.

신 허종이 적들의 용모와 나이를 본도의 여러 고을과 타도에 정보를 서로 주고받아 체포하게 하였다. 또 적당이 배를 탈취하여 물을 건너서 바다 섬으로 도망하여 숨을까 염려하여 수군절도사와 진에 배치한 종사품의 무관 벼슬인 만호萬戶에게 공선과 사선을 모아 바다에 띄워 대비하게 하였다.

신이 생각건대, 이들 적당은 사납고 무리를 이루어서 비단 사람을 많이 죽였을 뿐 아니라 관군에게 항거하였다. 그러니, 다른 강도에 비교할 바가 아닙니다. 청컨대, 적당을 안전하게 보호한 자와 정상을 알면서도 자수시키지 않은 자는 강도 우두머리의 예에 의하여 함께 논

죄하고, 관에 고하여 적당을 체포하게 하는 자는 강도를 체포한 사람의 상보다 등수를 높이어서 상을 주소서." 하였다. 승정원에 내리어 그 내용을 의논하게 하였다.

승지 등이 아뢰기를,

"도둑이 관군에게 맞서서 대적하는 것은 곧 반역反逆과 같으니, 함께 있는 가까운 사람의 죄로 무고하게 처벌받거나, 잡혀가는 경우의 사람들도, 청컨대 법문에 의하여 따로따로 구분하여 처리하소서." 하니, 그대로 따랐다.

곧 전라도 관찰사와 절도사에게 서신을 보내기를,

"강도들이 관군에게 맞선 것은 곧 반역과 같으니, 그에 호응한 자와 연좌한 자를 함께 가두라." 하였다.

허종이 또 아뢰기를,

"구례 현감 박겸인이 군사를 일으켜 도둑을 체포하기 위하여 진주의 화개 현에 이르렀다. 그때, 도둑이 박겸인의 군사 5인을 활을 쏘아 맞히고 또 2인을 베어 죽였다. 박겸인이 두려워서 퇴군하였다. 그리고 이 사실을 숨기고 보고 하지 않았다. 그러니, 청컨대 박겸인을 파직시키소서." 청원이 올라왔다. 청대로 따랐다.

이때를 틈타 길동도 장 무뢰한이라는 거짓 이름으로 바꾸어 활동하기도 하였다. 길동은 이들의 무리는 아니었다. 무리 밖의 사람이라 형벌은 피할 수 있었다. 그는 장 무뢰한과는 모여 이룬 바탕이 다른 도둑이었다.

처음에 무안 사람 불한당 영기가 무뢰한 도당 1백여 인을 불러 모아, 경상도와 전라도에서 도둑질하였다. 그가 일정한 격식을 갖추어 치르는 행사나 예식이 전부터 있던 사례나 규범 따위에 의거 하여 따르게 되었다. 그 나름대로 형상과 자취로 사용하는 여러 가지 물건이 있다. 그중에 사용하는 것이 재상과 비교하여 볼 때 서로 비슷한 수준이었다.

길 가는 사람을 만나면 재물을 탈취하고 일이 벌어진 바로 그 자리에서 그들을 헤치는 경우가 있었다. 일찍이 초가집 수십 칸을 지리산에 지었다. 낮에는 집에 모이게 하고 밤이면 모든 도적을 여러 곳으로 나누어 보내어, 불을 지르고 재물을 겁탈하였다. 이후로는 대낮에도 거리낌 없이 활동하여 반항하는 자가 있으면 즉각 처단하였다. 사람들이 그의 도당이 오는 것을 보면 집안 재물을 모두 주어서라도 죽음을 모면하기를 바랐다.

수령이 관군을 거느리고 여러 차례 그들과 싸웠으나, 번번이 불리하였으므로 여행하는 사람들조차도 두려워서 이 지역 통로에 사람의 발길이 끊어졌다. 영기는 몸이 튼튼하고 기운이 세기가 보통 사람보다 뛰어났다. 또 일을 잘 꾸며 내는 묘한 생각이나 수단이 많았다. 행동이 너무도 재빨라 어디서 와서 어디로 가는지를 알 수가 없었다. 대군이 뒤를 쫓아도 또한 그를 잡지 못하였다. 이로 말미암아 영기는 더욱 매우 거칠고 대차게 행동하여 감히 누가 어찌할 수가 없었다. 점차 그들 무리의 행위는 백성들로부터 외면받게 이르렀다.

당당한 허종이 한 도의 절도사가 되어 병마를 자기 의사에 따라 모든 일을 처리하면서도 겁을 먹고 능히 제압하지 못하였다. 장영기를 사나운 범과 같이 두려워하였다. 그들 도둑이 세력을 점점 키워 결국 임금의 호위를 주로 맡아보던 군사를 괴롭히기에 이르렀다. 곧 나라의 기강이 무너졌다. 공적 조직이 사적 집단에 함부로 짓밟히게 되었다. 영기는 백성을 생각하기보다는 개인의 영달을 위해 백성이건, 관군이건, 관리이건 함부로 대하여 사람을 해치는 모습을 서슴지 않았다. 당시에 영기는 악독한 강도로 세상에 널리 사람의 입에 자주 오르내렸다. 대비적으로 길동은 재물을 탐하더라도 백성을 우위에다 두고 춥고 배고픈 자를 위해 활빈당을 조직하고 활동하였다. 길동은 생계와 생존을 위한 도둑질과 녹림당 활동하며 나라의 기강에 위배 되는 강도질을 했다.

길동 나이 30세 때쯤의 일이었다.

이 당시에는 강도 영기가 세상을 놀라게 하던 시기였다.

전라도 병마절도사 허종이 무뢰한 영기를 잡았음을 알렸다.

영기 등이 그달 이십 일 뒤 고향에서 조금 떨어진 장흥 땅에 이르렀다. 전라 절도사 허종이 부사 김순신과 함께 군사를 거느리고 가서 포위하여 희생을 무릅쓰고 영기를 사로잡았다. 그들의 무리 중 서불정을 쏘아 죽였다. 다만 애틋하게도 부사가 도둑의 화살에 맞아 가슴을 상하였다. 남은 무리는 도망하여 달아났으나, 다시 신원을 철저히 밝혀내더니 결국 쫓아 모두 사로잡았다.

이미 잡은 사람에게 각각 그 도당을 끝까지 캐물어 삼우제 제사가 지난 뒤 율에 근거하여 형을 집행하여 죄인의 목을 베어 세상에 본을 받을 만한것이 되게 하였다.

"형 집행이 옳고 그름이 분명하게 하되, 연좌 인은 율문에 의하여 도망한 노비나 부역, 병역 따위를 꺼리거나 싫어하여 피한 사람을 붙잡아 본래의 주인이나 본디의 고장으로 돌려보내고 신하가 글로 임금에게 아뢰라." 하였다.

성종 5년(1474년) 6월 기사에,

이서장이 강도를 잡은 수령에 대한 형조의 상을 주기 위하여 의논함을 부당하다고 간략히 적어 상소문을 올리기를,

"지금 경기와 평안도의 수령 중에 강도를 잡은 자가 있으므로, 형조에서 '경국대전' 이전의 임금이 내리던 명령에 근거하여 상을 주기 위하여 의논함을 임금에게 아뢰어 청하였습니다. 대개 수령이 도둑을 잡는 것은 직분의 일인데, 어찌 함부로 벼슬을 새로 주거나 높여 주어 표창하던 일을 시행할 수 있겠습니까? 벼슬과 표창은 임금이 남을 고무하여 힘쓰게 하고 둔한 것을 연마하는 제구이므로 오직 현명하고도 재간이 있어야 주는 것이니, 도둑을 잡은 작은 일에 시행해서는 안 됩니다. 지금 관리들의 정규적인 진급 상한선이었던 당하관의 최고 위계인 수령이 매우 많은데, 도둑을 잡았다고 하여 으레 다 품계를 올리겠습니까? 세조 조에 있어서 최제남이 수원 부사가 되어 도둑을 많이 잡았으므로 특별히 근무 성적이 좋은 경우 품계를 올려 주던 일이 있었다. 간원이 논박하기에 이르렀다. 곧 명하여 도로 거두셨습니다. 이것은 실로 본받아야 할 일이니, 엎드려 바라건대 이미 내려진 천명天命을 빨리 거두어 요행을 바라는 길을 끊으소서." 하였다.

임금이 명령을 내리기를,

"내가 헤아려서 시행하겠다." 하였다.

도둑을 많이 잡았다 하더라도 수령이 도둑을 잡는 것은 직분의 일인데 상을 주는 것은 부당하다고 논하였다. 그 당시 관리로서 해당 직분이 맡겨진다면 응당 도둑을 소탕하는 일에 소홀히 해서는 안 되는 것이 직무이었다. 같은 시기에 허종 또한 도둑과 관련된 직분을 맡으면서 자신 소임을 다 했다.

허종은 사나운 도적 장영기의 난을 평정했다. 그 공으로 병조판서에 올랐다. 장신으로 활 쏘는 기술과 승마술에 뛰어났다. 글을 잘하여 세상에 알려진 이름이 높아 문무 여러 가지를 완전하게 갖춘 명신이었다. 삼강행실을 쓸데없는 문장의 글자와 글귀를 깎고 다듬어서 잘 정리했다. 그 후 이조판서 우참찬과 우의정을 거쳤다. 그는 좌의정에 이르러 항상 연산군의 폭정을 바로 잡으려고 애도 썼다. 학문이 깊고 문장이 뛰어났다. 또한 정승의 자리에 있으면서도 가난한 선비 생활로 주위의 칭송을 받았다. 결국 재물에 대한 욕심이 없이 곧고 깨끗한 관리인 청백리로 추천되어 관리로 뽑히었다.

성종 때 사간원 대사간 김수녕 등이 백관 비행을 규탄 상소했다.

신 등이 주상 전하께서 선정전에 나아가 사헌부의 대사헌 이하 지평까지의 벼슬과 사간원과 사헌부에 속하여 임금의 잘못을 간하고 백관의 비행을 규탄하던 벼슬아치를 앞으로 나오게 하여 말을 다 할 수 있도록 명령하신 것을 받들어,

이에 말씀하시기를,

"임금의 잘못을 간하고 백관의 비행을 규탄하던 벼슬아치인 대관과 간관은 성상의 귀와 눈인데, 이목이 가려지면 임금이 무엇에 의지하겠는가?"고 하시었다.

신 등은 그 명령을 듣고 황송하고 두려움을 이기지 못하여 밤낮으로 생각하였으나 한 가지도 옳은 의견을 얻지 못해서 성상께서 빈 마음으로 어진 신하의 말을 들으시려는 뜻을 저버릴까 부끄러웠습니다. 삼가 몇 가지 일을 항목으로 올리오니, 엎드려 바라건대 옳고 그름을 가려 결정하여 따르시기를 바랍니다.

국가에서 중하게 여기는 것은 기강에 있습니다. 기강의 요체는 상과 형벌입니다. 상이 공功이 없는 자에게 미치면 부지런히 일하는 신하들이 태만하게 되고, 형벌이 죄가 있는 자를 빠뜨리게 되면 간사한 사람이 방자하게 굽니다. 이 두 가지를 혹시 잘못하게 되면 기강이 반드시 나태하여지게 됩니다. 엎드려 보건대, 성상께서 즉위하신 이래로 벼슬자리를 중하게 여기고 아끼시며, 형벌과 감옥을 밝게 하고 삼가시니, 조정이 맑고 깨끗하여지고 여러 사람의 마음이 안정되었습니다. 요즘 공로의 크고 작음에 따라서 상을 주는 규정을 넉넉하게 하는 것 같고 형 문장을 함부로 하는 것 같은데, 상전을 넉넉하게 하면 곧 분수에 넘쳐 너무 지나치게 되고, 형장을 함부로 하면 곧 법을 폐하게 되는 것이니, 기강을 세워서 조정의 뜻을 높이는 까닭이 아닐까, 합니다.

신은 의정부의 대신이니, 마땅히 덕으로써 승진하여야 하며, 요행으로 승진할 수는 없는 것입니다. 비록 신이 재상의 명망이 있다고 하더라도 마땅히 차례대로 승진하여야 하며, 조정의 의논에서 나온 것이 아니라면 전하께서도 또한 사사로이 할 수 없는 것인데, 어찌 사신의 말 한마디 때문에 그 벼슬의 등급을 올릴 수가 있겠습니까?

옛날에 재상으로 임명된 자는 조정의 천거가 아니면, 이를 수치스럽게 여겼습니다. 지금 찬성을 좌 우찬성인 두 재상이라고 호칭하는데, 신이 찬성으로서 남에 의하여 그 벼슬의 등급을 올린다면 어찌 그 마음인들 달갑겠습니까?"

정자양이 이조 참의에 임명되었다. 통사 등의 무리를 모두 그 벼슬의 등급을 올려 임명하는 것을 지극히 옳지 않다고 생각하는 사람들이 있습니다.

지난번에 일개 사신의 청탁으로 인하여 귀한 손님을 맞아 종척과 이품 이상의 벼슬 및 통사 등의 관직을 모두 올렸는데, 당시에 말하는 자들이 요행으로 벼슬길에 올랐다. 이런 행위가 한 번 시행되면 후일의 폐단을 방지하기가 어렵다고 하였습니다. 지금은 벼슬자리를 중하게 여기고 아낀다고 할 만한데도 불구하고 그 폐단을 오히려 물리칠 수가 없었습니다. 관청의 문서가 오고 가는 것이 다시 열린다면 다른 날의 폐단을 어찌 다 감당할 수가 있겠습니까? 하고 수녕은 진언하였다.

김순신은 큰 고을에 의지하여 관군을 거느리고 있었다. 그런데도 장영기가 무리를 불러 모아 위협을 하고, 폭력 따위를 휘둘러서 강제로 금품을 빼앗았다. 이때 감히 무슨 짓이냐고 묻지도 못하였다. 마침내 장영기의 세력이 위축되어 낭패를 보게 되자, 겨우 그를 사로잡아

마침내 허물이나 잘못을 꾸짖고 나무라며 세를 막을 수가 있었다. 그러니 무슨 공功이 있다고 하겠는가? 하며 순신의 행태를 비판했다. 만약에 그가 당당하게 창을 휘둘러서 조그마한 공로가 있다고 하였더라면, 또한 말과 약간의 의복을 주어서 위로하는 정도에 지나지 않았을 것이다. 아마 거에다가 2품의 벼슬자리를 더하였을 것이다. 그의 행태가 너무 지나치다고 부정적 생각하는 자도 있었다.

이전에 내리신 서한에 밝히셨다.

'군민으로서 장영기'를 능히 사로잡는 자가 있으면, 모두 적을 잡은 자와 같이 상을 논의하겠다.'라고 하였다.

그는 무안 사람이었다. 장성에서 태어난 길동도 인접 지역 사람이었다. 영기가 길동보다 훨씬 연장자였다. 그가 명성을 떨치던 시기에 수십 년간 활동이 겹치기는 하였으나 길동은 강도 소탕령 이후 영기의 체포로 길동이 본격적으로 활동하기에 이르렀다. 오직 하늘 아래 온 세상에 두려워할 대상은 오직 백성뿐이었다. 그러나 영기는 백성들이 오히려 그를 맹수보다 더 두려워했다. 그가 윗자리에 있는 강자가 되어 백성들은 스스로 업신여김을 받고 가혹하게 대하므로 그가 무섭다고 여기고 있었다. 그러나 길동은 백성들이 믿고 따르는 친근한 이웃이 되어 있었다.

나이 어린 예종의 왕권 강화로 강토 소탕령이 내려졌다. 영기는 이후 체포되었다. 성종 초 장영기 무리는 형장의 이슬로 사라졌다. 그들은 당시 사회의 큰 울림과 깊은 상처를 주었다. 관민이 서로 힘들고 두려운 시기였다. 그가 죽은 후 길동이 스스로 명성이 드러날 수 있는 적극적 활동하였다. 영기는 옳고 그름이 분명해지게 하는 한계를 짓게 만드는 두려움의 대상이 되었다. 관군이 두려워할 정도의 수백 명의 도둑때를 거느리고 관군에 맞서 많은 군사도 희생시켰다. 마치 장성의 신거무 이야기 모습을 연상시켰다.

그는 살과 뼈대가 장대하고 튼튼하기가 보통 사람보다 뛰어났으며, 또 꾀가 많았다. 행동이 너무 민첩하여 어디서 와서 어디로 튈지를 알 수가 없었다. 많은 병사로 이루어진 군대가 뒤를 쫓아도 또한 잡지 못하였다. 이로 말미암아 영기는 더욱 날뛰어 감히 누가 어찌할 수가 없었다.

그런데, 체면을 차릴 줄 알며 부끄러움을 알지만, 공에 대한 두려움을 접은 채 공로 없는 김순신은 관리로서 포상에 임하였다. 분명 군민으로서 군대에서 몸을 바친 자와는 비교할 바가 아닌데도, 어찌 적을 사로잡은 자와 같은 대우로 상을 받는 것이 어찌 마땅하겠습니까? 과연 김순신이 능히 사로잡지 못하였다면 오히려 견책이 뒤따랐을 것이 마땅했다. 공로의 크고 작음에 따라서 상을 주는 규정이 미칠 바가 아니었다. 영기가 난폭하고 사나운 도적인데도 감히 이를 사로잡았다면 무슨 상을 준들 무엇이 불가하겠는가?

조선은 땅이 좁아 금과 비단이 없으니, 전투하는 군사를 격려하는 것은 벼슬을 새로 주거나 승진시켜 표창하던 일만이 있을 뿐입니다. 황금과 중한 벼슬의 등급을 일개 적을 사로잡은 관리에게 가볍게 준다면, 불행하게 국경 지방에 적이 쳐들어왔다는 보고가 있어 적을 목 벤 사람의 공을 아뢰는 자가 있을 때, 또한 무엇으로 상을 주겠는가?

이른바 공로의 크고 작음에 따라 포상을 주는 규정이나 형식이 관대한 것 같았다. 임금께서 즉시 내리신 명령을 도로 거두시고 공적의 결과에 맞추어 공정하게 바로 잡기를 기원하였다.

수녕이 아뢰었다.

"허계지는 노비 허안석 얼자였다. 감히 국가에 소송을 제기하였다.

"내가 허안석 아들이니 재산을 물려받아야 하겠다!"라는 짐작으로 헤아리는 주장을 하였다.

문종 대 이르러서 소송에서 승리하였다. 그것은 공적의 결과 때문이었다. 안석의 정식 후계자가 되었다. 그것뿐만 아니라 허 안석 재산을 독점하였다. 본래 일개 간교하고 음흉하며 무뢰한 자였다. 돈과 재물이 있는 것을 믿고 두려워하고 거리낌 없이 거처와 복식이 분수에 넘쳤다. 이 당시는 두려움이나 방해를 받지 않고 이러한 복식을 즐기는 기사가 눈에 들어왔다. 행동이 너무 지나치기가 끝이 없었다. 그 과도한 짓을 한 것이 여러 해가 되었습니다. 분명 법에 어긋나는 행위였다.

예종 때에 있어서 도둑 행위를 하지 못하도록 하는 법에 저촉되어 유형에 해당하는 벌을 받았다. 구차스레 국가의 법망에 몸을 사려 빠져나가거나 외면하여 날짜 따위를 미루고 지체하였다. 그러다가, 죄인을 풀어주었던 이력도 있었다. '법을 밥 먹듯 어기니 그렇지.' 그런 말을 듣고 그때 스스로 옥에 나왔다.

단체의 사무를 맡아보는 유사有司가 법에 따라서 귀양 보내는 것을 청하게 되자, 또 귀한 분을 양육한 공로로 말미암아 죄를 면제받기를 구求하였다. 이걸 들어주지 아니하고 곤장을 때려 외방에 유배시켰다. 나라 안팎에서 이를 통쾌하게 여겼다. 그러나 지금 다시 뉘우치지 아니하고 도주하여 서울에 돌아왔다. 이 경우 북방으로 강제 이주시켜 도망하는 자는 법의 처분에 따라 목을 베는 형에 해당하는 범죄였다. 수녕 등은 이미 진작부터 이러한 벌을 주도록 청하였다. 얼자 허계지로 하여금 살아서 유배지로 돌아가게 한 것도 성은이 또한 망극한 일인데, 곧 벌을 주지 아니할 뿐만 아니라 심지어 전 가족이 따라가서 유배지로 돌보게 하였다. 신 수녕 등은 지극히 불가하다고 생각했다.

허계지는 보잘것없이 아주 작은 자이었다. 그가 살든 죽든 나라의 대체에는 아무런 관계가 없는 것 같았다. 반드시 논할 것도 없는 자였다. 이러한 법이 한 번 흔들리면 간사한 무리가 더욱 날뛰어서 기강이 다시 해이해질 수밖에 없었다. 조정이 다시 권위를 회복할 수 없는 처지이었다. '아! 한심하구나. 나라가 이 꼴이니 어떡한담?' 출발부터 하나가 되더라도 오히려 그 폐단이 나타나 어지러운데, 처음부터 또한 어지러우니 결국 어떤 결과가 나타나겠는가? 이른바 형장이 어지럽기만 했다.

신 수녕이

"즉시 법에 따라 처리하여 바로잡으시고 국법을 중요하게 여긴다면 심히 다행으로 감격하여 흐느끼겠다."라고 하였다.

홍수와 가뭄은 다 하늘에다 미룰 수 없으며, 또한 다 인사에다 책임

지울 수 없었다. 9년 홍수와 7년 가뭄[九潦七旱][43]을 요 임금과 탕 임금도 면하지 못하였다. 인사를 다 하지 아니한 것도 아니며, 먼저 절약하여 모아 두고 또한 준비하여 백성들이 병들어 죽는 자가 없도록 예방하시어 능히 재앙이 발생하지 않게 한다면 천지자연의 도리를 다하는 것입니다. 귀하게 여길 바는 하늘의 경계를 삼가서 철저하게 대비하여 사람들 사이에 지켜야 할 도리를 다하는 것뿐이었다.

근래 국가에서 일이 많은데, 관官에서는 저축한 양식이 없고, 또 민가에서는 사사로이 저축한 것이 없으니, 금년의 농사가 잘되지 못하면 일정한 주거 없이 유리하는 사람이 반드시 많을 수밖에 없었다.

신 엎드려 보건대, 봄부터 여름 이래로 가뭄 기운이 매우 심합니다. 전하께서 조정을 위해 애써서 부지런히 노력하시지만, 백성이 흉년 등으로 양식이 떨어지거나 가혹한 형벌 때문에 어려운 상황에 놓일 때, 국가가 백성들의 처지를 헤아려 구제하시고 솔선수범하여 거처하는 궁전을 옮기시는 것이 어떻게 여기시는지요. 나라에 어려운 일이 일어났을 때, 성상께서 몸가짐이나 행동을 삼가는 뜻에서 수라상의 음식 가짓수를 줄여 백성들에게 모범을 보인 모습을 보이시옵소서. 나라의 제사를 지내는 예전을 두루 거행하시고 폐단이 되는 정치상의 일을 개혁하시며, 중대한 범죄를 다스리는데 날로 겨를이 없으시고 매양 대신들을 방문하여 백성의 폐단을 없애는 데에 힘쓰소서. 세상

---

43) 9년 홍수와 7년 가뭄[九潦七旱] : 요(堯) 임금이 처음 왕위에 올랐을 때 9년 동안 장마가 진 것을 말함. 탕(湯) 임금이 처음 왕위에 올랐을 때 7년 동안 가문 것을 말함.

246

의 일을 닦았다고 이를 만한데도 천청天聽[44]이 아직도 막혀 있고 비가 아직도 내리지 않습니다. 지금의 가뭄은 여러 도가 모두 비슷한데, 그러나 충청도, 전라도, 경상도가 심합니다.

여름 보리를 이미 전혀 거두지 못해서 곳곳에서 모두 소나무 껍질을 벗겨서 식량으로 삼습니다. 그리고 기장과 찰벼는 날로 볕에 타서 바람에 흔들려 닳아 없어진 것이 이미 반수가 넘습니다. 또한 가을에 추수를 거의 거두지 못합니다. 그러나 아침저녁으로 비가 온다면 아직도 혹시 바라볼 수가 있을 것입니다. 심지어 경상도 한 도가 더욱 심한데, 무논은 대개 많이 이앙하여 벼를 거두기 때문에 앉아서 말라 죽기를 기다리고 있는 처지입니다. 또 지금 당장 양식도 없으니, 현물로 받아들인 각 지방의 조세를 서울까지 배로 운반하던 길이 다시 막힐 거라 야단입니다.

매양 한 가지 생각이 재난에 꽂히면 통곡할 만하지요. 지금 오로지 재앙을 구제하는 방법은 네 가지뿐입니다.

첫째는 공물을 적당히 감면하는 것이요,

둘째는 대궐이나 능, 관아, 군영을 지키는 군졸을 적당히 실직시키는 것이지요,

셋째는 사신을 보내어 순시하는 것이요,

---

44) "하늘의 들으심이 고요하여 소리가 없으니 푸르고 푸른 어느 곳에서 찾을 것인가. 높지도 않고 또한 멀지도 않다. 모두가 다만 사람의 마음속에 있을 뿐이다."

넷째는 도적을 날뛰지 말게 하는 것이었다.

왜 중앙 관서와 궁중의 수요를 충당하기 위하여 여러 군현에 부과하여 상납하게 한 특산물인 공물을 감면하자고 하는가? 대개 세상의 수령들이 혹시 욕심이 많고 하는 짓이 더러우면 스스로 능히 규율을 세우지 못할 것이요, 혹시 느슨하고 연약하면 아전들을 능히 다스리지 못할 것입니다. 청렴하고 결백하고 일하는데 민첩한 자는 열 명에 두세 명도 안 됐다.

조정에서 비록 지방의 토산물을 상급관청이나 고관에게 바치는 제도를 시행했다. 조세를 거두어들이는 것을 허락하지 않아도 수납하는 사이에 아전들이 간사한 짓을 할 것이 뻔했다. 풍년이 들어도 백성들이 오히려 곤란을 당하였다. 흉년에 또한 어려움을 어찌 견디겠는가? 종종 재난이나 흉년 든 해에 어려운 백성에게 나라의 곡식을 꾸어 준 쌀을 아전의 손에 넘기는 경우가 있었다.

군사와 제사에 관계되는 부득이한 공물을 제외하고는 토목 공사를 일으키는 데 응당 들어가야 하며, 모든 그 나머지 물건들을 적당히 헤아려서 조세 따위의 일부를 면제하시어 백성들을 살린다면 재앙을 대비할 만하다고 생각했다.

왜 위병을 그만두고자 하는가? 대개 근무를 돌 차례가 되어 번 소에 들어가 숙직하여 지키는 군사는 구실이나 이유가 한 가지가 아니었다. 갑사(오위 가운데 중위인 의흥위에 속한 군사), 오위 가운데 용양위에 속한 장교 부대인 별시위, 이외에도 또 오위의 하나인 충좌위에 두었던 군대 파적위, 호분위에 속한, 방패를 무기로 쓰던 병종 팽배, 오위 가운데 용양위에 속한 중앙군 대졸. 총인원 삼천 명이 육백 명씩 나뉘어 5교대로 4개월간 광화문을 경비하도록 규정되어 있었다. 실제로는 사령군으로 복무한 군, 정병인 장정의 무리가 있었다. 대개 정병은 대개 모두 벼슬하지 아니하는 자이고, 군사의 일에 익숙하지 못한 자들이었다.

그들에게 모두 숙직하면서 근무서게 하면 크게 필요하고 절실한 것도 없으며 군량을 헛되이 허비되었다. 그들을 불필요한 부분이라 줄여 돌려보내 귀가한다면 사람들이 스스로 재앙에 대비하여 생활하는 길이 더욱 심각하고 넓어질 것이 분명하기 때문이었다.

마땅히 숙직하면서 지키고 순찰하여 경계함에 대비하는 것을 제외하고는 구조 조정하여 군사를 적당히 헤아려 그만두게 하였다. 만약 사람을 살릴 수 있다면 뜻밖의 불행한 일에 대비할 만했다.

왜 사신을 보내어 순시하자고 하는가?

지금 뜻하지 않은 불행한 변고를 구제하는 대책은 조정에서 벌어지는 사태를 잘 살펴서 필요한 대책을 세워 행하는 것이 당연했다. 자세하고 빈틈이 없으므로 의논할 만한 것이 없을 것 같으나, 공문서 가운데 같은 등급에 있는 관아 사이에 서로 책임 떠넘기는 것은 실제로 순시하여 책임을 묻는 것보다 바람직하지 못했기 때문이었다.

대체로 보리 대신 대체 종자를 마련하거나, 소금을 구워서 식량에 대비하거나 메밀을 많이 심거나, 줄기와 잎을 아울러 수확하거나, 심지어 도토리와 밤, 미역에 이르기까지 절기에 따라서 생산하여 저장하는 것이 진실로 재앙을 막을 수 있었다. 흉년 따위로 기근이 심할 때 빈민들을 굶주림에서 벗어나도록 돕는 가장 매우 필요하고 절실한 방법이었다.

감찰을 강도 높게 실행하지 아니하면, 많은 사람이 게으르고 느려지며, 어리석은 백성들이 한갓 예삿일로 여기게 되고, 수령도 이로 말미암아 긴장이나 규율 따위가 풀려 마음이 느슨하게 될 것이 뻔했다. 감사가 이르는 곳에서도 또한 격식을 갖추어 공문서 가운데 같은 등급의 관아 사이에 책임을 미루지 않고 공문서를 응당 처리해야 할 일이었다. 어찌 능히 백성의 일에 마음을 다하고 정사에 부지런히 돌보는 성상의 소의간식宵衣旰食[45]의 근심을 걱정하겠는가?

비록 서투르지 않고 익숙하게 이를 근심하여 마음을 다하여야 했다. 흉년을 당한다면 가난한 백성을 도와주어 구제해야 할 것이다. 그렇다 하더라도, 백성들의 목숨이 위태로운데도 불구하고, 임금의 결재 시일을 끌어 늦어서 일을 처리하지 못하는 경우가 더러 있었다.

신이 바라건대

"특별히 삼가고 민첩한 조정 신하를 임명하여 길을 따라 보내어 몸소 헤아리게 하였다. 흉년에 백성을 구하는 정책에 담을 것인가? 말 것인가? 여부를 제멋대로 굴며 성질이나 행동이 몹시 난폭한 행정상 업무가 있는지? 없는지? 사실을 자세히 조사하여 살피게 하였다. 즉

---

45) 새벽같이 일어나 옷을 입고, 저녁 늦게 밥을 먹는다는 소의 간식(宵衣旰食)을 줄인 말로, 임금이 정사에 부지런함을 뜻함.

시 편하고 좋은 대로 역마를 바꿔 타는 곳과 통하는 길을 따라 신하가 글로 임금에게 아뢸 수 있도록 허락하였다. 죽을 지경인 자에게 살려 내도록 하고, 뼈만 앙상한 자에게 살을 붙게 할 뿐만 아니라, 성실하게 일에 힘쓰고, 임금에게 미처 알려지지 아니한 것이 없도록 하는 것과, 재앙에 대비하는 것이 중요한 점일 것입니다.

'도적을 날뛰지 못하게 하는 방편이 있는가?' 이 질문에 대개 흉년이 들면 백성이 굶주리고, 백성이 굶주리면 도적이 일어날 것이 뻔합니다. 이를 먼저 제어하지 아니하면 반드시 그 세력이 점점 세어지게 될 것입니다. 그 세력이 세어진다면 그 세력을 제거하기 위한 수단과 방법을 꾀하기가 어려울 것입니다. 깊이 염려하지 아니할 수가 없습니다. 지금 길을 가는 사람들이 날마다 밤에는 도적이 되었다. 자치 조직의 하나인 인보(隣保)[46]의 집들이 비록 일찍이 이를 안다고 하더라도 감히 신고하지 못하였다. 대개 관에서 도적을 능히 잡지 못하면, 곧 신고한 집에 해를 끼치기 때문입니다. 이러한 도적의 위세가 더욱 관사보다 커지고, 오래되어도 해결하지 못하면, 무리를 모으고 떼를 짓는다. 작은 경우에는 백성의 살림집이 많이 모여 있는 곳을 짓밟고, 큰 경우에는 주나 현을 약탈하여서 다시 거리낌이 없을 것입니다.

---

46) 조선조 때의 자치 조직의 하나. 이것은 백성의 생활과 인구(人口)의 실태를 파악하고, 수재를 구제하고 유이와 도둑을 방지하여 서로 보호하고 지키게 함으로써 풍속을 이루게 한다는 목적에서 조직된 것으로, 10호(戶), 혹은 3, 4호로써 한 인보(隣保)를 삼고, 그중에서 항산(恒産)이 있고 믿을 만한 사람을 택하여 정장(正長)으로 삼아 인보 내의 인구를 기록하여 주장하게 하였음.

전라도의 도적이나 적성의 도적 같은 무리가 바로 극성이었다. 기근이 극심하니, 형세 상 반드시 더욱 심하였다. 우리 백성들이 불쌍하게도 이미 흉년에 곤란을 당하고 또 도적에게 곤욕을 당하니, 심히 서로 작은 인연이 아닙니다. 기도하길, 먼저 명령을 내리셔서 즉시 도적을 적발하여 제때 응하여 체포하게 하고, 만약 태만한 소재지의 수령은 곧 벼슬을 낮추어 물리치면, 이것이 재앙에 대비하는 큰일이 될 것입니다.

무릇 이러한 몇 가지 일은 비록 뛰어난 의견은 아니나, 채택하여 시행하시면 조그마한 도움이 될 것입니다. 엎드려 바라길, 임금이 직접 챙겨 시행하신다면 심히 다행하겠습니다." 하였다.

"당초에 벼슬 품계를 올려 줄 때 노 사신도 또한 이를 사양하였다. 그러나 중국의 사신이 이를 청하여서 부득이 이를 따랐다. 정 자양의 일은 너희들이 또한 이를 말하였기 때문에 지금 마땅히 서쪽 지방으로 보내겠다. 허계지 일은 대개 나라를 어지럽히는 신하로 가까운 사람의 죄로 무고하게 처벌받게 되었으나, 또한 그때 석방되었다. 허계지 같은 자는 대전에서 일찍이 그 집으로 임금이 거처하는 곳을 옮기셨고, 또 중궁을 다른 사람의 자식을 맡아서 제 자식처럼 돌봐줬기 때문에 방면한 것이었다. 흉년 등으로 말미암아 굶주림에 빠진 빈민을 구제에 대한 일은 내가 채택하여 쓰겠다." 하였다.

길동은 전국 팔도 시장에 정보원 첩자를 파견하여 민심을 파악하였다. 그때 예종 원년 정부에서 기강을 다잡기 위해 대대적인 토벌 작전을 펼쳤다. 활동무대가 서남해안 섬으로 옮기게 되었다. 비바람이 몰아칠 때면 몸을 숨기는 것이 상책이었다.

　예종 원년 10월 기사에

　형조 판서 강희맹이 전라도와 경상도에 도적이 활개를 치고 있다는 것을 아뢰었다. 성상께서 어린 임금을 보좌하여 정무를 맡아보던 임시 원로재상 등을 은밀히 불러들이었다. 임금이 도적을 체포하는 것이 이치에 맞아 의논하게 하였다.

　영의정 홍윤성이 아뢰기를,

　"신이 듣건대, 전라도 지방에서 도적들이 저희끼리 불러 모아 재물을 약탈한다."라고 합니다.

　보성 군수가 내금위 선 상근을 도둑을 잡는 책임자로 삼았다. 선 상근이 도적을 쫓아다니다가 휘장을 치고 뚜껑을 덮은 가마 탄 자를 만났더니 진주 목사의 부인이라고 칭하였다. 선상근 등이 그가 도적인 걸 알고서 체포하려고 하자, 도적들이 선상근 등 3인을 죽이고 머리를 잘라서 갔다.

　또 함평 현에 사는 좌랑 송씨가 사위를 맞고자 하였는데, 결혼식을 올리기 며칠 전에 도적들이 쳐들어와서 여자를 잡아갔다고 했다. 요사이 도적의 무리가 경상도의 진주, 화개, 살천 등지로 옮겨 주둔하였다. 마침내 구례 현감이 뒤를 쫓았으나, 체포하지 못하였다. 만약에 무리를 지금 제거하지 아니하면, 그 형세가 더욱 위태로워져서 제어하기 어려운 것이 뻔하였다. 고려 말 무렵에도 우리나라 사람으로서 왜구라 일컫고 도둑질을 한 자가 자못 많았다.

"이제 이 도둑을 체포하는 것은 늦출 수 없습니다." 하였다.

임금이 이르기를,

"어떻게 대처해야 하느냐?" 하니,

홍윤성 등이 대답하기를,

"장수 중 매우 두터운 명성과 덕망이 있는 자를 보내어 체포하게 하소서." 하였다.

임금이 이르기를,

"모든 원상과 더불어 같이 의논하여 아뢰도록 하라." 하였다.

고령군 신숙주, 영성군 최항, 창녕군 조석문, 좌의정 윤자운, 도승지 권감과 홍윤성, 강희맹 등과 함께 의논하여 일의 항목을 정리하여 아뢰었다.

"전라도와 경상도의 각 주장과 부장 각 1인이 각각 서울의 군관 15인과 종사관 1인을 거느리게 해 달라." 했다.

또 각각 그 도道의 절도사는 서울장수 지휘를 받도록 하고, 서울의 군관은 역마를 타고, 각기 자기 소유의 전쟁에 쓰는 말을 가지되, 말을 먹일 사료는 관에서 지급하게 했다.

그리고 서울 장수에게는 각각 궁중의 가마나 말에 관한 일을 맡아 보던 관아인 궁중의 가마나 말에 관한 일을 맡아보던 관아의 전쟁에 쓰는 말 5필을 주고, 전라도와 경상도의 사이에서 도적들이 만약 서로 도계를 넘어 도피하면, 2도의 주장이 힘을 합하여 체포하도록 했다.

조선 초 먹을 것이 없는 양민들이 일부러 범죄를 저질러서 옥살이 하면서도 밥을 먹고 싶다는 생각을 가진 자가 있었다. '목구멍이 포도청'이라는 속담이 그런 뜻을 반영한 표현으로 알려져 있다. 요즘 같으면 생계형으로 범죄를 저지르는 사람들로 일컫는 경우다. 어느 시대나 생계형 범죄는 흔하다는 말 같지만, 조선시대 감옥은 기본적으로 요즘과 같은 개념의 기결수로서 징역이 아니라 미결수들이 있는 곳이었다. 식사도 원칙적으로 관에서 제공해주는 것이 아니었다. 가족이 옥바라지해주든지 스스로 알아서 해결해야 했다. 이는 유배 간 죄인도 마찬가지였다.

이때 양평이라 불리는 이양생이 포도대장으로 있었다. 그는 서자로 태어났다. 세종 조부터 성종 조까지 활동했다. 본관은 경주로 아버지는 이종직으로 군수이었다. 어릴 때는 신을 삼아 저자에 내어 팔아서 생활하였다. 비록 책은 읽지 못하였으나 무예에 능하여 장용위의 군졸이 되었다.

1467년(세조 13년) 5월 이시애의 난이 일어나자, 이양생이 토벌군으로 출전하여 공을 세워 적개공신 3등에 책록되었다. 그래서 계성군에 봉해졌다. 충의교위 행호분위중 부사직으로 겸사복이 되었다. 서얼 출신이기 때문에 벼슬아치의 위계가 가선대부에 이르렀다. 그러나, 한 번도 현직에는 등용되지 못하였다. 평생 겸사복으로 있으면서 포도장이 되었다. 도성 내외는 물론 전국 각지에서 일어나는 도적 소탕에 공을 세우기에 이르렀다. 그중에서도 관악산 일대에 여러 사람이 한곳에 모여, 항거하였던 고도와 김말응 등의 소탕과 충주의 수리산, 여주의 강금산 도적들을 소탕하여 큰 공을 세웠다.

평생을 겸사복으로 지냈으나 불평 한마디 없었다. 말타기와 무예에 아주 능하였다. 양생은 장용위의 군졸이 되어 관직에 나아갔다. 옛날 자신이 신발 장사하던 저잣거리(장터)를 지날 때는 반드시 말에서 내려 옛 친구들과 땅에 앉아서 이야기를 나누다가 가곤 하였다. 그는 도둑을 추적하는 포도대장이 되어 도둑과 강도무리를 쫓았다.

그러나 같은 시대 유사한 삶을 살았던 길동은 얼자로서 비록 책은 읽을 기회를 얻지 못하였다. 그는 신분제도의 불합리함을 마음에 두고 세상을 향해 부당한 맘을 품었다. 길동은 호부호형하지 못함을 탄하여 출가하여 도둑의 무리에 합류하는 삶이 시작되었다. 길동은 그들에게 쫓기어 몸을 숨기는 처지가 되었다.

만약 도둑이 충청도로 도망하여 들어가면 또한 따라가서 체포하도록 했다. 당해 도의 군사를 쓰고자 하면 충청도의 절도사도 또한 그 명령에 따르게 했다. 그들의 논의를 임금이 그대로 받아들였다.

전라도는 평양군 박중선을 '주장'으로 삼고, 행호군 김치원을 '부장'으로 삼았으며, 경상도는 문성군 유수를 '주장'으로 삼고, 행호군 변포를 '부장'으로 삼았다.

박중선과 유수에게 내린 교서에 이르기를,

"내가 들으니, 전라도와 경상도 등지에서 원한, 불만, 불평 따위를 품고서 어떠한 구속받지 아니하고 제 마음대로 행동한 무리가 저희끼리 불러 모아서 무리를 이루어 도둑질하였다. 양민을 도둑질하여 해를 입히고 산과 들로 도망하여 달아나면서 관군을 맞아 맞섰다. 이제 마땅히 그들의 뿌리를 뽑아야 했다. 그대들이 군사를 거느리고 가서

체포하라 하였다. 죽임으로써 죽음을 멈추게 하는 것이지마는, 어찌
마다할 수 있겠느냐? 그대들의 재량으로 즉결처분할 수 있는 사항을
조목별로 다음에 열거하였으니, 경들은 가서 성심껏 시행하라." 하였
다.

- 군사를 쓸 때 부장 이하 명령을 듣지 않는 자는 군법으로 다스리
라.

- 도적들이 만약 관군을 맞아서 대적하면 기회를 보아서 체포하여
죽이되, 자수하는 자와 그들의 위협에 못 이겨 복종한 자는 죄인을 잡
아 가두고 신하가 글로 임금에게 아뢰어라.

- 군민 가운데 도적을 포획한 자에게는 관직으로 상을 주되 세 자
급을 높이고, 포布로 상을 원하는 자는 면포 1백 필을 주고, 가장 낮은
신분에 속하던 사람은 천한 일을 면제시키고, 향리와 역에서 일을 보
던 사람은 그 역役을 면제시키는 등 논공하는 등제는 다 적군을 사로
잡은 것과 같이 처리하라.

- 도둑이 만일 있는 곳을 찾아 고하여 잡게 되면 그 죄를 면하고, 포
상도 보통 사람처럼 같이 하라.

- 부녀와 노약자는 죽이지 말고 가두어 두고서 아뢰라." 하였다.

또 전라도와 경상도의 관리와 군인, 백성들에게 사실을 널리 알려
서 깨우쳐 방을 붙이기를,

"내가 듣건대, 무리가 도둑질에 이익을 보려고 산과 들에 몰래 모이

니, 우매한 백성이 혹은 춥고 배고픔으로 인하여, 혹은 역역(役役)을 면하기 위하여, 서로 모여서 무리를 이루어 도둑이 되었다. 백성 집의 물건 따위를 약탈하거나 자녀를 노략질하며, 안 가는 곳 없이 설치고 다니면서 마침내 관군을 맞아서 대적하기에 이르렀다고 했다. 이제 장수를 보내고 군사를 일으켜 체포하게 하였는데, 자수하는 자와 도둑의 위협에 눌리어 복종한 자는 관군이 죄인을 잡아 가두어 두면, 내가 장차 용서하겠다.

그러나 만일 감히 맞서는 자가 있으면 군사에 명하여 상황에 따라서 잡아 죽이도록 하고, 적도 가운데 스스로 '관군과 내부에서 은밀히 적과 통하여' 도적무리를 서로 고하여 체포하는 자가 있으면 그의 죄를 사면하고 포상은 보통 사람처럼 같이 할 것"이라 했다.

그 사실을 속히 방을 걸어 알렸다.

백성에게 재앙과 근심, 걱정이 바뀌어 오히려 복이 되게 하라고 널리 국민을 타일러 가르치는 내용이었다.

"관리와 군인과 백성이 능히 도둑을 체포하는 자는 관직으로 상을 주되, 세 자급을 높이여 제수하고, 상을 원하는 자는 면포 1백 필을 주고, 천인에게는 천한 일을 면제하였다. 향리와 역자는 역을 면제하는 등 공적의 있고 없음이나 크고 작음을 의논해서 평가하는 등 다 적군을 사로잡은 것도 마찬가지로 하였다. 혹 적과 남몰래 서로 통하여 공모하여 관군의 일을 누설하거나, 혹은 도적의 체포를 게으르고 느린 자는 마땅히 군법으로써 다스릴 것이니, 너희들은 각각 살피도록 하라." 하였다.

그해 11월 기사에

도둑들의 이동 상황과 그 대비책에 관한 전라도 절도사 허종이 보고하기를,

"적당들은 군사를 일으켜 도둑을 체포한다는 말을 듣고 경상도로 도망하였으므로, 신이 경상우도 절도사에게 공문서를 주고받았고, 또 경상도의 접경인 구례, 남원, 운봉, 광양 등의 고을에 군사를 모아서 체포하게 하였다.

또 도둑들이 본도로 향하여 돌아올까 염려하여 중요한 길마다 병사를 매복시켜 대비하였습니다.

또 다른 지역 창평 현에서 보고하기를,

'어젯밤에 도둑 남녀 합하여 1백여 인이 옥과玉果로부터 왔다. 요충지에 설치한 감시소의 갑사 이진산 등 5인을 죽이고, 정 이하 등 6인을 쏘아 맞히고, 곧 광주의 무등산으로 향하였다.'

신이 선전관 유오와 더불어 잘못한 일에 대하여 엄하게 따져서 밝혀서, 적당을 덮쳐서 나주 출신인 김 대 등 6인을 잡았다. 김대가 죄인이 범죄 사실을 진술하여 이르기를, '도둑의 무리는 무안 사람 장영기張永己 등 25인이며, 처와 자녀를 합하여 총 42인인데, 이제 관군의 추궁으로 형세가 절박하여 처자들을 버리고 도망하여 흩어졌다.' 했다.

신이 적들의 용모와 나이를 본도의 여러 고을과 타도에 공문을 서로 주고받아 체포하게 하였다. 또 적당이 배를 탈취하여 물을 건너서 해도로 도망하여 숨을까 염려하여 수군절도사와 만호에게 공선과 사선을 모아 바다에 띄워 대비하게 하였다.

신 허종이 생각건대,

"이들 적당은 사납고 무리를 이루어서 비단 사람을 많이 죽였을 뿐만 아니라, 관군에 순순히 복종하지 않고 맞서서 대항하였으니, 다른 강도에 비교할 바가 아닙니다. 청컨대, 도둑의 무리를 안전하게 보호한 자와 정상을 알면서도 자수시키지 않은 자는 함께 강도의 소굴 우두머리의 예에 의하여 논죄하고, 관에 고하여 도둑의 무리를 체포하게 하는 자는 강도를 체포한 사람의 상보다 등수를 높이어서 상을 주소서." 하였다.

승정원에 내리어 의논하게 하니, 승지 등이 아뢰기를,

"도둑이 관군에게 맞서서 대적하는 것은 곧 반역과 같으니, 연좌한 사람들도, 청컨대 율문에 의하여 따로따로 구분하여 처리하소서." 하니,

그대로 따랐다. 곧 전라도 관찰사와 절도사에게 치서하기를,

"강도들이 관군에게 맞선 것은 곧 반역과 같으니, 그에 호응한 자와 연좌한 자를 함께 가두라." 하였다.

허종이 또 아뢰기를,

"구례 현감 박겸인이 군사를 일으켜 도둑을 체포하기 위하여 진주의 화개 현에 이르렀다. 그때, 도둑이 박겸인 소속 군사 5인을 쏘아 맞히고 2인을 베어 죽였다. 그런데, 박겸인이 두려워서 퇴군하였습니다. 이 사실을 숨기고 보고하지 않았습니다." 청원에 따라 결국 박겸인이 파직되었다

.

다음 해(성종 원년) 전라 관찰사 오응과 절도사 허종에게 명하기를, "장영기 등이 많은 도둑을 불러 모아서 때리고 위협하는 것을 자행하여 인물을 많이 죽였다. 마침내는 관병에게 항거하여 대적하기에 이르렀으니, 반역과 다를 것이 없었다. 이미 잡은 사람에게 각각 그 패거리를 끝까지 캐어물었다. 죽은 지 석 달 지난 후 법률 따라 형을 집행하여 목을 베었다. 시체를 8도에 돌리되, 연좌 인은 율문에 의하여 도망한 노비나 부역, 병역 따위를 꺼리거나 싫어하여 피한 사람을 붙잡아 본래의 주인이나 본래의 고장으로 돌려보내라. 그리고 신하가 글로 임금에게 아뢰어라." 하였다.

홍길동은 그해에는 관군의 집요한 토벌 작전을 면하기 위하여 가짜를 내세웠다. 엉뚱한 자를 체포했다. 도둑과 강도가 늘어나며 풍속이 타락하였다. 반사회적 현상이 매우 거세게 일어나 오히려 백성의 도움으로 요리조리 피해 다닐 수 있었다. 계략을 꾸민 홍길동 집단은 남서해안의 여러 섬을 중심으로 이곳저곳 옮겨 다니며 생업에 종사하며 억척스럽게 살아갔다.

분노의 에너지가 산섭 경영하다.

길동이 어린 시절 장성 인근에서 성장했다. 그 지역은 큰 흉년이 들었다. 흉년을 맞아, 한 달에 두 번 읍내 거리에 장시가 출현했다. 주민들에게 필요한 물건이 거래되었다. 이것을 '장문場門'이라 하였다. 거래를 통해 흉년을 이겨내려 했다. 나주, 무안 지역을 중심으로 시장이 형성됐다. 이러한 활동이 가능했던 것은 다양한 물산이 풍부하였다. 생산자들이 이를 비교적 거래가 자유롭게 처분할 수 있었다.

이때는 상행위가 널리 보급되었으나 성행하지는 않았다. 상행위를 하거나 장인들의 활동은 제한적이었다, 나라에서는 이들의 이동이 다른 문제를 일으키기 때문이었다. 널따란 나주평야를 끼고 서해안과 인접하여 해산물과 곡물이 풍부하였다. 이 현상은 우연이 아니라 왜구의 침입으로 황폐해졌던 해안지역의 농토 개간이 완료되고 농업 생산력이 크게 향상되었다. 거래되는 것은 농민과 수공업자가 직접 생산자였다. 원거리 이동보다 가까운 곳에서 장시에 낮은 가격에 매입하여 높은 가격의 판매가 가능했다. 장시는 몇 개의 촌락의 주민이 하루에 왕복하면서 교역할 수 있는 교통요지에 30~40리의 거리를 두고 형성되었다. 빈번하게 드나드는 사람과 물류들을 그의 눈으로 바라보았다. 그곳에는 인간의 욕망이 꿈틀거리고 경쟁과 불법이 오가는 것을 목격하였다.

개인이 소유하고 있는 논밭과 산업의 경영은 권세를 가진 간신의 일일 것이라고 사람의 입에 오르내리고 있었다.

근래 선비의 풍습에 대하여 사대부 사이에 의견이 분분하였다. '부자가 된 후에야 선을 행할 수 있다' 하며 명사라는 사람들도 모두 재산 늘릴 것만 궁리했다. 권신들은 갈대밭과 갯벌을 가지지 않은 사람이 없었다. 오래 내버려 두어 거칠어진 밭까지도 제방을 쌓거나 개펄을 파내는 자도 있었다. 여러 사람이 차례로 돌려 보도록 쓴 글을 회람하며 협동 작업을 하자는 자도 있었다. 이는 그 마음가짐이 매우 밝지 못한 꿍꿍이가 있었다. 먼저 마음을 잃고서 뒤에 선을 행한다는 말은 알지 못하는 듯했다.

개인이 소유하고 있는 논밭과 산업의 경영은 권세를 가진 자들에 대한 경계의 말은 대사간 신하가 맡은 일임을 모두에게 알려져 있었다. 근래 선비의 풍습에 대하여 사대부 사이에 일어나는 의견들이 분분하였다. 여러 사람이 차례로 돌려 보도록 쓴 글을 회람하며 협동 작업을 하자는 자도 있었다. 이는 그 마음가짐이 매우 밝지 못한 자들이었다.

대사간이 아뢰었다.

"이런 자들은 먼저 마음을 잃은 뒤에 선을 행한다는 말은 신은 알지 못하겠습니다. 상께서 다시 단단히 타일러서 조심하고 격려하시어 이러한 나쁜 버릇을 뿌리째 없애 버리도록 하소서." 하니,

상이 이르기를,

"세상의 이목이 있으니, 한두 사람을 탄핵해서라도 징계하지 않을 수 없다." 또 "부자가 된 뒤에 선을 행한다는 것은 이치에 맞지 않는 말인데 이 말이 어디에서 나왔는가?" 하였다.

김의경이 답하기를,

"일정한 산업이 없으면 본심을 지킬 수 없다고 합니다." 하니,

상이 이르기를,

"이 말은 백성을 기르는 방법이지, 사대부가 자기의 일을 스스로 처리할 도리는 아니다." 하였다.

옆에서 윤재상이 아뢰었다.

"조종조에서는 조금이라도 산업을 경영하는 자가 있으면, 반드시 탄핵했기 때문에 벼슬하는 사람은 일체 이러한 일을 하지 않았습니다." 하였다.

상이 물었다.

"중국의 조정에서 벼슬살이하는 신하는 벼슬길에 나온 뒤에는 집을 새로 짓지 않고 모두 빌어서 거주한다고 하는데 이 말이 사실인가?" 하니,

윤재상이 답하여 말하기를,

"중국의 경우는 알 수 없으나, 조선에서는 벼슬한 뒤에는 가업을 이어받아 경영하지 않습니다." 하였다.

이번엔 승지가 아뢰기를,

"개인이 소유하는 논밭이나 늘이고 산업 경영하는 등 일이 지난날 권세를 휘두르던 간신들이 한 일이지 지금에야 어찌 이런 일이 있겠

습니까. 요사이 벗 사이에는 서로 믿고 벼슬하는 것을 즐거워하는 도리가 없어져서 지난날 홍 손의 처자는 도토리를 주워 먹었습니다. 신이 보니 김수녕도 고창에 있을 때 그 처자가 의지할 곳이 없었고 홍 손이 소신의 집 옆에 살았는데 전혀 가산을 영위하는 일이 없었습니다."
하였다.

상이 이르기를,

"이같이 하면 선비의 풍습도 역시 아름답게 될 것이다. 임금은 충신한 사람에게 후한 녹봉을 주고, 나라를 위해 몸을 바치려는 큰 뜻을 품은 사람은 구렁에서 죽을 것도 돌아보지 않는다고 하였다. 박팽년이 세 마지기 밭을 사들인 적이 있었다. 그가 '녹만으로도 농사의 수확을 충분히 대신할 수 있다.' 하자, 팽년이 즉시 그 밭을 팔아버렸다고 하였다. 대간은 임금 앞에서 탄핵할 때 아주 찬찬하게 순서에 따라 조리있게 하는 맛이 없이 데면데면하게 아뢰어서는 안 된다. 비록 탄핵하지 않더라도 이러한 논의를 들으면 필시 스스로 부끄러워서 하지 않겠는가?" 하였다

선비로서 가산을 경영하는 것은 행동이나 성질이 고상하지 못하고 더러운 일이므로 의논할 것이 못 되었다. 다만 지나치게 심한 자가 있으면 분명하게 적발해서 잘못을 따지고 꾸짖으려 하며 그렇지 못한 바에는 차라리 논하지 않는 것이 나았다. 어찌 애매하게 지적하는가? 사대부가 가산을 경영하는 것을 학덕이 높은 선비의 병통으로 여기지 않는다면 온 조정의 사대부가 모두 오직 부정한 이익만 꾀하는 마음씨가 더럽고 못된 남자가 될 것이 뻔했다. 임금께서 마음속에 의혹이

쌓여 모든 사람을 다 똑같이 보아 사대부란 모두 부정한 이익만 꾀하고 염치없는 사람이라고 여기게 될 것이었다.

그러니 임금이 선비를 가볍게 보는 마음을 열어 주어 후일 사대부의 말도 믿지 않고 계책도 받아들이지 않게 하는 것이 지금 어떤 애매모호한 그릇된 논의에서 비롯된 것이라고 하지 않을 수 없었다. 딱하다. 처음 발설한 자가 어떻게 그 죄를 면하겠는가?

상이 이르기를,

"마음과 힘을 다하여 공무를 집중하지 못하고 어울려 부정한 산업 경영에 힘을 쏟고 빗나가는 행동을 보이는 자가 있습니다."

그자가 '엄귀손'이라 언급하였다. 그는 사대부로서는 부정한 산업 경영을 한 자였다.

길동은 엄귀손을 소굴의 우두머리로서 섬겼다. 그와의 관계는 마치 장정으로 군역에 복무하던 사람에게 어떤 식으로든 군역 복무에 도움을 주고받는 공생관계였다. 함께 내세운 자에 의하여 서로 불순한 거래로 맺은 사이였다. 그 관계는 말처럼 단순한 것이 아니라 오랫동안 살아오면서 이해관계에 의해 간단한 것에서 복잡한 것으로 하찮은 것에서부터 수준과 정도가 높은 것으로 발전한 관계였다. 오랜 거래로 거의 절대 의존적으로, 뗄 라야 뗄 수 없는 운명적인 관계였다. 이런 걸 상호 간에 이익을 얻고 있는 공생 상태인 '상리공생'이라 불렀다. 그러나 인간관계에서는 특히 이해관계에 따라 헤어졌다가 모이기도 하고, 모략과 중상 등 온갖 수단과 방법을 쓰기도 하며, 토사구팽하기도 하였다. 차마 입으로 담기 힘든 것이 있었다. 남을 해치려고 속임

수를 써서 일을 꾸미거나 배신들이 성행하면서 그때그때 필요에 따라 만들어지는 부적절한 관계들이 많았다.

길동이 앞서 조정에서 종삼품 무관 벼슬 첨절제사라는 무관 벼슬살이하는 신하라는 이름으로 산업경영을 함께하고 있을 때였다. 세조 이후 공신의 남발로 당시에는 벼슬은 있었으나 실제 벼슬이 없이 녹봉도 받지 못하고 자리 값하는 행직, 수직의 벼슬도 있었다. 행行과 수守란 품계와 직위가 일치하지 않을 경우로 먼저 품계가 높으면서 관직이 낮은 경우는 직명 앞에 행行이 붙이고, 품계는 낮은데도 관직이 높은 경우는 직명 앞에 수守를 붙이는 경우가 있었다. 그는 품계와 직위가 일치하지 않을 경우로 먼저 품계가 높으면서 얼자로 관직이 낮은 경우였다.

한때 그는 일정한 규율과 질서를 갖고 편제된 여러 군인의 집단이 주둔하는 곳으로부터 거두는 쌀로 양인으로부터 군역을 면제해 주려 계획했다. 그 대가로, 무리의 군졸 김수녕에게 거두어들이던 베나 무명을 받아내려고 한 적이 있었다. 혹시 계획이 뜻대로 되지 않을까 염려했다. 다른 지방의 군대가 서북 변경을 방어하기 위하여 파견 근무를 하던 중에 있었다. 앞으로 할 일의 방법이나 절차 등을 미리 생각하여 안案을 세우는 일에 관련된 공문을 위조하고 인신印信을 찍는 일에 개입되었다. 문서를 가지고 와서 여러 정군으로 나가는 대신에 정군의 비용을 부담했던 보증인으로부터 거두는 쌀과 군역軍役의 하나로 거두어들이던 베나 무명을 독촉하기에 이르렀다. 결국 이웃 사람이 의심하고 관에 신고했다. 그러나 자주 하는 일이 아니고 흔적을 남기지 않아 누구의 행위였는지 알 수 없었다.

낮에 흩어지면 양인이요, 밤에 모이면 도둑이요, 강도였다. 율을 보면 인신 위조는 잡히면 극형 처분을 받았다. 그렇지만 그 실정을 따져보면 바라는 바가 몇 되, 몇 말 쌀과 몇 자나 장丈의 베에 지나지 않았다. 이런 경우는 가끔 지역별로 점차 넓게 옮아가는 실정이었다. 조정에서는 그동안 여러 차례 대사면이 있어 극형에 해당하는 잡범들은 모두 은덕으로 용서받기도 했다.

형세가 궁하면 통한다. 큰일을 하려는 사람은 남의 딱한 사정을 헤아려 알아주고 도와주는 마음人心을 위주로 살게 되는 법이다. 백성의 심정이 마치 파도 속에 있는 것처럼 위엄 있는 모습이 더할 수 없을 정도로 높으면 감정과 분위기가 한창 높아지게 되면 몹시 위태롭고 급하다고 경고하게 되어 있다. 고하여 알리거나 와전된 말이 퍼지면 고기가 놀라고 새가 흩어지듯 하여 안정된 뜻이 없어지기 마련이다. 인심을 어떻게 얻어야 할지가 난감했다. 온 누리가 지극히 넓고 백성들이 당연히 많지만, 그들의 따뜻한 마음과 의리를 함께 투합시킬 수 있다면 비록 의외의 근심과 재앙이 찾아오더라도 차마 버리고 헤어져 흩어지지 않게 할 수밖에 없었다. 왜냐하면 평소에 남이 모르게 베푸는 덕행과 신의로 백성으로부터 신임을 받았기 때문이라 믿었다.

임금과 백성의 관계는 위아래 서로 은혜로운 덕과 믿음과 의리를 행하지 않았다. 지배나 영향을 받는 처지에서 위로부터 따뜻한 마음과 의리가 없어 가로막히고 서로 통하지 못한다고 여겼다. 믿을 수도 없고, 만족하지 못하는 것이 많아 쌓이게 되면, 백성은 각자 다른 마음을 먹기 마련이었다. 우선적으로 매양 민중들 본을 받을 만한 것이 되어야 할 행동이 대궐 안에서 먼저 마음이 떠나버리도록 만들었다. 백성들이 관을 믿지 못한다. 그리고 대중을 헤아려 잡지 못하게 될 수밖에 없는 처지이다. 이를 조금도 이상야릇하게 여길 필요가 없다. 마음이 실로 몹시 슬퍼서 마음이 아팠다. 그렇지만 삶을 유지해 갈 방책에 대해서는 희망이 없었다. 어찌 일단의 특이한 사업이 필요하지 않겠습니까?

벼슬아치는 나라의 근본을 굳건히 하려는 사람이 아닌가?. 백성의 안정이 급선무지만, 어찌 일반 백성의 동네는 여러 사람이 큰 소리로 마구 떠들어대며 마치 물이 펄펄 끓고 불이 솟구치는 열기 속에 버티는 것 같다고 느끼지 않겠는가? 어쩌면 여러 사람이 큰 소리로 마구 고함치거나, 뭘 누구에게 분개하여 몹시 성을 내는 소리만 같았다. 비록 대하는 태도가 매우 정답고 고분고분히 대해주는 왕명서라 할지라도, 형벌, 세금, 또는 군역의무나 책임 따위를 덜어 주거나 면제하라는 명령이 있어도 이제 별 소용없는 노릇이었다. 백성들의 원성과 분노는 입과 몸짓으로 터져 나왔다.

아이들과 노약자도 군포를 받아내고, 죽은 사람에게도 군포를 받아냈다. 그런고로 끝내는 민초에게 실질적인 혜택이 없었다. 생명력을 가진 잡초를 어떻게 하면 안전하게 자리 잡아 살 수 있는가를 알지 못하였다. 백성을 안정시키는 길은 반드시 납세를 딴 것에 앞서 특별하게 대우하는 것이 문제를 가볍게 하는 것이었다.

지금 변고를 당한 뒤끝이라 곳간이 이미 바닥나있었다. 칼날 밑에서 외롭게 살아남은 백성들은 이리저리 옮겨 다니느라 살아가기가 고달팠다. 바로 조정에서 면제해 주고 곡식을 꾸어 주더라도 10년 이내에는 생업을 복구하기가 쉽지 않았다. 상층과 중층의 세납을 풍년든 해에 비교해서 매기고 각종 명목으로 징수하는 것은 갈수록 늘어만 가고 있었다. 은퇴 재상은 한편에서 감면해 주기를 아뢰기에 이르렀다.

해당 부서는 한편에서 고품告品하여 알리기를 재촉하였다. 나라가 근심하여 애쓰고 애처로워 구제의 뜻을 으레 유사有司에게 내리더라도 재정을 마련해야 한다는 논란에 부딪히니 결국 세 혜택을 받지 못하게 되었다. 이것이 비록 중요한 군사상 필요한 수요를 준비하지 않을 수 없고 광범한 경비를 요구에 응하지 않을 수 없었다. 궁여지책으로 나온 조치라고는 하더라도 피부가 다 망가져 터럭이 붙을 데가 없을 정도로 백성이 망해버린 꼴이었다.

재물이 어디에서 나오겠습니까? 원망하고 비방하는 험악한 민정이 두렵지만, 편법으로 안정시켜 살아가게 하는 길이 어찌 별스럽고 특이한 방법이 있겠습니까?

예컨대 요사이 군공軍功에 관한, 한 가지 일만 하더라도 전혀 두서가 없었다. 분발하여 충성하고 절의를 지킨 사람은 매우 넓고 두터운 은혜를 입지 못하고 연줄 따라 빌붙은 사람은 도리어 높은 등급을 받게 되었다. 온 힘을 다하여 탈락한 사람은 실망하게 되고 망령되게 외람한 짓을 한 자만 기세등등한 마음 갖게 되었다.

기강은 사기를 진작시키기 위함이다. 간사한 짓을 하여 죄과를 범한 자도 요행히 면하게 되면 군사상의 기밀을 누설하여 일을 망친 자도 방법을 찾지 못하고 있다. 어떻게 하면 기강이 어지러워지지 않겠는가?' 염려하지만 국가에 기강이 있음은 사람에게 맥脈이 있는 것과 같습니다. 맥이 병들면 비록 사지가 아무 탈이 없어도 믿을 수 없는 것이요, 기강이 어지러워지면 온 누리가 비록 아무 일이 없어도 자랑할 것이 없게 되는 것입니다.

길동의 산업경영은 어렵고 힘든 현실 속에서 화적 떼로 활빈당이라는 이름으로 행해졌다.

삼가 임금의 뜻을 읽어보건대 '상과 벌은 사람들의 마음을 격려시키기 위한 것인데, 충성스럽고 부지런하게 힘을 다한 사람은 실망을 안게 되고 요행을 노리며 망령되이 외람한 짓을 하는 사람들이 불순한 마음을 갖게 된다. 상과 벌을 어떻게 하면 알아듣도록 권하고 격려하여 힘쓰게 되고 징계받게 할 수 있겠는가?' 생각하였다.

신하들이 듣기로는 '상과 벌은 임금의 큰 권한이요 국가의 이기다.'라고 했습니다. 임금은 반드시 애초부터 행동이나 일 처리가 사사롭거나 치우침이 없이 공평하고 지극히 올바른 마음으로 위에서 환히 내려다보아야 할 것이었다.

재상은 반드시 공정한 도리로 아래에서 집행한 다음에야 공이 있는 사람이 낙심하여 맥이 빠지지 않습니다. 공이 없는 자 생각이나 행동이 분수에 지나친 허위로 요행히 얻으려는 희망을 끊어버리게 될 것입니다. 오직 공정한 도리가 위와 아래에서 행해지고 상과 벌이 합당하게 처리되면, 권하고 격려하여 힘쓰게 되어 정의 사회가 이루어질 것이었다.

예컨대 요사이 전쟁에서 세운 공적에 대한 한 가지 일만 하더라도 전혀 두서가 없어서 분발하여 충성하고 절개와 의리를 지킨 사람은 매우 넓고 두터운 은혜를 입지 못하고 연줄 따라 빌붙은 사람은 도리어 높은 등급에 참여하게 되었다. 힘을 다한 사람은 실망하게 되고 망령되게 외람한 짓을 한 자만 마음 갖게 되니, 과연 성상께서 하문하신 말씀에 논란한 바와 같은 점이 있게 되겠는가? 하며 의심하여 수상히 여기게 되었다.

기강은 사기를 진작시키기 위함인데 간사한 짓을 하여 죄과를 범한 자도 요행히 면하게 되고 군사상의 기밀을 누설하여 일을 망친 자도 방법을 찾지 못하고 있었다. 어떻게 하면 기강이 어지러워지지 않겠는가?' 염려하지만 국가에 기강이 있음은 사람에게 맥脈이 있는 것 같은 경우였다. 맥이 병들면 비록 사지가 아무 탈이 없어도 믿을 수 없는 것이요, 기강이 어지러워지면 온 누리가 비록 아무 일이 없어도 자랑할 것이 없게 되었다.

이른바 기강이란 안으로는 조정으로부터 밖으로는 나라의 사방에 이르기까지 신분의 존귀함과 비천함의 구분이 질서 정연하게 상도가 바로 설 때 틀이 잡혔다. 그런 사람과 그렇지 않은 자의 구별이 확실하게 차등이 있어야만 했다. 따라서 공이 없이는 상을 받을 수 없게 하고 죄가 있고서는 형벌을 면할 수 없게 해야 하는 것이었다. 이와 같은 국정을 집행하기를 돌이나 쇠붙이처럼 굳게 하고, 사시의 운행이 어김없듯이 명령을 꼭 시행하게 된다면 사람들의 마음이 어찌 힘쓰지 않을 수 있겠는가? 또한 의욕이나 자신감 따위로 가득 차서 굽힐 줄 모르는 기세가 어찌 진작되지 않을 수 있겠는가? 국가 사세가 어찌 존엄해지지 않을 수 있겠는가?

전하께서 사람의 타고난 바탕과 성품으로 총명하고 영특한 기운이 넘치시어 큰 소리로 꾸짖음을 내리셨다. 그런 사이에 매양 자기 마음대로 하는 내부에 생긴 폐해가 있었다. 충언하는 신하가 한 마디라도 성상의 뜻에 거슬리면 포용하여 받아들이지 못하였다. 말을 한 사람이 자신을 안정시키지 못하여 떠나버리게 하였다. 결국 인심을 잃게 됐다. 백성을 샅샅이 뒤져서 찾아내어 변방을 채우는 일이었다.

비록 부득이한 일이기는 하지만 명령받은 신하가 임금의 뜻에 맞추기를 너무 지나치게 각박하게 독촉하고 구박하면서 닭이나 개도 남김없이 북쪽 변방에 내몰아 백에 몇이라도 살아서 남을 수 없게 하였다. 그렇다면 정말 숨 쉴 수 없는 공간이다. 권력자로서 산업을 점유한 자가 산과 숲과 내와 못을 남김없이 차지해 서민들이 나무하고 풀 벨 데도 없는 지경이 된다. 궁중에서 시장의 이득을 독점하는 자가 헐한 값으로 강제로 무역하게 하여 시정인들을 왕왕 파산케 하였다. 그리고 천얼賤孼 등이 연줄을 대며 의지하여 청탁하는 길을 크게 열어놓고 보내오는 뇌물을 공공연히 받아들여 위로 성상의 덕에 누 끼치면서 아래에서 제멋대로 하면 실정이 어떻게 되겠는가?

서얼庶孼에게 벼슬을 허가하여 쌀을 바치고 몸값을 받고 노비의 신분을 풀어주어서 양민이 되게 하던 일을 했다가 그만 도로 폐지하여 믿음과 의리를 잃고 원망하는 일이 벌어진 광경을 직접 목격하는 지경에 이르렀다.

길동도 귀손과 만나 인연이 된 이후로 양민이 될 기회가 찾아왔다. 그는 한때 고향 인근 남도에 근무한 적이 있었다. 관계가 없이 뜻하지 않게 인연을 맺어 귀손에게 뇌물로 집도 헌납한 바가 있었다. 도둑질로 취득한 금품으로 장물로 처분하는 큰손이 되어 변하여 있었다. 아울러 길동의 뒤를 봐주는 무리의 우두머리가 되어 한배를 타게 되었다. 그의 사람됨이 좋지 않은 소문이 퍼져 조정에 논의의 대상이 되어 징계받기도 하였다.

간신奸臣이 마음에 차지 아니하여 섭섭하거나 불만을 품고 때를 노렸다가 독기를 부려 마구 죽이게 된 나머지 죄 없는 사람에게까지 해악이 미치게 되었다. 공평하지 못하여 원통한 백성들이 억울함을 풀지 못하고 있었다. 이것이 어찌 인심을 잃는 일이 아니겠는가? 백성들은 제대로 삶의 방향을 찾지 못했다.

그러면 과연 어떻게 살아야 하나?

그의 분노는 현실과 타협하며 부정적 처신을 했다. 그러면서도 백성에 가까이 다가가는 노력은 보였다. 그 당시는 신분제도의 제약으로 상업 활동이나 경제 활동 제약으로 어려운 환경을 더욱 어렵게 만들었다. 도둑을 양산 해내는 실정이었다.

그의 산업경영은 어렵고 힘든 현실 속에서 때로는 부자의 재물을 빼앗아 가난한 사람을 도와주며 도적의 무리로 녹림당이라는 이름으로 활동했다.

성종 때 길동이 30대쯤 기사이다.

길동이 바다 인근과 염전을 전전하면서 몸소 체험하였다. 산업경영 일원으로 그 사회를 살았다. 호조에서 개인 소유의 선박을 실지로 운행함과 관선 배로 물건을 실어 나르는 폐단을 시정하는 조건을 정하였다. 조정 벼슬아치들이 차례로 임금에게 정치에 관한 의견을 아뢰었다. 관선으로 현물로 받아들인 각 지방의 조세를 서울까지 배로 운반했다. 그 법이 세워진 뒤부터 국가의 이익은 하나였다.

그러나 백성의 폐해는 많았다. 그 이익이란 세곡을 선박으로 운반할 때 내던 부가세를 주지 않는 것이었다. 또 다른 두려움이 기다리고 있었다. 배 만드는 곳마다 천여 명의 일꾼이 겨울철 부역을 했다. 바람을 맞고 노천에서 찬 이슬 위에서 잠을 청하기도 하였다. 때로는 부역이 굶주리고 헐벗어 배고픈 상황에 노출되어 추위에 몸을 던지는 형편이나 사정도 있었다.

조선 장인이 실속이 없거나 충실하지 못한 군인에게 뇌물을 받고 문부에 등록된 그들을 자유롭게 얽매이거나 갇힌 것을 자유롭게 풀어주었다. 그다음은 연해 주민과 염전에서 소금을 만드는 일꾼에게 함부로 심부름시켰다. 그런데 그들은 인근 주민과 일꾼들에게 끊임없이 침범하여 해를 끼쳤다.

그 일이 마침 농사철과 겹쳤다. 그때 형조, 한성부, 사헌부에 관련된 물품들을 배에 실었다. 군인들이 선적에 동원되었다. 그 결과 부근 여러 고을의 볏섬을 져 나르는데 봄갈이 때를 놓치게 되었다. 큰 고을이면 50~60명, 작은 고을이면 3~40명이 내왕하는 곳으로 농번기

20~30일 사이에 이루어졌다.

곡물을 출납하고 지키는 일을 맡아보던 구실아치와 중요한 임무를 위하여 파견하던 임시 벼슬의 수행원이 서류 없이 인증 발급을 대가로 군인에게 뇌물을 받았다. 사사로이 필해야 할 역役을 마친 것을 증명하는 문서를 발급했다. 결국 그것이 민폐가 되었다.

배를 운행할 때, 연해 여러 고을에 인정이 많아 물건을 선물로 주고서야 무사히 경내를 지날 수 있도록 통과 증명을 발급해 주었다. 그 증명은 누구에게는 폐였고 누구에게는 수입원이 되었다. 또 어떤 이에게는 소외되고 어두운 삶이 되기도 하고 밝고 행복한 삶이 되기도 하였다.

지방 조세를 서울까지 배로 운반할 때 물품의 일부를 상납했다. 담당 벼슬아치와 노비들에게 나누어 줄 것을 예상하고서 거두는 미곡을 뱃사공의 일을 돕는 사람에게까지 징수하였다. 조세가 거쳐 가는 자마다 뜯어 먹는 사슬 구조였다. 다 불법이든 합법이든 힘이 있는 자는 약한 자를 제물로 삼았다. 상당수가 부정거래를 일삼았다. 이로 말미암아 일꾼이 한 집안의 재물이나 재산이 거덜 나기도 하였다. 그 피해가 연쇄적으로 일족에게까지 미치었다. 심지어 도산하여 자손이 끊어져 상속자가 없어지게 된 자도 많았다.

조운한 뒤에 돈과 곡식 출납의 실무를 맡거나, 감독이 되어 소속 군인을 많이 거느리고 관청의 일. 공공에 관계되는 일을 빙자하여 멋대로 사욕을 차리었다. 합법적인 관원이든 아니든 부당거래는 생활 속에 매몰되어 있었다. 오히려 관원들의 행패가 심하여 사람들은 마치

'종사품의 무관 벼슬 만호' 같다고 하였다.

지난날에 사선으로 배로 물건을 실어 나른 일이 있었다. 그 때 좋지 않은 경향이나 해로운 현상이 발생하여 세조 이후 공선이 보급이 되었다. 과거 문제점을 주로 사선으로 나르던 때를 세밀히 살펴보았다. 본래 일체 통제 장치 없이 앞서거니, 뒤서거니, 혹은 운임을 탐貪하여 과중하게 짐을 실은 사례가 있었다. 초과 승선으로 말미암아 배가 파손되어 쌀을 비롯한 여러 가지 곡식을 잃게 되었다. 그뿐 아니라, 나쁜 꾀에 빠져 거짓으로 남의 비위를 맞추어 해결하려는 태도가 천만 갈래로 가닥이 많아 헛되이 써 버리는 숫자가 2만여 석碩 이상이었다.

세조께서 관선을 창립하여 시행한 지 10여 년이 되도록 폐단 없이 순조롭게 조운하였다. 그 제도를 다시 고치는 것은 쉽지 않았다. 다만 그 배 만드는 일꾼들이 추운 겨울에는 작업 환경이 무척 열악했다. 부역하게 되는 좋지 않은 경향이나 해로운 현상은 모든 조운하는 데 쓰던 배를 농번기에 인력을 동원했다. 매년 배 바닥의 널빤지를 갈거나 나무못을 박아 배를 수리하고 혹은 해가 오래되어 썩어서 못쓰게 되었거나, 풍랑을 만나 부서진 배만을 부득이 겨울철의 농한기를 이용해 가까운 고을의 백성을 동원하여 수리하고 널빤지 바닥 파손 따위를 고쳐 다시 만들었다.

그러나 군사를 뽑아 부역할 적에 넉넉한 사람은 면하게 되고, 가난한 자만 오로지 고생하게 될 것이 뻔했다. 이후로 군사를 뽑는 것은 반드시 부실한 인부를 써서 굶주리고 헐벗어 배고프고 추위에 떨게 하지 말게 했다. 관찰사와 경차관이 혹시 공정치 못하게 군사로 쓸 사람을 강제로 뽑아 모으는 것을 막고 부당행위를 하면 검거하라고 했다. 그 이치에 맞지 아니한 행위 한 자를 수령은 임금에게 아뢰어 그런 자를 퇴출했다.

배 만드는 장인이 연해 주민을 침범하여 해를 끼치는 폐단에 대해서도 단속하도록 했다. 배 만들 때 돈과 곡식의 손실을 파악하고, 민정 감독관에게 그 노동을 감독하게 하였다. 또 군인들이 딱한 사정을 말하여 하소연하게 허락하였다. 만약 실제로 부합하는 자가 있으면 율律에 의하여 먼 변방의 군사로 충당케 하였다.

그 볏섬 따위를 져 나르는 군인이 봄갈이 때를 잃는 것을 보상하는 차원에서 뇌물을 받아 증명하는 사사로이 '帖(체)' 자를 새긴 관인을 발급하는 폐단도 있었다. 짐꾼 군인을 비록 지난날의 개인 소유의 선박을 두루 쓸 때 부득이 부근의 주민들로 선정하였다. 다만 전 일의 군왕의 명 내에, '조운의 배에 실을 때에 부근 여러 고을의 일꾼을 관찰사가 나눠 정한 뒤에 여러 고을에서 일제히 명부에 일일이 점을 찍어 가며 사람의 수를 조사하였다. 보내지 않는 자의 경우와 죄인을 데리고 오는 경우 관리가 뇌물을 받았다. 군인의 명단을 즉시 올리지 않는 자는 관찰사가 검거하게 만들기도 했었다. 이를 어긴 자는 죄를 묻고, 수령은 파면하라고 일러바쳤다.

지금부터 뒤로 성상의 명에 의하여 깊이 생각하고 연구할 것을 되풀이하여 독촉하였다. 또 앞으로 곡물을 출납하고 간수 하는 일을 맡아보던 구실아치와 수행인이 뇌물을 받는 경우 5년 동안 한하여 다른 도의 낡고 헐어서 변변하지 못한 관아의 역참에 속한 구실아치로 보내기도 하였다. 배를 호송하는 관원이 증여받고 함부로 증명을 발급하는 폐단이 간혹 있는 때가 있어, 엄히 징계하라고 명하기도 했다. 앞으로는 공물을 상납하는 일을 맡아보던 구실아치와 수군이 조운선 20~30척을 거느리던 수병의 우두머리와 일에 매우 익숙하게 사정을 말하여 하소연하도록 허락하였다.

그 율律에 따라 논죄하여 먼 변방에 죄를 범한 자를 벌로 군역에 복무하게 하고, 그 줄 것을 예상하고 거두는 미곡을 뱃사공의 일을 돕는 사람에게 징수하는 폐단은, 대개 새로 짓거나 수리하는 관원이 뱃사공을 돕는 사람과 함께 남의 물건이나 명의를 몰래 사용하지 못하도록 으레 마땅히 나누어 거두어야 한다. 다만 수령이 징수의 독촉을 매우 심하게 해서 간혹 과잉 징수를 하는 자가 있고, 혹은 가까운 마을과 먼 가족에게까지 아울러 징수하는 자가 있으니, 관찰사에게 엄히 금지하게 하였다. 길동은 생존을 위한다양한 삶의 현장에서 산업경영을 체험했다.

또한 성종 3년(1472년) 7월 기사에는 '시장을 열지 못하게 하라'는 글이 실렸다.

도내 무안을 비롯한 여러 고을의 백성이 그 고을 길거리에서 장문이라 일컫는 장이 열려 매월 두 차례씩 여러 사람이 모이는데, 비록 있는 물건을 지참하고 필요한 것과 바꾼다고 하나, 근본을 버리고 차례의 마지막을 따르는 것이나, 물가가 올라 이익은 적고 해가 많은 경우, 이미 모든 고을마다 물가 오름을 금지토록 했다. 한편 이런 율을 범하는 자는 죄목에 따라 죄를 논하여 형을 적용하라 명하였다. 그 배를 지키고 감독하는 자가 공사를 빙자하여 사욕을 채우려는 폐단은 관할 수령과 만호가 엄히 검거토록 하라. 또 군인이 사정을 하소연하도록 허락하여 율에 따라 논죄하고 먼 변방으로 보내게 하라고 했다. 그대로 시행하도록 했다.

우리 조정은 제각기 다른 백성이면서도 신을 섬기고 윗사람을 받드는 범절을 중국과 대등하게 하는데, 조세를 거두어들이는 세금은 여러 도정 과정을 거쳐 조정에 돌아오는 알곡과 같은 이익은 얼마 되지 아니하고, 그 나머지는 간사한 자들의 입으로 어지럽게 흩어져 버리는 실정이었다.

관청에서는 여분의 저축이 없어 한 해에도 두 번씩이나 조세를 부담하게 하는데도, 지방 수령들은 그것을 빙자하여 혹독하게 거두어들이는 것이 맨 마지막이 아니라 계속 자행되었다. 그런 까닭에 백성들의 시름과 원성은 고려 때 보다 정도가 지나쳤다. 제도나 법령의 제한으로 조정의 취약성을 가져와 산업경영의 어려움도 불러왔다.

천하를 두려워할 것은 '백성'이다. 이는 홍수와 가뭄 호랑이보다 더 무서워 존중해야 할 것이라 믿었다. 조정을 원망하고 탓하여 무엇 하겠나? 자신의 자취를 푸줏간 속에 숨기고 몰래 딴맘을 품고서 세상을 흘겨보다가 혹시 어떤 큰일이라도 일어난다면 자신의 꿈을 실현해 보려는 자가 있었다. 그를 호민豪民이라 불렀다. 그는 가난한 농민을 뜻하는 하호下戶의 상대어로서, 관직을 갖지 않은 부유한 상층민을 가리키고 있다. 「삼국사기三國史記」「신라본기」에서도 호민이라는 말이 쓰였는데, 역시 촌락의 유력자라는 의미를 지녔다. 산업경영으로 가난한 백성에서 부를 축적하여 호민이 될 것을 꿈꾸는 그가 곧 길동이었다.

그러나 조선은 엄격한 명령과 율문만이 있지만 현실은 부정과 부패가 도사리고 있었다. 법과 명령은 집 위에 집을 지었다. 길거리를 떠도는 자와 범법자는 늘어나도 행정력으로 적절하게 처리되기가 어려웠다. 죽으라고 일해도 꿈이 이루어지기가 어려운 현실이었다.

「신분제도의 변화」

* 태종 14년 (1414년) 기생 소생은 아비가 양인이면 양인으로 인정함
* 세종 12년(1431년) 기생 소생의 경우 양인으로 인정받는 범위가 한층 엄격해져 기첩 소생은 무조건 노비로 삼기로 하였다. 이유는 관기는 남편을 자주 바꾼다는 이유로 제한하였다.
* 세종 28년(1446년) 관기의 입장 반영하는 조치가 발표되었다. 관기 자식을 낳았을 경우 관리(아버지)의 신청이 경우 양인으로 삼을 수 있도록 했다. 단, 그 자녀와 비슷한 또래의 다른 아이를 관청 노비로 바치는 조건이 있었다.
* 성종 9년(1479년) 종전과 같이 상하 관리가 집에 데리고 있는 기생첩 외에는 서울, 지방의 기첩을 범하여 낳은 자녀는 값을 치르고 양인으로 삼을 수 있도록 개정 조치 내렸다.
  집에 데리고 있는 기생첩으로 태어난 얼자만이 양인으로 인정하는 「경국대전」법이 반영되었다.
* 성종 9년(1479년) 이후 양인으로 편입된 소생은 얼마 되지 않았다.

14~15c 도둑에 대한 인식은
지재 권제(1387~1445)가 이르기를,

"도둑이 반드시 가난한 자가 아니고, 모두 사치스럽고 화려한 데가 있고, 부유하며, 품은 뜻이 흔들리거나 바뀌지 않고, 기세나 형세 따위가 힘차고 억세며 용감하고 사나운 자들이었다. 그러니 조금도 안쓰러울 것이 전혀 없습니다." 언급하였다.

「소설 홍길동 연대기」

1. 태어난 해 : 조선 기록은 1440년(세종 22년)

일본 오키나와 이시가키지마(석원도) 야에잔 박물관에 소장된 장전 대주(홍길동의 처남)의 족보에는 正統八年 즉 1443년에 태어났다고 기록됨.

2. 태어난 곳 : 전라도 장성 현 아차곡(아치실)

→ 오늘날의 전남 장성군 황룡면 아곡 1리 '아치실'에 생가터가 있다. 장성군에서는 몇 해 동안 노력으로 연세대 국학연구원에 조사 의뢰되어, 홍길동이 건설했다는 율도국의 실체를 찾기 위해 일본의 오키나와 지방까지 답사했다. 그 조사의 대략적인 결과가 아치실이다. (홍길동 생가터 조성)

3. 홍길동의 가족

▶ 홍길동의 아버지 : 홍 상직, 남평 문씨 소생에는 두 형(귀동, 일동)이 있다. 족보에 일동과 길동이 기록되어 있음

▶ 홍길동의 어머니 : 판본에 춘섬으로 나오나 실록 기록에 관기(官妓) 옥영향(玉英香)으로 홍 상직이 총애하는 여인이었다.

조선왕조실록 '태백산 본'에는 홍상직과 옥영향이 함경도 변방에서 생활한 삶의 기록이 왕조실록에 남아 있다.

▶ 길동은 관기의 아들 얼자로 태어났으나 적서 차별이 엄격했다.

▶ 홍길동의 부인 : '고을노'라 불리는 여인 있음-슬하에 3남 (현, 창, 석) 2녀를 두었다. 조선에서 유구로 떠날 때 미질이 좋은 품종의 볍씨(쌀)를 오키나와에 가져감. 오키나와 일대에는 이미 안남미(安南米)라는 남방계의 쌀이 있었다. 그러나 질이 좋지 않았다. 현재 오키나와 야에야마(八重山) 지역에서는 '고을노'를 풍요의 여인으로 추앙하고 있다. '타케토미지마'에 씨앗 채취 축제가 열려 해 뜰 무렵부터 노래 부르고 계속 춤을 추며 물건을 바치는 예능 풍습이 있다.

4. 홍길동의 조선에서 활동기(국내)

조선과 유구국과 교류 관계
* 유구국 사신이 상진 왕 친서와 조공품을 선물로 가져옴
* 1458년 세조 때 '만국진량(萬國津梁)의 종'이 주조되었다. 그 이후 홍국선사(興國禪寺)를 세워놓고 경전이 없어 괴로워하고 애를 태우고 있는 차에, 일본 사람의 상선 1척이 조선에 도착했다. 이편으로 특별히 정사 '양광'과 부사 '양춘' 등을 보내어, 삼가 자문과 예물을 바치고, 대장 존경 전부를 구하여 얻어 오도록 했다. '경전'을 구하였으나 그때 모습은 사라지고 현재 오키나와 예술대학에 그 터만 남아 있다.

가) 청년기 : 1460년(세조 6년)~1470(성종 1년)

세조는 현직 관리에게만 토지를 지급했던 토지법인 직전 법이 실시되었다. 계유정란 후 나라에서 부여받은 조세를 받을 권리를 줘야 했다. 상업과 공업도 물론 조선시대에 존재했다. 그렇지만, 가장 큰 '돈벌이'는 물론 농사였다. 농사를 통해서 서민, 양반, 국가는 재정을 조달하고, 또한 국가는 양반, 서민에게까지 세금을 부과해서 재정을 충당했다. 세조는 계유정란 후 서민이 양반보다 많은 세금을 치러주는 부담이 가중되었다.

* 홍길동이 조선에서 청년기 활동기 때 유구국 왕

쇼토쿠 왕(尚德王: 상덕왕)은 류큐국 제1 쇼 씨 왕조의 국왕, 재위는 1460년부터 1469년까지였다. 쇼토쿠 왕은 제1 쇼 씨 왕조의 마지막 왕이었다.
쇼엔 왕(尚圓王; 상원왕) 1415년 출생하여 1476년까지 산, 류큐국 제2 쇼 씨 왕조의 시조. 재위는 1469년부터 1476년까지이다.
쇼센이 왕(尚宣威王: 상선위왕) 1430년에 태어나 1477년 승하한 왕이다. 1476년 음력 7월 28일에서 1477년 음력 2월까지 재위하였다. 쇼센이 왕은 쇼엔의 아우이다.

홍길동의 유구 활동 시에 재위한 왕은 쇼신 왕(상진 왕)으로 부왕은 '쇼엔'이었다. 상진 왕은 1465년 출생하여 1526에 승하했다. 재위 기간은 1477부터 1526년까지이다.

경국대전은 조선 세조 때 편찬되기 시작하여 성종 때 완성되어 반포되었다. 경국대전은 신분법의 성격이 강하였다. 신분 차별은 대전 곳곳에 드러나 있으며, 매우 엄격하고 자세하였다. 이는 노비나 농민 같은 피지배 계층에게 불리하게 작용하였다.

경국대전 규정에 따르면 승려들도 출가하려면 재물(베 20필)을 국가에 내고 예조에서 공인해야 승려가 될 수 있었다. 국가가 공인하는 승려의 수는 3년에 60명으로 제한했다. 주지도 국가에서 임명했다. 사찰이나 암자를 새로 짓는 것도 금지됐다. 승려는 거주와 통행의 자유가 제한됐다.

서얼의 관리 등용을 금지하는 경국대전의 반포로 길동은 과거시험을 포기하고 집을 떠나, 나주목 관할 장성 현, 갈재(葦嶺)를 중심으로 활동하다가 광주 무등산, 영암 월출산에 본거지를 정하였다. 주로 탐관오리와 토호 재산을 빼앗아 가난한 백성들과 함께하며 녹림당 활동하였다.

그 후 지리산 근처의 경상도 하동군 화계 현 보리 암자에 지휘부를 두고 관군과 대항하였으며 멀리 경상도 진주까지 세력을 펼쳤다.

* 1469년 예종 원년에 포도대장과 병졸들을 파견하여 전국 수배령이 내려져 숨어 살게 되었다. 그해 10월 정부는 도둑무리에 대한 대대적인 토벌 작전을 펼쳤다. 그로 말미암아 활동무대를 서남 해안 섬으로 옮기게 되었다. 그때 무안 출신 장영기라는 강도가 악명을 떨치고 있었다.

그때 장성 출신 홍길동은 그들과 서로 다른 지역으로 피신하였다. 그 후 장영기가 체포되자 길동은 장영기(張永己)의 명성에 의존하여 신분을 숨겨 전국 팔도(八道) 시장에 정보원(첩자)을 파견하여 민심을 파악하며 활동하였다.

* 1469년 11월 중순 관군에 쫓겨 전라도 영광 다경포(현재 법성포) 근처의 영평 곳에서 배를 타고 나주 압해도(현 신안군 압해도) 쪽으로 활동

근거지를 옮겼다.

이로써 활동 범위가 육지에서 바다로 바뀌게 되는데, 이는 훗날 뱃길로 3천 리나 떨어진 일본 오키나와에 율도국이라는 해상왕국을 건설하는 계기가 되었다.

특히 이 시기에는 집단공동체 생활을 하면서 생존 학습을 하였다.

1470년(성종 원년) : 관군의 집요한 토벌 작전을 회피하기 위하여 가짜 홍길동을 내세워 체포당하게 하는 계략을 꾸몄다. 또한 홍길동 집단은 남서해안의 여러 섬을 전전하였다. 직접 농사도 짓고 염전을 경작하였다. 어업활동을 하며 시장에서 장사하는 활동까지 하면서 산업 경영 수업을 하였다. 부패한 정부와 관료를 상대로 반봉건 투쟁을 벌이며 산업 경영으로 생업에 종사하며 평화스럽게 살아갔다.

나) 홍길동의 장년기 활동〈1481년(성종 12년)~1500년(연산군 6년)〉

* 1485년(성종 20년) 11월 : 명예를 얻으려는 욕망이 강했던 전라도 도사 한 건이 이들을 폭도로 몰아 강경 진압을 결행하고 관아에 끌고 가 매질하여 죽이는 사태가 발생했다. 그러자 홍길동 집단은 생업을 뒤로한 채 재무장 투쟁에 나섰다.

* 1485년 성종 때 경국대전이 완성되어 차별이 시행되었다.

그 후 쫓기는 삶으로 바다로 나갔다가 기후가 고르지 못하여 뜻밖의 불행한 사고를 만나 표류했다. 그때 제주도에서 조정에 진상할 물품을 싣고 가던 배가 조난을 만나 서로 표류하다가 만나 유구 가까운 섬에 도달하게 된다.

그들은 유구 사람들에 인도되어 먼 곳 파도간도를 거쳐 오랜 기간 고행하며 본도 나하로 가게 되었다. 그곳 왕 부에 들러 접대받고 다시 조선으로 인도되어 가고 있었다. 그러나 본국으로 나오는 중에 궁중의 난으로 서로 운명 길이 달라졌다.

그들은 서표도(西表島)에서 군이 파조간도(波照間島)로 보내지고 계속해서 신성(新城), 흑도(黑島) 등을 경유하면서 죽부도(竹富島)와 석원도(石垣島)에는 들리지 않고 바로 다랑도(多良間), 궁고(宮古)로 보내진다. 그들의 입국의 순서는 어떤 사유가 있었기 때문인지 먼 곳을 돌아가는 항행 과정이 궁금한 역사로 남은 흔적이 의혹으로 남는다.

상진 왕(성종) 때 유구 제도 팔중산 지역 가까운 섬에 입항하여 살면서 세력을 점점 확장하여 이웃 섬으로 들어갔다. 주민 속에 동화되며 자신의 섬으로 만들어갔다. 마을 축제에서 부정한 귀신에게 제사를 지내는 것을 금지했다. 길동의 무리는 제사를 지내는 문제로 국왕의 뜻을 듣지 않게 되었다. 주민의 뜻이었다. 그러다가 반역적 기질이 살아나 조공을 의도적으로 거부했다. 결국 상진 왕 아들이 개입하였다.

* 1486년 문명(文明) 18년 오키나와 본도 중산왕조 '상진 왕(上眞王)'이 사신을 야에야마(八重山) 지역으로 파견하여 '이리키야아마리' 축제를 음사 사교(陰祀邪教)로 규정하여 금지하였다. 이 신앙 탄압에 대하여 섬 주민들은 격분하였다. 그리하여 '오야케아카하치'(적봉)는 반기를 들었다.

그는 중산(中山)에 대한 조공(朝貢)을 3년에 걸쳐 중단하여 중산 정부의 반응을 기다렸으나 상진 왕(尚眞王)은 대리 왕자를 대장으로 삼아, 구미도(久米島)의 신녀(神女)인 군남풍(君南風)과 함께 정예부대 3000명과 더불어 병선(兵船) 46척을 보내 반란 진압에 나섰다. 아카하치는 방어전으로 있는 힘을 다해 싸웠다.

그런데 이때쯤 길동이 전투에 참여한 이야기의 흔적이 나타남. 길동은 최선을 다해서 투쟁하였으나, 역부족으로 패하고 지형이 낮은 벌판(底原)에서 종적을 감추었다.

종적을 감춘 후 조선에서 활동 기록이 나타난다.

* 1487년(성종 22년) : 홍길동 집단은 물론, 생계유지를 위해 어민들이 주로 이용하던 거도선(바닥이 평평하고 근거리 이동이 매우 쉽다.)으로 이동하는 것을 금지하는 명령이 내려졌다.

* 1489년(성종 24년) : 해상 통행증 발급. 홍길동 집단을 색출하기 위해 바다를 왕래하는 사람을 상대로 통행증을 발급하여 활동을 원천적으로 봉쇄함.

* 1490년(성종 25년) : 관군의 해상봉쇄 작전으로 고립에 빠진 홍길동 집단은 2개 조로 나누어 전라도 남해안 광양 현(현재의 순천 광양만)으로 상륙을 단행하였다. 그러나 다시 관군에 쫓겨 지리산 근처 임실 평당원에서 자취를 감춤.

이 당시 학조대사가 황악산에 머물고 있을 무렵이었다. 길동은 그 후 김천 황악산에 들어가 학조대사에게서 가르침을 받는 계기가 생겼다. 바로 선종의 영향을 받아 참선으로 묵언수행을 통해 고된 노동의 의미를 깨쳤다.

* 1495년(연산군 1년) : 충청도 조령, 문경새재를 주요 활동지로 삼고, 홍주와 공주를 생활 근거지로 삼아 충청도 전역으로 세력을 넓혔다. 특히 공주 무성산 정상(614m)에 요새를 쌓고 관군에 맞서며 집단생활을 영위하였다. 이 시기에는 홍길동 일당도 우두머리 와주 엄귀손 등과 내통하였다. 그 당시 귀손 등 조정의 고위직 관리는 물론 지방의 수령, 아전, 유향소의 품관들까지 이들의 활동에 동조하였다.

* 1498년 무오사화로 인해 상당수의 사림파가 목숨을 잃거나 귀양을 가고 수년에 걸친 전국적 가뭄으로 조정에 대한 백성들의 원성이 하늘을 찌르자, 민심을 수습 차원에서 감옥에 갇힌 죄수들을 석방하여 가족과 함께 함경도지방에 가서 살도록 하는 대사면령을 내렸다.

* 1500년(연산군 6년) 10월 22일 와주의 체포로 말미암아 홍길동 집단도 자의 반 타의 반으로 체포되었다. 의관이 고위 관직(당상관)인 것처럼 차려입고 거들먹거리며 관리를 업신여겨 욕보였다. 강상죄로 충청도에서 서울로 압송, 의금부에 갇혔다.

* 1500년(연산군 6년) 11월 : 남해 삼천리의 유배형을 받음. 그곳이 무인도에 가까운 파조간도였다. 남해에서 삼천리쯤 되는 약 1,200킬로 뱃길 팔중산 지역으로 유배 결정.

  이 해는 윤년으로 11월이 한 번 더 있음.

5. 해외 활동기(오키나와 야에야마 제도=팔중산 제도)

* 1501년 인월(정월) 홍길동을 비롯한 죄인들은 국적을 상실하고 영원히 서로 통하지 못하도록 사이를 막거나 떼어 놓아, 삼천리 유배길이나 다름 없는 류큐 팔중산 지역 섬으로 떠남.

* 1501년 정월 설날 직후 유구인 22인과 조선인 448명이 시수선을 비롯한 여러 척의 배에 나누어 타고 20일분의 식량과 물 땔나무 등을 지원받아 유구로 출항했다. 오랜 기간 항해 끝에 최남단 '하뗴루마지마(파조간도)' 도착하였다. 그때 홍길동 집단이 해외로 떠나면서 오곡의 종자를 항아리에 담아 함께 가져갔다.

* 1501~1503년 : 이시가키지마(석원도) 오하마무라(대빈촌) 후루수토

지역에 집단 거주지를 조성하고 인근의 지배권을 장악해(죽부도, 서표도, 여나국도…) 갔다.

이른바 팔중산 제도였다. 다시 나하로부터 떨어진 먼 곳에서 점차 인근 지역의 섬들로 영향력을 넓혀갔다. 그들은 주로 신성도, 여나국도, 죽부도, 서표도 등을 거쳐 석원도 대빈촌에 정착하였다. 그 인근 궁고도가 상진 왕부 통치가 미치는 섬이 있었다. 본도의 세력이 커지면서 궁고도에 과도한 세금 징수와 본도와 다른 문화 및 종교적 문제로 갈등이 생기게 되었다.

그들은 서표도(西表島)에서 굳이 파조간도(波照間島)로 보내지고 계속해서 신성(新城), 흑도(黑島)를 경유하면서 죽부도(竹富島)와 석원도(石垣島)는 들리지 않고 바로 다랑간도(多良間島), 궁고도(宮古島)로 보내진다. 그들의 입국의 순서는 어떤 사유가 있었기 때문인지 궁금한 수수께끼이다.

* 1504년 : 미야코지마(궁고도)의 추장인 '나카소네'의 혹독한 압제와 과중한 세금으로 고통에 시달렸다. 결국 길동은 원주민을 규합하여 전쟁에서 승리하고, '나카소네' 집단을 섬의 동북부 밀림 지역으로 몰아낸 후, 상비옥산(上比屋山)에 조선 도래인의 집단 주거를 위해 초가집 집단마을이 조성되었다.

* 1505~1508년 : 구메지마(久米島)에 상륙. 추장인 '마다후쓰'를 몰아내고 일본, 유구국, 중국을 상대로 중계무역을 하면서 동지나 해의 해상권을 장악 섬의 요처에 적으로부터 방어하기에 유리한 조선 양식의 성(城)을 구축.

우에구수쿠(宇江城) - 홍길동의 장남이 구축(섬의 최정상에 위치, 현재 일본 자위대 레이다 기지가 설치됨)
나카구수쿠(中城)-홍길동 차남이 조성
구시가와구수쿠(具志川城)

* 1510년 : 한문본 '홍길동전'인 '위도왕전'에서 그의 나이 70세에 사망한 것으로 기록됨.

* 1543년 : 홍길동의 후예들이 해상 무역 활동 중에 태풍을 만나 표류하다가 충청도 해안에 상륙했으나 조정에서는 이들이 이미 조선인이 아니라 하여 중국(明)으로 보냄.

* 1609년 : 일본 본도의 사쓰마번의 류쿠국 침공으로 오키나와 열도의 지배권이 일본에 넘어감. 이로 인해 홍길동이 세운 오키나와 열도의 해상왕국도 복속됨.

▶ 오키나와 역사적 흔적

* 하떼루마지마(파조간도)
- 홍길동 도래 기념비(현지에서는 탄생 기념비라고 명기됨)
- 홍길동의 처남인 장전대주의 영웅기념비
- 모자(母子) 이별 제단(홍길동이 그의 어머니와 이별하여 석원도로 진출한 것을 기념)

* 미야코지마(궁고도)
- 동굴 우물 사당(홍길동 집단이 궁고도의 원주민과 처음으로 교류한 장소)
- 상비옥산 유적(도래인 주거지로 조선 양식의 초가집이 8채 보존되어 있다.)

* 이시가키지마(석원도)
- 후루수토 유적(홍길동 집단 거주지로 복원)
- 홍길동 추모비(일본 오키나와현 교육 위원회에서 1953년 건립)

* 구메지마(구미도)
- 우강성, 중성, 구지천성, 지나하성 등 홍길동 집단이 축조한 10여 개의 성과 함께 이곳에서 발굴된 각종 유물이 박물관에 보관되어 있다.

* 오키나와 본도
- 오키나와 현립 도서관에 각종 문헌 자료 보존
- 슈리성을 돌아 나오는 길에 입구에 조선에서 보낸 대장경 경판고 흔적이 오키나와 예술대학 옆에, 당시 심은 것으로 추정되는 나무와 연못이 함께 남아 있다.
- 수리성 공원 관리센터,「정전에 걸려 있는 상진 왕의 편액」
- 오키나와 관광컨벤션뷰로 가이드 맵 2015년 02월 제작된 소책자.